商务印书馆（成都）有限责任公司出品

〔美〕艾米莉·狄金森 著

马永波 杨于军 选译

我为美而死

狄金森诗文录

商务印书馆
SINCE 1897
The Commercial Press

图书在版编目(CIP)数据

我为美而死:狄金森诗文录/(美)艾米丽·狄金森著;马永波,杨于军选译.—北京:商务印书馆,2024
ISBN 978-7-100-22664-6

Ⅰ.①我… Ⅱ.①艾…②马…③杨… Ⅲ.①诗集—美国—近代②书信集—美国—近代 Ⅳ.①I712.24②I712.64

中国国家版本馆CIP数据核字(2023)第121732号

权利保留,侵权必究。

我为美而死
狄金森诗文录

〔美〕艾米丽·狄金森 著

马永波 杨于军 选译

商 务 印 书 馆 出 版
(北京王府井大街36号 邮政编码100710)
商 务 印 书 馆 发 行
山 东 临 沂 新 华 印 刷 物 流
集 团 有 限 责 任 公 司 印 刷
ISBN 978-7-100-22664-6

2024年7月第1版	开本889×1194 1/32
2024年7月第1次印刷	印张 13⅜

定价:85.00元

译者序

毋庸置疑，艾米莉·狄金森是美国最伟大的诗人之一，作为20世纪现代主义文学的先驱，她的地位甚至已凌驾于惠特曼之上，就驾驭英语的能力来说，有人把她和莎士比亚相提并论，甚至还有人断言，她是古希腊萨福以来西方最伟大的女诗人。批评家们指出，20世纪的众多大诗人，如艾略特、罗伯特·弗罗斯特、奥登、威廉斯、哈特·克兰等无一不受到她的影响。而玛丽安妮·摩尔、伊丽莎白·毕肖普和阿德里安娜·里奇等一系列女诗人更是将她奉为圭臬。美国人民献给狄金森的铭文则是"啊，杰出的艾米莉·狄金森！"。

狄金森生前发表作品很少，而且大部分是匿名和未经她许可而发表的。她曾写道："发表，是拍卖／人的心灵——／……切不可使人的精神／蒙受价格的羞辱。"狄金森喜欢词语游戏和谜语，她自己也成了一个谜。她的生活大部分是后人的推测和猜想，是传奇和神话，因为人们对之所知甚少。她唯一仅存的照片是她在17岁时拍的。她接近1800首诗仿佛天造地设一般，看不出任何模仿的原型或者进展，它们仿佛一写下时就是如此，也没有任何标题和写作日期。这份巨大的文学遗产使她和惠特曼一样，成了19世纪美国最伟大的两位诗人之一。不过，在许多方面他们是相反的：惠特曼的长句、社会包容性和民主乐观主义，都和她浓缩而省略的结构、独特的观念和对人类孤独与脆弱的寒入骨髓的评价形成了尖锐对比。但是，以各自不同的方式，他们都是主题与技术方面勇敢的革新者，他们不仅描述新事物，而且发明了新的描述方法。狄金森的作品出现的历史时刻恰当无比，那时，伟大的19世纪诗人的事业已告结束，他们所代表的传统已经枯竭，正是需要某种新方向的时候——这位阿默斯特顽强、孤绝、辉煌的诗人，她在声音和感性上激动人心的实验，正是开辟了这样的方向。

艾米莉有"阿默斯特的修女"之称，她对精神高洁的渴望压倒了一切，她归隐后的客观环境促使她步步深入内在的自我世界，她开始把诗歌当成个人隐秘的宗教，寻求生活的意义。在漫长而寂寞的日日夜夜，她除了用大量的书信和外界保持着接触，还开始大量写起诗来。已知她最早的诗创作于1850年3月4日，发表于1852年的《斯普林菲尔德共和报》上。她初期的风格比较传统，但在几年的实践之后，她开始进行多方面的实验。她经常采用圣歌的韵律，她的诗歌不仅涉及了死亡、信念和永恒的问题，而且也处理了自然、家居生活、语言的力量和界限等广泛的主题。

恢复事物原初的神秘，这种努力的源头可以追溯到酷爱自然的女诗人，她写自然的诗多达245首。大海汹涌、高山日落的壮美，花开花谢、蝶舞蜂鸣的秀丽，万物在她的笔下都充溢着活力。她的自然诗不仅清新隽永，富于细节观察，更为独特的是时常显现出来的幽默风趣，如《一只小鸟沿小径走来》。这位生活经历如谜一般神秘的诗人，在写诗时也喜欢设置谜语，有时整首诗不直接点明所写对象究竟为何物，而是通过具体可感的形象来暗指，到最后让人恍然大悟，耐人寻味。这方面最典型的要数《草丛中一个细长的家伙》。这首写蛇的诗却不见一个"蛇"字，说话者从来没有把这个"家伙"指称为一条蛇，而是把它指称为"它"、"家伙"和一个"自然的居民"。这些指称因为都不是具体的，便造成了一种既熟悉（朋友之间不用道明名字）又疑惧（没有名字暗示着陌生）的感觉。说话者也通过细节的积累来识别这个"家伙"的出现和环境："草丛像被梳子分开"和"它喜欢沼泽地"。绕过不提一个生物的名字（或者目标、现象）能使被描述的事物"陌生化"，激发起对事物更为直接的经验或直觉。这种陌生化的目的是消解体验的自动化，使所描写的事物以迥异于我们通常所接受的形象出现在作品中，恢复对事物的本真体验。

长年沉浸在孤独沉思中的诗人更能体察到万物的细微之处，因此，狄金森能够把最为平凡的事物写得不平凡，她总是以一种新生婴儿未经污染的眼光去看待事物，在她的目光抚摸下，万物因其自身的存在而庄严。比如在《风像一个疲倦的人在拍门》中，"风"这种人们已习以为常、不再感到新鲜的事物，在她写来却显得格外新鲜，具有了一种陌生的"现代"感。

文明的发展让我们以为自己已经掌控了自然，已经将我们人类的意志彻底地渗透了自然的帷幕，其实人类还仅仅是被自己的目光所迷惑。自然是一个未知领域，也是万物融洽共存的天堂，但人类就像一个不速之客，在这个万物狂欢的天堂宴席旁边，时时感到不速之客的尴尬（《自然是我们之所见》）。

众所周知，超验主义哲学的代表人物爱默生与狄金森同是生活于19世纪的新英格兰，但他们从未有过任何的交往。然而，爱默生对处于隐居状态的狄金森却有着无可否认的影响，她不但从前者那里学到了一些诗歌创作的方法，风格与内容也有相似之处。但是，我们要强调的是，爱默生关于自然的思想与狄金森的认识有所区别。爱默生认为"自然"是指人无法改变的本质——空间、空气、河流、树叶等等，人是自然的一部分，自然是人类之家，当人接受了自然的联系时，他就内在于自然之中。"我变成了一个透明的眼球；我是虚无；我看见一切；宇宙本体之流在我体内循环；我是神的一部分或一片段。"[①] 他认为真正的诗人能够读懂大自然，与之无碍地交流，并从中找到象征人类特征的喻体。大自然中的一草一木都传达着美的信息，而诗人正是美的发现者，原初意义上的万物命名者和语言创造者。人人都能感受到自然，但是普通人的感受太微弱了，无法表达出自己曾与自然进行的交流。而诗人就是那些使自然的能量在体内得到平衡的人，"就是那些没有障碍的人，他看到并处理了别人梦中才能做到的事，他超越了整个经验范围而成为人的代表，因为他有最大的力量来接受和传达"[②]。爱默生认为诗人一类的天才人物遵从自身的规律，知道如何对待自然。"天才人物会对随意一闪的想法进行深入的研究，而且他会追溯到事物的萌发时期。他能够看见从星空中射出的光芒，散向四面八方，又照射到地球的各个角落。天才可以撕去事物表面的层层伪装，直达内在的统一性。他可以通过苍蝇、毛虫、虫卵，

[①] 爱默生：《美国的文明》，广西师范大学出版社，2002年版，第4页。
[②] 爱默生：《美国的文明》，广西师范大学出版社，2002年版，第324页。

看见那亘古不变的生命本质。窥一斑而知全貌,通过生命个体,可以知晓这个种属的种种类型。一句话,在生命的王国里,存在着一个永恒的统一。"[1]

对于爱默生的这种观点,狄金森并非报以完全的赞同,她没有爱默生那么乐观。诗人曾经这样说过:"我们用花园塑造我们的自然,可是如果自然不同意我们的计划,它就让鸟群与军队来改变它。它不说会成功或是会失败,因为两者对它都一样,而它也无视于我们的努力。是我们将自己放在它的中心,将我们当成它最甜美的果实。这个夏天,它让我们的花开得很好,这让我的感情都回来了。被这样的美丽所围绕,让我遗忘这隐藏的暴力。自然提供我们万物,但是它会在任何时候收回。"[2]这里明显含有非人类中心的意识。大自然尽管时时向我们透露其中的一些奥秘,人类却永远不可能完全读懂这部神圣的教科书。一方面,人的认知范式本身就限制了对自然奥秘的体认;另一方面,自然一直笼罩在一层神秘帷幕之内。不管人类如何努力去读解,它始终隐匿着自己的真容。自然常常是麻木不仁,残酷暴力,变幻无常的。自然也并非始终是秩序和永恒的象征,而时时处于混乱的生成状态(《天空低矮,云层暗淡》)。这种混乱自然会引发人们的敬畏之心,狄金森曾经在《听起来就像街道在奔跑》一诗中描述过日食给人们带来的这种感受。

既然自然界不是人类可以轻易进入的自在领域,它的教化作用、对人类心灵的安慰和道德启示,人与自然的相似之处,

---

[1] 爱默生:《心灵的感悟》,当代世界出版社,2002年版,第53页。
[2] 艾米莉·狄金森:《孤独是迷人的》,百花文艺出版社,2000年版,第91页。

等等，这些人与自然的神秘交会更多的要依靠诗人天然的想象力的穿透与浸染，是人们的倾听方式，把金黄鹂的歌"装饰成单调或美丽"。既然如此，对死亡的沉思就顺势进入了狄金森的精神世界，成为抵达理想的存在整体的一个途径。没有对死亡的深入思考和体会，就绝不会有对生活真正的热爱可言。而狄金森对死亡的态度具有真正视死如归的洒脱，1886年初夏她弥留之际的遗书仅是简单的"被召回"，她留下的70多首关于"死亡与永恒"的诗，一直为评论界所瞩目。正因为对死亡所持有的达观态度，诗人对死亡的描写往往少了那种恐惧感，而多了一分亲切和慰藉。面对死亡，她的幽默和诙谐往往盖过了恐惧与悲伤。正是敢于正视死亡，把死亡当作生命朝向更广阔境界的一个出口，才能更深切地体悟生的珍贵，才能不为世俗之物的短暂所牵累，把每一个渺小的日子当成是伟大之路上的每一步。正是死亡赋予了生命以意义（《死亡让一件东西重要起来》）。

狄金森以幽默的笔触写到日常生活中人们对死亡的刻意遗忘，以及这种遗忘所导致的对存在的遮蔽：

> 我们从来不知道我们走了——
> 当我们走时，我们说笑着关上门；
> 命运跟在我们后面，把门闩上，
> 而我们不再向人搭话。

她也以同样幽默的笔触写到弥留之际对死亡与生活的神秘了悟，还原生命的真实意义：

> 我见过一直垂死的眼睛
>
> 在房间里四处扫视
>
> 好像在寻找什么东西,
>
> 然后渐渐模糊;
>
> 然后,蒙上灰雾,
>
> 然后,焊接到一起,
>
> 终于没有透露
>
> 有幸看见了什么。

对死亡真正意义的信任和怀疑常常交织在她的诗歌之中(《我死时听见一只苍蝇嗡嗡》)。

但是,和所有大诗人一样,在历经怀疑、冥思与确信的复杂过程之后,狄金森终于真正地把死亡当成了回归,与大化合一的渴望战胜了对生命物质有终性的指认:

> 在宁静的西方
>
> 许多帆船在休息,
>
> 牢牢地碇泊;
>
> 我引你去那里——
>
> 登陆吧!永恒!
>
> 嚯,终于靠岸!

狄金森没有因为其主动采取的隐居的生活方式,而妨碍了她对社会现实的广泛关注。她的诗歌充满了对火山、船难、葬礼和其他自然和人为暴力事件的思考。然而,痛苦和极度的内心挣扎始终是她的核心主题。在给希金森的一封信中，她写道："自9月以来，我有一种恐惧／我无法诉说／于是我歌唱，就像孩子在墓地旁走过时一样／因为我恐惧。"据统计，狄金森在诗中141次提到灵魂。对于她来说，灵魂是一只迷失的船，一盏内在的灯，一场风暴，一个帝王。"灵魂对于它自己／是一个威严的朋友，／是敌人所能派遣的／最让人不安的间谍。"当萧瑟荒凉的秋天降临，诗人在诗中祈请灵魂内在的力量——"也许会有一只松鼠留下，／留下，分享我的悲伤。／哦上帝，给我一颗明朗的心，／去承受你狂风般的意志！"（《诗人歌咏的秋天之外》）。

她的诗中充满了对灵魂交融瞬间的亲密回忆，也同样反映了她的孤独，诗中的说话者通常生活在一种匮乏的状态之中，如《我这些年一直在挨饿》。对于她来说，在"自然餐厅里与鸟儿分享面包屑"远不如灵魂之间的契合更令人狂喜。这也透露出自然在诗人眼中，有时并不是传统浪漫主义者如华兹华斯所认为的心灵归宿，这一点，使其在与浪漫主义者同行了一段之后，独自拐上了现代主义的前程。

自然往往是外在于人的存在，它和谐的统一性往往是人所难以融入的。因为作为意识最为发达的生物，人与自然的连续性已然中断。既然重归自然的怀抱似乎已不现实，诗人便转向了对爱情这个永恒主题的探讨。她一生写的爱情诗约有123首。缘起时的心灵脉动，缘灭时的云淡风轻，相聚时的喜悦，分离后的沉痛，都被她纳入笔端，但她对痛苦的表达绝不是呼天抢地的，而是常以调侃的淡笔出之。她这样思考爱情古老的意义："爱，先于生命，／后于死亡，／是创造的开端／和呼吸的原型。"

她这样写道爱情的矜持,在爱的奉献中应该保留的自尊——"风信子会向她的蜜蜂情人/解开腰带吗,/蜜蜂会和以前一样/尊重风信子吗?//被说服的乐园,/交出她珍珠的城池,/伊甸还会是伊甸,/伯爵还会是伯爵吗?"在狄金森的一生中,爱的满足和艺术自由之间始终有着无法调和的冲突,她恐惧爱的崇拜会损伤她诗人的人格。为了艺术而舍弃凡俗的爱情生活,这在历史上是有着诸多实例的。狄金森也难逃这种宿命,诗人更像是献给神圣的祭品——

> 我与他同住,我看见他的脸;
> 我不再离开
> 为了会客,或者日落:
> 死亡唯一的秘密,
>
> 阻止我拥有自己的隐私,
> 凭借自己的权利
> 他提出一个无形的要求,
> 我无权享受的婚姻生活。
>
> 我与他同住,我听见他的声音,
> 今天我活着站立
> 是为了见证
> 永恒确属必然。

这里的"他",与其按照通常的理解,看作是一份无希望无结果的爱恋的对象,不如看作诗神来得妥帖。看作是上帝,也不如看作是诗人的个人宗教为好,因为狄金森的宗教信仰始终是非常模糊的。这种个人宗教,在很多大诗人那里,只能是诗歌本身。诗神把诗人从芸芸众生中平地拔出,剥夺了他们作为凡人理应享有的生活,把孤独、贫困和屈辱加诸其身,这种代价是常人难以承受的,而这也正是他们的伟大之处。

狄金森善于将明朗直率和含蓄委婉融为一体,她诗歌中的许多意象都具有多重的含义,从不同的角度去理解,会发现不同的意蕴。这在某种程度上也是她矛盾复杂心态的体现,那就是既渴望与世界沟通,又渴望保持精神的隐秘和独立性。这种公开与隐私的结合便形成了其诗既直白又晦涩的品质。而其诗歌的浓缩形式、各部分之间的大幅度跳跃、她常用的欲言又止的省略,都对读者的阅读构成了挑战。狄金森作品之难以归类,大部分原因在于其神秘莫测的思想深度和风格上的复杂。例如,尽管她经常将普通民歌的节奏与赞美诗体相结合,但她的诗歌又绝不局限于那种形式;她更多的是像爵士音乐家一样使用韵律和节奏来变革读者对这些结构的感知。她对文学和社会权威激烈的蔑视和挑战长期以来就得到了女权主义批评家的赞同,她们一致把狄金森和安妮·布拉德斯特里特、伊丽莎白·巴雷特·布朗宁、西尔维亚·普拉斯和阿德里安娜·里奇这样的重要作家放在一起。她的诗歌以其强大的情感与智力能量、高度的凝练、模棱两可的态度、风格化的个人气质引人注目。在形式上,相关的一切因素都是紧密压缩的。词语和短语经常被破折号分开,诗节简短,最长的诗不超过两页,不时将名词大写。在主题和音调上,她的诗歌因大胆表达了灵魂的绝境而获得庄严气度。在风格倾向上，她倾向于使用有象征意义的词语（如"圆周"），她的富有讽刺意味的机智，她对人格面具的采纳（其诗中的声音是多种多样的，有儿童、新娘、绅士、疯女人，甚至尸体），她对矛盾形容法的偏爱（"奢侈——绝望——"；"神圣的创伤"），她拒绝传统句法约束的标点符号，她对标题的省略，她以用词和诗节不同的多种版本记录诗歌，她自愿让诗歌保持未完成态，这种种一切都排除了确定性的阅读，促使读者直接参与到诗歌的"最终完成"之中，鼓励读者和诗人达到特殊的"一对一"的亲密程度。

狄金森的诗歌除了少数几首外都没有标题。既然没有标题来使某种空间或暂时的语境合法化，也没有为读者提供一个可以把诗歌固定住的概括的概念、象征，读者就必须自己构造诗的语境，或者是调动起约翰·济慈所谓的"消极能力"，停留在"不确定、什么、怀疑"之中。这种"消极能力"是指诗人首先须没有个人的本性，没有自我，那么他的想象力才不受任何制约，可以渗透事物的本质。也就是要安于一种含糊的、不确定的、怀疑的、神秘的境界中，不急着追求事实和原因。因为诗人的个性和自我会由于渴望表达自己而忽略了对物自身言说的倾听。把心中的一切掏空，越是被动地对待事物，对事物的感受便越加丰富，存在向此在的开敞就越是完全。澄怀纳物，虚室生白，狄金森完美地为我们展示了这个道理。

应该说，从主题划分上来编选一位伟大诗人的诗选，是一件十分费力的工作，本书诗选部分就是译者经过对其全部诗作反复阅读后作出的遴选，涵盖"生活"、"自然"、"爱情"、"灵魂"、"时间与永恒"五个主题,以俾读者对诗人作品的风格及建树有更理性的了解。对每个诗人主要关心的东西及其不同于他人的处理方式进行集中考察,是近乎一种研究性的工作,国内狄金森汉译尚未有此先例。本序言前述部分已经对此进行了大致的分析和评述。

狄金森的书信富含诗意,其实她的很多诗往往夹杂在书信和便条之中,甚至有的就是书信的片段分行而成,这是诗人独特地看待事物和表达思想的方式。

诗人最好的传记就是他们的诗本身,幸运的是,狄金森不仅留下了大量的诗,还留下了同样富有诗性敏感的书信,仔细揣摩这些书信,使我们对诗人卓异于常人的生活和内心能有更为深入的了解,它也是文学传记最翔实可靠的基础,因此,本书书信部分可作为诗人的一部书信体编年史来读,自可领略到一个与其外在生活的单调迥然不同的精神世界,它广阔、深邃、强烈,带有圣徒般的光辉。

本书诗歌部分由马永波独力译出,书信部分系马永波与杨于军女士合作翻译,特此说明。

2022 年 8 月 12 日于哈尔滨,马永波

目录

第一辑 | 灵魂选择自己的伴侣：诗歌 / 001

这是我写给世界的信 / 003

那些从未成功过的人 / 004

我们有共同的黑夜要忍受 / 005

如果我能阻止一颗心的破碎 / 006

在我的所及之内 / 007

受伤的鹿跳得最高 / 008

一种正在衰退的珍贵的快乐 / 009

对于明察秋毫的眼睛 / 011

灵魂选择自己的伴侣 / 012

有什么东西在那里飞 / 013

呐喊着去战斗固然勇敢 / 014

当黑夜快结束的时候 / 015

痛苦有一种空白的性质 / 016

我品尝了一种从未有人酿造过的酒 / 017

我没有时间恨 / 018

我是无名之辈！你是谁？ / 019

希望是带羽毛的东西 / 020

灵魂对于它自己 / 021

欢乐变成了图画 / 022

今天一个思想出现在我的脑海 / 023

胜利来得太迟了 / 024

我把我的力量握在手中 / 025

我这些年一直在挨饿 / 026

希望是一个诡秘的贪吃者 / 027

天堂是我所不及的东西 / 028

有人说 / 029

我的生命在结束前已经结束过两次 / 030

没有一艘快船能像一本书 / 031

谁没有在地上发现天堂 / 032

我有一枚金几尼 / 033

如果记忆就是遗忘 / 035

大脑比天空辽阔 / 036

我从一个跳板向另一个跳板走去 / 037

听见金黄鹂唱歌 / 038

天空无法保守住它们的秘密 / 039

谁抢劫了树林 / 040

两只蝴蝶中午出门 / 041

讨厌的暴风雨搅动了空气 / 042

每一处银色的地方 / 043

一只小鸟沿小径走来 / 044

草丛中一个细长的家伙 / 045

风像一个疲倦的人在拍门 / 047

小石头多么幸福 / 048

那声音就仿佛街道在奔跑 / 049

像悲哀一样难以觉察 / 050

诗人歌咏的秋天之外 / 051

新的脚在我的花园里行走 / 052

也许你愿意买一枝花？ / 053

蜜蜂不关心 / 054

蜜蜂对我毫不畏惧 / 055

一条非人工的小路 / 056

预感是草地上长长的阴影 / 057

像孩子对客人说晚安 / 058

在清晨的露水中 / 059

任何幸福的花儿 / 060

夏天刚刚离去 / 061

这是鸟儿回归的日子 / 062

早晨比过去还要温顺 / 063

天空低矮，云层暗淡 / 064

冬日的下午 / 065

对于我敏锐的耳朵，树叶在密谈 / 066

萼片，花瓣，和荆棘 / 067

创造一片草原需要一棵红花草和一只蜜蜂 / 068

蟋蟀在歌唱 / 069

最近的房间 / 070

如果你能在秋天来 / 071

我一直在爱着你 / 072

仿佛北极的一朵小花 / 073

我是妻子了；我已经完成 / 074

我把自己交给了他 / 075

暴风雨夜！暴风雨夜！ / 076

风信子会向她的蜜蜂情人 / 077

爱，先于生命 / 078

当玫瑰不再开放，先生 / 079

但愿我是，你的夏季 / 080

有一个词语 / 081

心啊！我们会忘记他！ / 082

父亲，我没有把我自己带来 / 083

心儿不是破碎于棍棒 / 084

我与他同住，我看见他的脸 / 085

灵魂有一个客人 / 086

名声是一种多变的食物 / 087

大错特错的是估计 / 088

我的轮子在黑暗中 / 089

有另外一种孤独 / 090

丧失思想的花多么快活 / 091

绝望和恐惧有别 / 092

自然是我们之所见 / 093

对于农夫,"早晨"意味着"挤奶" / 094

一颗黄色的星星轻轻迈向 / 095

大海对小溪说"来吧" / 096

我的茧衣变紧,颜色古怪 / 097

我为美而死,但是 / 098

我喜欢痛苦的表情 / 099

我见过一只垂死的眼睛 / 100

我从未见过沼泽 / 101

上帝允许勤劳的天使 / 102

死亡之后的早晨 / 103

害怕?我害怕谁? / 104

太阳在不断下落,下落 / 105

因为我不能停下来等待死亡 / 106

死亡是一场对话 / 107

雏菊悄悄地追随着太阳 / 108

有一天我失去了一个世界 / 109

当知更鸟来找我 / 110

至少会有祈祷留下,留在 / 111

在这样的早晨,我们离别 / 112

死亡让一件东西重要起来 / 113

我注意到人们消失了 / 114

我们的旅程取得了进展 / 115

我以恐惧为生 / 116

我不敢离开我的朋友 / 117

他们说"时间能够平息" / 118

每一次的丧失都带走我们的一部分 / 119

我的小屋是坟茔 / 120

我在我的头脑里感受一次葬礼 / 121

我唱着歌等待 / 122

她愿意这么骄傲地死去 / 123

有比睡眠更宁静的东西 / 124

我死时听见一只苍蝇嗡嗡 / 125

飘摇着！一只小船在飘摇！ / 126

我们从来不知道我们走了 / 127

水，被干渴教育 / 128

在这奇异的海上 / 129

第二辑 | 一封信总让我感觉像永恒：书信 / 131

1 致奥斯汀·狄金森，1842年4月18日 / 133

2 致简·汉弗莱，1842年5月12日 / 134

3 致奥斯汀·狄金森，1844年秋天 / 136

4 致亚比亚·鲁特，波士顿 1846年9月8日 / 137

5 致奥斯汀·狄金森，南哈德利，1847年10月21日 / 141

6 致亚比亚·鲁特，南哈德利，1847年11月6日 / 144

7 致奥斯汀·狄金森，南哈德利，1848年2月17日 / 147

8 致奥斯汀·狄金森，南哈德利 1848年5月29日 / 151

9 致亚比亚·鲁特，1848年10月29日 / 152

10 致威廉·考珀·狄金森，1849年2月14日 / 153

11 致乔尔·沃伦·诺克罗斯，1850年1月11日 / 155

12 致艾米莉·富勒（福德），1850年初？ / 160

13 致威廉·考珀·狄金森，约1850年2月 / 161

14 致乔治·古德？1850年2月 / 162

15 致亚比亚·鲁特，1850年5月7日和17日 / 163

16 致苏珊·吉尔伯特（狄金森），约1850年12月 / 168

17 致艾米莉·富勒（福德），约1851年 / 169

18 致埃尔布里奇·鲍登，1851年2月 / 170

19 致奥斯汀·狄金森，1851年6月8日 / 170

20 致苏珊·吉尔伯特（狄金森），1851年10月9日 / 172

21 致奥斯汀·狄金森，1851年10月25日 / 175

22 致简·汉弗莱，1852年3月23日 / 177

23 致奥斯汀·狄金森，1852年3月24日 / 178

24 致苏珊·吉尔伯特（狄金森），1852年4月5日 / 180

25 致苏珊·吉尔伯特（狄金森），1852年6月初 / 184

26 致苏珊·吉尔伯特（狄金森），1852年6月11日 / 186

27 致奥斯汀·狄金森，1852年6月20日 / 188

28 致苏珊·吉尔伯特（狄金森），1852年12月初 / 190

29 致艾米莉·富勒（福德），约1853年1月13日 / 191

30 致艾米莉·富勒（福德），1853年初？ / 193

31 致约翰·格雷夫斯，约1853年2月 / 193

32 致约翰·格雷夫斯，约1853年2月 / 194

33 致苏珊·吉尔伯特（狄金森），1853年3月12日 / 194

34 致奥斯汀·狄金森，1853年3月24日 / 197

35 致奥斯汀·狄金森，1853年3月27日 / 199

36 致亨利·埃蒙斯，1853年春 / 201

37 致亨利·埃蒙斯，1853年春 / 202

38 致艾米莉·富勒（福德），约1853年6月 / 202

39 致奥斯汀·狄金森，1853年6月5日 / 203

40 致奥斯汀·狄金森，1853年6月5日 / 204

41 致霍兰医生和太太，1853年秋季 / 205

42 致亨利·埃蒙斯，1853年秋 / 207

43 致约翰·格雷夫斯，1853年末 / 208

44 致艾米莉·富勒·福德，1853年12月21日 / 208

45 致亨利·埃蒙斯，1854年1月初 / 210

46 致亨利·埃蒙斯，1854年1月初 / 210

47 致爱德华·埃弗雷特·哈尔，1854年1月13日 / 211

48 致奥斯汀·狄金森，1854年3月19日，21日 / 212

49 致艾米莉·富勒·福德，1854年春 / 214

50 致亨利·埃蒙斯，约1854年 / 216

51 致亚比亚·鲁特，约1854年7月25日 / 216

52 致亨利·埃蒙斯，1854年8月 / 218

53 致约翰·格雷夫斯，1854 年 8 月 15 日 / 219

54 致亨利·埃蒙斯，1854 年 8 月 18 日 / 220

55 致苏珊·吉尔伯特（狄金森），约 1854 年 / 221

56 致霍兰医生和太太，约 1854 年 11 月 26 日 / 223

57 致苏珊·吉尔伯特（狄金森），
　　1854 年 11 月 27 日到 12 月 3 日 / 225

58 致苏珊·吉尔伯特（狄金森），
　　1855 年 2 月 28 日，华盛顿 / 227

59 致霍兰夫人，1855 年 3 月 18 日，费城 / 229

60 致约翰·格雷夫斯，1856 年 4 月末 / 231

61 致霍兰夫人，1856 年 8 月初？/ 233

62 收信人不详，约 1858 年 / 235

63 致塞缪尔·鲍尔斯先生和夫人，约 1858 年 6 月 / 236

64 致塞缪尔·鲍尔斯，1858 年 8 月末？/ 237

65 致霍兰先生和太太，约 1858 年 11 月 6 日 / 238

66 致塞缪尔·鲍尔斯夫人，约 1858 年 12 月 / 239

67 致塞缪尔·鲍尔斯，1859 年 4 月初 / 240

68 致凯瑟琳·斯科特·特纳（安东），1859 年底？/ 241

69 致塞缪尔·鲍尔斯，约 1860 年 / 242

70 致塞缪尔·鲍尔斯，约 1860 年 8 月初 / 243

71 收信人不详，约 1861 年 / 244

72 致苏珊·吉尔伯特·狄金森，1861 年夏 / 246

73 收信人不详，1862 年初？/ 250

74 致塞缪尔·鲍尔斯，1862年初 / 252

75 致塞缪尔·鲍尔斯，1862年初 / 253

76 致塞缪尔·鲍尔斯，1862年初 / 254

77 致托马斯·希金森，1862年4月15日 / 255

78 致托马斯·希金森，1862年4月25日 / 256

79 致托马斯·希金森，1862年6月7日 / 258

80 致托马斯·希金森，1862年7月 / 260

81 致霍兰医生和夫人，1862年夏？ / 261

82 致托马斯·希金森，1862年8月 / 262

83 致塞缪尔·鲍尔斯，1862年12月底 / 264

84 致托马斯·希金森，1863年2月 / 265

85 致托马斯·希金森，1864年6月初，剑桥 / 267

86 致苏珊·吉尔伯特·狄金森，1864年9月，剑桥 / 268

87 致苏珊·吉尔伯特·狄金森，1865年3月 / 269

88 致苏珊·吉尔伯特·狄金森，1865年3月左右 / 269

89 致霍兰夫人，1865年11月初 / 270

90 致托马斯·希金森，1866年1月底 / 271

91 致霍兰夫人，1866年3月初 / 271

92 致托马斯·希金森，1866年初 / 272

93 致托马斯·希金森，1866年6月9日 / 274

94 致托马斯·希金森，1869年6月 / 275

95 致佩雷斯·考恩，1869年10月 / 278

96 致约瑟夫·斯威斯特夫人，1870年2月末 / 279

97 致露易丝和弗朗西斯·诺克罗斯，1870 年初春 / 280

98 致托马斯·希金森，1870 年 8 月 16 日 / 282

99 致霍兰夫人，1870 年 10 月初 / 288

100 致霍兰夫人，1871 年 1 月初 / 289

101 致托马斯·希金森，1871 年 11 月 / 290

102 致霍兰夫人，1871 年 11 月末 / 291

103 致露易丝和弗朗西斯·诺克罗斯，1873 年 4 月末 / 292

104 致霍兰夫人，1873 年初夏 / 293

105 致约瑟夫·斯威斯特夫人，1874 年 1 月末 / 295

106 致霍兰夫人，1874 年 5 月 / 296

107 致托马斯·希金森，1874 年 5 月末 / 297

108 致塞缪尔·鲍尔斯，1874 年 6 月末 / 298

109 致托马斯·希金森，1874 年 7 月 / 299

110 致霍兰夫人，1875 年 1 月末 / 300

111 致塞缪尔·鲍尔斯，约 1875 年 / 301

112 致托马斯·希金森，1875 年 6 月中旬 / 302

113 致托马斯·希金森，1875 年 7 月 / 303

114 致海伦·亨特·杰克逊，1875 年 10 月末 / 303

115 致托马斯·希金森，1876 年 2 月 / 305

116 致托马斯·希金森，1876 年春 / 306

117 致托马斯·希金森，1876 年春 / 307

118 致塞缪尔·鲍尔斯，约 1877 年 / 309

119 致萨莉·詹金斯，约 1877 年 / 310

120 致塞缪尔·鲍尔斯，约 1877 年 / 310

121 致塞缪尔·鲍尔斯夫人，1878 年初 / 312

122 致玛丽亚·惠特尼，1878 年初 / 313

123 致霍兰夫人，约 1878 年 3 月 / 314

124 致奥蒂斯·洛德，约 1878 年 / 315

125 致奥蒂斯·洛德，约 1878 年 / 316

126 致奥蒂斯·洛德，约 1878 年 / 317

127 致奥蒂斯·洛德，约 1878 年 / 317

128 致奥蒂斯·洛德，约 1878 年 / 318

129 致托马斯·希金森，1879 年 2 月 / 319

130 致海伦·亨特·杰克逊，约 1879 年 4 月中旬 / 320

131 致托马斯·希金森，1880 年春 / 321

132 致霍兰夫人，1880 年 7 月 / 322

133 致小塞缪尔·鲍尔斯，1880 年 8 月初 / 324

134 致托马斯·希金森，1880 年 8 月 / 325

135 致霍兰夫人，约 1880 年 9 月 / 326

136 致托马斯·希金森，1880 年 11 月 / 327

137 致托马斯·希金森，1880 年 11 月 / 327

138 致托马斯·希金森，1880 年 11 月 / 328

139 致霍兰夫人，1881 年 1 月初 / 329

140 致霍兰夫人，1881 年春 / 330

141 致霍兰医生，约 1881 年 / 331

142 致霍兰夫人，1881 年 8 月 / 332

143 致塞缪尔·鲍尔斯夫人，1881年9月6日 / 333

144 致霍兰夫人，1881年10月 / 334

145 致霍兰夫人，1881年10月 / 335

146 致奥蒂斯·洛德，1882年4月30日 / 335

147 致奥蒂斯·洛德，1882年5月14日 / 338

148 致苏珊·吉尔伯特·狄金森，约1882年 / 340

149 致詹姆斯·克拉克，1882 / 341

150 致玛丽亚·惠特尼，1882年11月14日 / 342

151 致霍兰夫人，1882年11月 / 342

152 致托马斯·奈尔斯，1883年3月中旬 / 343

153 致玛丽亚·惠特尼，1883年春 / 345

154 致查尔斯·克拉克，1883年6月初 / 346

155 致爱德华（内德）·狄金森，1883年6月19日 / 347

156 致玛丽亚·惠特尼，1883年6月末 / 348

157 致奥蒂斯·洛德，约1883年 / 349

158 致苏珊·吉尔伯特·狄金森，1883年10月初 / 349

159 致霍兰夫人，1883年末 / 350

160 致肯达尔·爱默生，1883年圣诞节 / 352

161 致亨利·希尔斯夫人，1883年圣诞节 / 352

162 致查尔斯·克拉克，1884年初 / 353

163 致苏珊·吉尔伯特·狄金森，1884年2月 / 354

164 致霍兰夫人，1884年初 / 354

165 致玛丽亚·惠特尼，1884年3月？ / 356

166 致霍兰夫人，1884年3月 / 357

167 致露易丝和弗朗西斯·诺克罗斯，1884年3月末 / 358

168 致玛莎·吉尔伯特·史密斯，约1884年 / 360

169 致霍兰夫人，1884年6月初 / 361

170 致露易丝和弗朗西斯·诺克罗斯，1884年8月初 / 362

171 致苏珊·吉尔伯特·狄金森，约1884年 / 363

172 致弗瑞斯特·爱默生，1884年夏 / 364

173 致海伦·亨特·杰克逊，1884年9月 / 365

174 致霍华德·斯威斯特夫人，1884年秋末 / 368

175 致卢米斯先生和夫人，1884年11月19日 / 369

176 致露易丝和弗朗西斯·诺克罗斯，
　　1885年1月14日 / 370

177 致查尔斯·克拉克，1885年1月 / 371

178 致本杰明·金布尔，1885年2月 / 372

179 致本杰明·金布尔，1885年 / 373

180 致玛丽亚·惠特尼，1885年春 / 374

181 致奥斯汀·狄金森和家人，约1885年 / 375

182 致爱德华（内德）·狄金森，1885年8月 / 375

183 致托马斯·希金森，1885年8月6日 / 377

184 致威廉·杰克逊，1885年8月中旬 / 377

185 致萨拉·科尔顿（吉勒特），1885年夏末 / 378

186 致萨拉·科尔顿（吉勒特）？1885年夏末 / 378

187 致威廉·杰克逊，1885年夏末 / 379

188 致福里斯特·爱默生，1885 年 9 月末 / 379

189 致爱德华·塔克曼夫人，1885 年 10 月 / 380

190 致露易丝和弗朗西斯·诺克罗斯，1886 年 5 月 / 381

附录 / 383

艾米莉·狄金森年表 / 385

主要人物简介 / 387

第一辑

灵魂选择自己的伴侣：诗歌

这是我写给世界的信

这是我写给世界的信,
那从未写信给我的世界,
自然以温柔的庄严,
告诉给我的简单的消息。

她的信息发送给
我无法看见的手;
为了爱她,亲爱的同胞,
请温和地把我评判!

那些从未成功过的人

那些从未成功过的人,
认为成功最为甜蜜。
为了领会一滴甘露
需要最深刻的痛苦。

任何一位今天掌旗的
紫色的主人
都无法像失败的
垂死者那样——

清晰地说出胜利的含义
在后者那封闭的耳中
那遥远的凯旋曲
撕裂,苦闷而清晰!

我们有共同的黑夜要忍受

我们有共同的黑夜要忍受,
我们有共同的黎明,
我们有欢乐的空白要填充,
我们有轻蔑的空白。

这里一颗星,那里一颗星,
有的迷失了道路。
这里是雾,那里是雾,
然后——是白昼!

如果我能阻止一颗心的破碎

如果我能阻止一颗心的破碎,
我的生活将不是徒劳;
如果我能安慰一个生命的疼痛,
平息一个人的痛苦,
或是帮助一只昏迷的知更鸟
重新回到巢中,
我的生活将不是徒劳。

在我的所及之内

在我的所及之内!
我本来可以触摸到的!
我本来可以碰巧走那条路!
轻轻地闲逛着穿过村庄,
轻轻地闲逛着离开!
如此没有预料到的紫罗兰
低低地躺在田野里,
对于努力的手指已经太晚
那一小时前路过的一切。

受伤的鹿跳得最高

受伤的鹿跳得最高,
我听猎手这样说过;
那仅仅是死亡的狂喜,
然后车闸猛地刹住。

被敲击的岩石迸溅,
被践踏的钢条弹跳:
总是显得更红的脸颊
仅仅是肺病在叮咬!

欢乐是痛苦的铠甲,
用它小心地武装起来,
免得有人窥见了血迹
惊叫:"你受伤了!"

一种正在衰退的珍贵的快乐

一种正在衰退的珍贵的快乐
是遭遇一本古老的书,
他恰恰穿着那个世纪的打扮;
我认为,这是一种特权,

他庄严的手握在
我们手中,变得温暖,
一两个段落,通向
他青春年少的时代。

去探察他奇特的想法,
去揭开他奥秘的知识
那古老的文学,
和我们的思想有什么关联。

是什么使学者最感兴趣,
举行过什么样的竞赛
当柏拉图是一个必然,
而索福克勒斯是个人;

当萨福还是个活泼的少女,
而贝亚特里齐穿着
但丁崇拜的长袍。
若干世纪前的事实

他了解得非常详细,
如同一个人来到镇上
告诉你,你所有的梦都是真的:
他生活在梦诞生的地方。

他的存在让人着魔,
你恳求他不要离开;
而古书摇着他们上等皮纸的脑袋
逗引着你,不过如此。

对于明察秋毫的眼睛

对于明察秋毫的眼睛
有不少疯狂是最神圣的认识；
有不少认识是最彻底的疯狂。
在这里，和别的方面一样
也是多数在支配。
附和，你就是明智；
反对——你马上就陷入危险，
并被锁链加身。

灵魂选择自己的伴侣

灵魂选择自己的伴侣，
然后关上门；
神圣的多数
对她再没有意义。

不为所动，她发现车辇停在
她低矮的门前；
不为所动，一个皇帝跪在
她的门垫上。

我知道她从一个富有的民族
挑选了一个；
然后关上了她注意的阀门
像石头一样。

有什么东西在那里飞

有什么东西在那里飞，——
鸟儿，时辰，跌跌撞撞的蜜蜂：
没有关于这些的挽歌。

有什么东西在那里停留，——
悲哀，山冈，永恒：
这也与我无关。

那些休眠者，起身。
我能否阐释天空？
那谜语多么安静地躺着！

呐喊着去战斗固然勇敢

呐喊着去战斗固然勇敢,
但是我知道,
与内心苦恼的骑兵搏斗,
更加英勇。

胜了,不会有国人看见,
败了,也无人察觉,
那些垂死的眼睛
不会有人带着爱国的热忱来凝视。

我们相信,天使们正是为此
在羽毛装饰的队伍中行进,
一排接一排,步伐整齐
身着雪白的制服。

当黑夜快结束的时候

当黑夜快结束的时候,
当日出变得如此接近
我们可以触摸空间,
是把头发梳理整齐

准备好笑脸的时候了。
我们惊讶,我们竟然会在意
那陈旧的消逝的午夜,
那恐怖的一小时。

痛苦有一种空白的性质

痛苦有一种空白的性质；
它无法回忆起
它是何时开始的，或者是否
有一天它不再存在。

它没有未来，只有它自己，
它无穷的国土包含了
它的过去，启发人去领略
痛苦的新时代。

我品尝了一种从未有人酿造过的酒

我品尝了一种从未有人酿造过的酒,
用珍珠掏空挖成的酒杯;
并非莱茵河上所有的酒桶
都能流出这样的琼浆!

我是空气的酒鬼,
我纵情于露水,
从熔化的蓝天的酒馆中,
踉跄而出,穿过无尽的夏日。

当房东把喝醉的蜜蜂
赶出毛地黄的家门,
当蝴蝶否认它们的酒浆,
我还要饮得更多!

直到六翼天使摇晃着雪白的帽子,
直到圣徒们奔到窗前,
来看这小小的酗酒者
斜靠着太阳!

我没有时间恨

我没有时间恨,因为
坟墓会妨碍我,
生命并不那么宽敞
我无法把敌意完成。

我也没有时间爱;可是既然
必须做点什么,
爱的小小劳烦,我以为
对我已是足够沉重。

我是无名之辈！你是谁？

我是无名之辈！你是谁？
难道，你也是无名之辈？
那么我们就是一对儿了——不要说话！
他们会放逐我们，你知道。

做一个某某有多厌倦！
有多出名，仿佛有一只青蛙
整天都在说着你的名字
对着一片令人赞赏的沼泽！

希望是带羽毛的东西

希望是带羽毛的东西
栖息在灵魂中,
唱着无词的曲调,
从不会完全停息,

在暴风中听起来最为甜蜜;
暴风一定很是恼火
它能让那温暖众人的小鸟
困窘不安。

我曾在最寒冷的陆地,
在最陌生的海上听到它;
但是,在绝境中,它也从不向我
索取些微的面包。

灵魂对于它自己

灵魂对于它自己
是一个威严的朋友，
是敌人所能派遣的
最让人不安的间谍。

为了防范它自己，
灵魂不害怕背叛；
它是自己的主宰
应该敬畏自己。

欢乐变成了图画

欢乐变成了图画
当你透过痛苦去看,
显得更美,因为不可能
再度得到。

远处的山
躺在琥珀中;
靠近,琥珀飞走远了一点,
那是天空!

今天一个思想出现在我的脑海

今天一个思想出现在我的脑海
我以前曾经有过,
但没有完成——处于萌芽状态,
我无法确定是在哪一年,

它去了哪里,为什么
第二次来到我的脑海,
我也没有技艺
确切地说出它是什么。

但是在我灵魂的某处,我知道
我以前曾经与之相遇;
它仅仅是提醒我——仅仅如此
以后再也没有出现。

胜利来得太迟了

胜利来得太迟了,
它被低低地送向冰冷的唇
那覆满寒霜的唇
已无法把它品尝。
那会是多么甜蜜,
哪怕只尝上一滴!
难道上帝如此吝啬?
把他餐桌上的食物摆得太高
我们只有踮起脚尖才能够到。
碎屑适合这样的小嘴,
樱桃适合知更鸟;
雄鹰金色的早餐
只会把它们噎住。
上帝向麻雀信守着诺言,
那些没人抚爱的麻雀
懂得如何挨过饥饿!

我把我的力量握在手中

我把我的力量握在手中
去与整个世界战斗；
我的力量比不上大卫，
但我要比他勇敢两倍。

我瞄准了我的卵石，可是
倒下的只是我自己。
是歌利亚太大了，
还是我太小了？

我这些年一直在挨饿

我这些年一直在挨饿；
进餐的中午终于来到；
我，颤抖着，靠近桌子，
触摸那奇异的酒杯。

这就是我看见的一切，
当我转身，又饿又孤独，
我从窗户里望见
我无希望拥有的丰盛。

我不知道足够的面包，
它和我经常与鸟儿
在自然餐厅里分享的
面包屑截然不同。

这丰富伤害了我，它如此新鲜，
我感到不适和异常，
就像山间灌木上的浆果
被移植到了大路上。

我不再饥饿；于是我发现
饥饿是窗外人的感觉，
一旦入室，
即告消除。

希望是一个诡秘的贪吃者

希望是一个诡秘的贪吃者，
他以美为生；
然而，就近去观察，
又是多么的节制！

他坐在富足的桌边
那从来没人坐过的位子，
所有消耗掉的东西
都有同样的数量剩下。

天堂是我所不及的东西

天堂是我所不及的东西!
如果树上的苹果,
毫无希望地悬挂着,
那对于我,就是"天堂"。

逡巡的云朵上的色彩,
严禁涉足的土地
在山冈后面,在房子后面,
就在那里找到了天堂!

她揶揄的紫色——下午
轻信的诱饵
对魔术师的迷恋,
把我们唾弃——就在昨天!

有人说

有人说
一个词一经说出,
即告死亡。
我说它的生活
就在那一天
刚刚开始。

我的生命在结束前已经结束过两次

我的生命在结束前已经结束过两次；
但它仍然在逗留，要瞧瞧
永恒是否会向我显现
第三次事件，

如此重大，难以设想，
就像那前两次的降临。
分离是我们所知道的天堂的一切，
也是我们对地狱的全部需要。

没有一艘快船能像一本书

没有一艘快船能像一本书
载我们游历异乡，
也没有一匹骏马比得上
一页欢腾的诗章。

这是穷苦人都能完成的旅行
没有通行税让他忧烦；
那运载灵魂的战车
是何等的节俭！

谁没有在地上发现天堂

谁没有在地上发现天堂
谁就会在天上错过它。
上帝的居所与我毗邻,
爱就是他的全部家具。

我有一枚金几尼

我有一枚金几尼；
被我失落在沙子里，
尽管它的数额微不足道，
尽管世上还有许多英镑，
但对我节俭的眼睛
它有如此的价值，
以至因为遍寻不见
我坐下来叹息。

我有一只深红色的知更鸟
经常整天唱歌，
但当树林染上颜色，
他，也飞走了。
时间带来了新的知更鸟，
它们的歌谣一模一样，
但是，为我丢失的行吟诗人
我守在家里不出去。

我在天空中有一颗星星；
"普勒阿得斯"是它的名字，
当我不留意的时候，

它同样迷失了方向。
尽管天空挤满了星星,
所有的夜晚闪闪发亮,
我却丝毫不关心,
因为没有一颗是我的。

我的故事有寓意:
有一个朋友已失去,
"普勒阿得斯"、知更鸟和金几尼
都是为它取的名字。
当这支伴着眼泪
唱出的悲伤曲,
在远离此地的国家
遇见负心人的眼睛,
但愿那深深的懊悔
攫住他的心灵,
但愿他在太阳下
永不会找到安慰。

如果记忆就是遗忘

如果记忆就是遗忘,
那么我将不再记忆。
如果遗忘就是记忆,
我与遗忘多么接近。
如果思念就是快乐,
忧伤就是喜悦,
那些手指是多么欢欣
今天,采撷到了这些!

大脑比天空辽阔

大脑比天空辽阔,
因为,把它们放在一起,
前者能轻松地
包容后者,还有你。

大脑比海洋更深,
因为,把它们比一比,蓝对蓝
前者能吸收后者,
像吊桶,也像海绵。

大脑和上帝重量一致,
因为,把它们称一称,磅对磅,
它们,如果有区别,
就像音节不同于音响。

我从一个跳板向另一个跳板走去

我从一个跳板向另一个跳板走去
如此缓慢,小心翼翼;
我感觉到头上的星星,
大海在我的脚边。

我只知道下一步
有可能就是我旅程的终点,
这使我的步态变得摇颤
有人却称之为经验。

听见金黄鹂唱歌

听见金黄鹂唱歌
也许事属平常,
也许恰恰是件圣事。

它不是老唱一首歌的鸟,
仿佛唱给众人听,
却没人听到。

耳朵的方式
把它听到的
装饰成单调或美丽。

所以无论它是神秘的诗,
还是什么都不是,
都包含在内;

"乐声在树上",
怀疑论者指给我;
"不,先生!在你心里!"

天空无法保守住它们的秘密

天空无法保守住它们的秘密！
它们告诉了山峦——
山峦又告诉了果园——
它们是水仙花！

一只鸟，偶然，经过那里
悄悄听到了一切。
如果我向这小鸟行贿，
谁知道她会不会告诉我？

不过，我认为我不会如此，
还是不知道更好；
如果夏天是一条定理，
什么魔法能下雪？

保守住你的秘密吧，父亲！
如果我能，我不愿意，
知道蓝宝石接着会做什么，
在你新创造的世界！

谁抢劫了树林

谁抢劫了树林,
充满信任的树林?
毫不怀疑的树木
交出刺果和苔藓
为了愉悦他的幻想。
他好奇地浏览它们的小玩意儿,
他抓住它们,带走。
那庄严的铁杉会说什么,
那枞树会说什么?

两只蝴蝶中午出门

两只蝴蝶中午出门
在一条小溪上跳华尔兹,
然后径直穿过天穹
歇息在一艘船的横梁上;

然后一同顺风行驶
在一片闪光的大海上,
可是在任何港口,
它们的到来都没人提起。

如果有远方的鸟儿说起
如果有军舰或商船
在茫茫海上遇见了它们,
请不要向我报告。

讨厌的暴风雨搅动了空气

讨厌的暴风雨搅动了空气,
云彩憔悴而稀薄;
一阵黑色,如同幽灵的斗篷,
把天空和大地掩去。

有生灵在屋顶上咯咯而笑
在风中呼啸,
摇晃着拳头,磨着牙齿,
甩动着它们发狂的乱发。

黎明照亮,鸟儿苏醒;
怪物褪色的眼睛
缓缓转向故乡的海岸,
而和平就是乐园!

每一处银色的地方

每一处银色的地方,
都用沙子的绳索
防止它抹去
叫作陆地的轨迹。

一只小鸟沿小径走来

一只小鸟沿小径走来：
它不知道我看见了它；
它把一条蚯蚓啄成两段
接着把这家伙生生吃掉。

然后它喝了一滴露水
从一片就近的草叶上，
又侧身跳到路边的墙下
让一只甲虫通过。

它用滴溜溜乱转的眼睛
迅速地环视了左右，
它们就像受惊吓的珠子，我想
它抖了抖紫红色的头

像遇险者一样小心翼翼，
我给了它一点面包屑，
它却展开翅膀
划了回去，轻快

胜过分开海洋的船桨，
比缝隙更显银白，
胜过蝴蝶从午时的岸边跃起，
游泳，却没有激起一丝浪花。

草丛中一个细长的家伙

草丛中一个细长的家伙
偶尔滑过去;
你也许遇见过——难道没有?
它的通报往往很突然。

草丛像被梳子分开,
一根带斑点的箭杆出现;
等草丛在你的脚边合拢
更远处的草丛又分开。

它喜欢沼泽地,
冷得不生长谷物。
当我还是个孩子,光着脚,
不止一次,在正午

与之相遇,我以为是鞭梢
散开在阳光下,
我正要弯腰拾起,
它却皱起身子,离开。

我熟悉几种自然的居民
它们和我也十分要好;
我常常因为它们
感受到友好热情;

但每逢遇见这个家伙,
无论是有伴,还是独自一人,
我总是立刻呼吸发紧,
骨头冷到零度。

风像一个疲倦的人在拍门

风像一个疲倦的人在拍门,
像一个主人,"进来,"
我勇敢地回答;随后
一个无脚的客人

敏捷地来到我的居所,
给它端一把椅子
如同把沙发
递给空气一样不可能。

没有骨头把它捆扎起来,
它的话就像大群的蜂鸟
同时拥拥挤挤。

它的容貌是一阵巨浪,
它的手指,如果经过,
会释放出一曲音乐,那曲调
仿佛从玻璃中颤抖地吹出。

它拜访过了,然后飞走;
然后,像一个胆怯的人,
又去——慌乱地拍门
而我变得孤独了。

小石头多么幸福

小石头多么幸福
它在路边独自漫步,
不在乎沉浮荣辱,
不担心危机迫近;
它朴素的褐色外套
是过路的宇宙为它披上;
像太阳一样独立,
成群或单独地闪耀,
以随意的单纯
履行着绝对的法令。

那声音就仿佛街道在奔跑

那声音就仿佛街道在奔跑,
随后又静静站住。
我们从窗中只看见了日食,
而敬畏是我们全部的感受。

不久,最勇敢的人从藏身处悄悄出来,
看时间是否还存在。
自然穿着她浅蓝的围裙,
正在搅拌更清新的空气。

像悲哀一样难以觉察

像悲哀一样难以觉察
夏季已经消逝,
太难觉察,最后,
显得不像是背叛。

一种宁静蒸馏出来,
当黄昏早早开始,
或者是自然自己,
消磨了隔绝的下午。

黑夜提前降临,
黎明有陌生的闪光,
好像一位即将离去的客人,
殷勤优雅,令人断肠。

于是,没有翅膀,
也不用舟楫,
我们的夏季轻盈地逃逸
进入了美的光景。

诗人歌咏的秋天之外

诗人歌咏的秋天之外,
还有几个散文体的日子
略微在白雪的这一侧
在薄雾的那边。

几个锋利的早晨,
几个苦行的黄昏,
别了,布莱恩特先生的"黄花",
别了,汤姆逊先生的"麦捆"。

静下来的是溪流的奔忙,
密封的是辛辣的阀门;
催眠的手指轻轻地触摸
众多小精灵的眼睛。

也许会有一只松鼠留下,
留下,分享我的悲伤。
哦上帝,给我一颗明朗的心,
去承受你狂风般的意志!

新的脚在我的花园里行走

新的脚在我的花园里行走,
新的手指拨弄着草皮;
榆树上的一位行吟诗人
歌声中泄露了孤独。

新的儿童在绿茵上游戏,
新的疲倦者在地下沉睡;
沉思的春天依旧归来,
准时的白雪依旧落下!

也许你愿意买一枝花?

也许你愿意买一枝花?
但我永远无法出售。
是否你愿意借走我的花
直到水仙

解开她黄色的软帽
在乡村的门下,
直到蜜蜂,从红花草丛中
收回他们的债务和雪利酒,

为什么,到那时我才能出借,
但不会超过一小时!

蜜蜂不关心

蜜蜂不关心
蜜的血统；
任何时候，一枝红花草，
对于它，都是贵族。

蜜蜂对我毫不畏惧

蜜蜂对我毫不畏惧,
我熟悉蝴蝶;
这些美丽的林中居民
亲切地把我接纳。

我来时,溪流笑得更响,
微风的嬉戏更加疯狂。
为什么,你的白银使我目眩?
为什么,哦,夏日的阳光?

一条非人工的小路

一条非人工的小路,
让我的眼睛
能够看见蜜蜂的车辙,
或是蝴蝶的马车。

是否那边有一座小镇,
我无法说清;
只能叹息——没有车马
载我走上那条路径。

预感是草地上长长的阴影

预感是草地上长长的阴影
表明太阳们正在落下；
通知吃惊的小草
黑暗就要经过。

像孩子对客人说晚安

像孩子对客人说晚安,
然后不情愿地转身离开,
我的花儿努起美丽的嘴唇,
然后穿上自己的睡衣。

像孩子一觉醒来,
为黎明欢呼雀跃,
我的花儿从成百的围栏
向外偷看,然后欣然摇曳。

在清晨的露水中

在清晨的露水中
也许能看见天使,
弯身,采摘,微笑,飞翔:
难道花蕾属于他们?

在阳光最热时的沙滩
也许能看见天使,
弯身,采摘,叹息,飞翔:
他们携带的鲜花已经枯干。

任何幸福的花儿

任何幸福的花儿
显然不感到吃惊,
严霜以意外的力量
在游戏中把它打蔫。

白皮肤的凶手继续,
太阳无动于衷地前进
量出又一个日子
为一个赞许的上帝。

夏天刚刚离去

夏天刚刚离去
蟋蟀就出现,
可那柔和的钟表
只是催我们回家。

蟋蟀刚刚离去
冬天就出现,
可那哀婉的钟摆
遵守着奥秘的时间。

这是鸟儿回归的日子

这是鸟儿回归的日子,
非常稀少,一只,两只,
向后依依回望。

这是天空恢复的日子
那古老的,古老的六月的诡辩,
一个蔚蓝和金黄的错误。

哦,无法欺骗蜜蜂的骗局,
你的巧言令色
几乎引诱了我的信念,

直到成排的种子前来作证,
轻轻穿过异样的空气
催促一片被定时了的叶子!

哦,夏天的圣事,
哦,雾中最后的圣餐,
请允许一个孩子加入,

分享你那神圣的象征,
撕开你那供奉的面包,
品尝你永生的美酒!

早晨比过去还要温顺

早晨比过去还要温顺，
坚果在变成褐色；
浆果的脸颊更加丰满，
玫瑰离开了小镇。

枫树披上更华美的头巾，
田野披上猩红的长袍。
唯恐显得老派，
我将戴上小饰物一件。

天空低矮,云层暗淡

天空低矮,云层暗淡,
一片飘舞的雪花
内心正在争辩
是越过谷仓还是飘过车辙。

狭隘的风整天在抱怨
有人如何将它对待;
自然,和我们一样,有时也会被人看见
她不带王冠的模样。

冬日的下午

冬日的下午,
有一种倾斜的光,
压抑,像教堂音乐
一样沉重。

它造成神圣的创伤;
我们却找不到伤疤,
但是内心的变化
便是意义所在。

无人能够讲解它,
它是绝望的封印,
一种帝王的折磨
从天而降。

它来时,风景在倾听,
阴影屏住呼吸;
它走时,就像遥望死亡
不可企及的距离。

对于我敏锐的耳朵,树叶在密谈

对于我敏锐的耳朵,树叶在密谈;
灌木,就像是大钟;
我无法找到一个隐蔽处
躲开自然的哨兵。

如果我藏身在洞穴,
墙壁又开始说话;
创造似乎是一道巨大的裂缝
为了让我成形。

萼片，花瓣，和荆棘

萼片，花瓣，和荆棘
一个普通的夏日清晨，
一阵露水的闪光，一两只蜜蜂，
一股微风
林中的一只马槟榔——
而我，是一朵玫瑰！

创造一片草原需要一棵红花草和一只蜜蜂

创造一片草原需要一棵红花草和一只蜜蜂——
一棵红花草,和一只蜜蜂,
还有白日梦。
如果没有蜜蜂
白日梦自己也够。

蟋蟀在歌唱

蟋蟀在歌唱，
太阳在沉落，
工人们一个个，
把日子缝合。

浅草载满了露水，
微光如陌生人一般伫立
手里拿着帽子，优雅，新奇，
仿佛要留下，或是离开。

一片茫茫，如同一个邻居，到来——
一个没有脸孔没有名字的智者，
一种和平，如同家中的半球——
就这样变成夜晚。

最近的房间

最近的房间
和天堂一样遥远,
如果一个朋友在那里
等待幸福或者大限。

灵魂有着怎样的坚忍,
能如此地忍受
那脚步靠近的声音,
和一扇门的开启!

如果你能在秋天来

如果你能在秋天来,
我会轻轻掸掉夏季
半是微笑,半是轻蔑,
像主妇驱走一只苍蝇。

如果我能在一年后见到你,
我会把月份缠成小球,
分放在不同的抽屉里,
直到它们的时刻降临。

如果仅仅是推迟几个世纪,
我会在手上把它们计数,
逐一屈起手指,直到它们落入
死者的国度。

如果能确定,我们的相会
是在今生的结束,
我会把它像果皮一样抛开,
去品尝永恒的滋味。

可是现在,完全不知道
还要相隔多少时间,
这就像妖蜂在把我刺痛,
却将它的刺秘而不宣。

我一直在爱着你

我一直在爱着你,
我可以向你证明:
在我爱你之前
我爱得不够。

我将一直爱你,
我发誓
爱情就是生活,
而生活中有永恒。

亲爱的,难道你怀疑,这一点?
那么我
再没什么可以表露
除了痛苦。

仿佛北极的一朵小花

仿佛北极的一朵小花,
生长在极地的边缘,
漫步走下一条条纬线,
直到迷惑地来到
夏天的大陆,
看见太阳的天空,
陌生、绚烂的群花,
和鸟儿那异国的口音!
我说,仿佛这朵小花
漫步闯进了伊甸——
那又怎样?没什么,只是
你由此可以推断!

我是妻子了；我已经完成

我是妻子了；我已经完成，
那另一种状态；
我是沙皇，我现在是妻子：
这样更加安全。

少女的生活显得多么古怪
在这柔和的月食之后！
我认为地球也是如此
对于那些此刻在天堂的人。

这是安慰，那么
另一种则是痛苦；
可为什么要比较？
我是妻子！打住！

我把自己交给了他

我把自己交给了他，
他本人便是报答。
终身的庄严契约
就这样合法批准。

这报答可能会令我失望，
我比这出高价的采购商
怀疑的还要贫乏，
日日拥有的爱

会让幻想贬值；
但商人不去采购，
多么精巧的货物，
也空置在香料之洲。

至少，这是相互的风险，
有人发现是互惠互利；
生活甜蜜的债务——夜夜欠下，
每个中午，都无法偿还。

暴风雨夜!暴风雨夜!

暴风雨夜!暴风雨夜!
如果我和你在一起,
暴风雨夜就是
我们奢侈的消遣!

风无能为力
对于一颗入港的心——
它已离开了罗盘
离开了海图。

在伊甸园里泛舟!
啊!大海!
但愿我今夜
能泊在你的怀中!

风信子会向她的蜜蜂情人

风信子会向她的蜜蜂情人
解开腰带吗,
蜜蜂会和以前一样
尊重风信子吗?

被说服的乐园,
交出她珍珠的护城河,
伊甸还会是伊甸,
伯爵还会是伯爵?

爱,先于生命

爱,先于生命,
后于死亡,
是创造的开端
和呼吸的原型。

当玫瑰不再开放,先生

当玫瑰不再开放,先生,
紫罗兰也凋谢枯萎,
当大黄蜂庄严地
飞过太阳的那一边,
那停止采撷的手
在这夏日的一天
将闲散地垂下,晒成褐色——
那时,请接受我的花,祈祷!

但愿我是,你的夏季

但愿我是,你的夏季
当夏日飞逝无踪!
我依然是你耳边的音乐
当夜莺和黄鹂沉默无声!

为你开花,我跃过墓园
把我的花处处开遍!
请采撷我吧,秋牡丹,
你的花,你永远的花!

有一个词语

有一个词语
带着一把剑
能刺穿一个全副武装的人。
它掷出有刺的音节,
然后再次沉默。
但是在它跌落之处
得救者将诉说
在爱国日,
一个戴肩章的兄弟
放弃了他的呼吸。

无论气喘吁吁的太阳跑到哪里,
无论日子在哪里闲荡,
都有它无声的进攻,
都有它的胜利!
看那敏捷的射手!
最熟练的一击!
时间最崇高的目标
是一个灵魂的"忘记"!

心啊！我们会忘记他！

心啊！我们会忘记他！
你和我，今晚！
你会忘记他的温暖，
我会忘记他的光彩！

当你完成，请告诉我一声，
让我的思想可以暗淡；
快啊！以免在你拖延时，
我又会把他想起！

父亲，我没有把我自己带来

父亲，我没有把我自己带来——
那是小小的负担；
我带给你一颗帝王的心
我没有力气把握。

这是我一直珍视的心
直到变得过于沉重，
然而最为奇异，既然它变得沉重，
是否对你也是过于巨大？

心儿不是破碎于棍棒

心儿不是破碎于棍棒,
也不是石头;
我知道,是一根鞭子,
小得你无法看到

鞭打那神奇的生灵
直到它倒下,
而那鞭子的名字
高贵得无法提起。

被男孩发现的
高尚的鸟儿,
向那致它死命的石头
歌唱。

我与他同住,我看见他的脸

我与他同住,我看见他的脸;
我不再离开
为了会客,或者日落;
死亡唯一的秘密,

阻止我拥有自己的隐私,
凭借自己的权利
他提出一个无形的要求,
我无权享受的婚姻生活。

我与他同住,我听见他的声音,
今天我活着站立
是为了见证
永恒确属必然

时间教导我,以人间的方式,
确信每一天——
这样的生活都不会终止,
无论会有什么样的审判。

灵魂有一个客人

灵魂有一个客人,
很少出门,
家中有神圣的一群
去除了这种需求,
而礼仪也禁止
主人离开,
当前来造访的
是人中之王!

名声是一种多变的食物

名声是一种多变的食物
在一个移动的盘子上,
一位客人支起了桌子,
可它再没有出现。
乌鸦看到了桌上的面包屑,
发出嘲弄的聒噪
把它扇到农夫的谷物里;
吃了它的人都死掉了。

大错特错的是估计

大错特错的是估计——
"那边就是永恒,"
我们说起它,就像说起一个车站。
他离我们是这么近,
他和我一起漫步,
分享我的住所,
我没有这么固执的朋友
像这永恒一样。

我的轮子在黑暗中

我的轮子在黑暗中——
我看不见一条轮辐,
但知道它滴滴答答的脚
一圈一圈地向前。

我的脚踩着潮汐——
一条人迹罕至的路,
但所有的道路
最后都是一块"林间空地"。

有的顺从了织布机,
有的在忙碌的坟墓中
找到奇怪的用途

有的以新的——庄严的脚
经过高贵的大门,
把问题掷回你和我!

有另外一种孤独

有另外一种孤独
许多人至死没有领略过,
不是由于缺少朋友,
也不是环境和运气使然。

有时是天性,有时是思想,
它降临到谁身上
谁的富足就无法
用通常的数字来衡量。

丧失思想的花多么快活

丧失思想的花多么快活
仿佛思想是一种苦恼,
那么,美也是痛苦?
传统应该知道。

绝望和恐惧有别

绝望和恐惧有别
就如同
失事的一瞬
和失事已经发生。

心灵平静——不动——
满足得犹如
半身像的眼睛,
知道它再不能看见。

自然是我们之所见

自然是我们之所见,
山冈,下午——
松鼠,日食,熊蜂,
不——自然是天堂。

自然是我们之所闻,
食米鸟,大海——
霹雳,蟋蟀——
不——自然是和谐。

自然是我们之所知
但是却无法说出,
对于她的单纯
我们的智慧如此无能。

对于农夫,"早晨"意味着"挤奶"

对于农夫,"早晨"意味着"挤奶"
对于亚平宁山脉是拂晓——
对于女仆是冒险。
对于恋人,"早晨"恰恰意味着机会——
对于被爱者恰恰是启示。
贪吃者凭它定一份早餐!
英雄的一场战斗,
磨坊主的一股洪水,
变得暗淡的眼睛
叹息中流逝的时间,
信念,我们上帝的实验!

一颗黄色的星星轻轻迈向

一颗黄色的星星轻轻迈向
它高处的位置,
月亮解开她银色的帽子
从她皎洁的脸上。
整个傍晚柔和地点亮
像一座充满星星的大厅——
"父亲,"我对天空说,
"你真守时。"

大海对小溪说"来吧"

大海对小溪说"来吧",
小溪说"让我长大!"
大海说"那样你就是大海了——
我需要的是小溪,现在就来吧!"

大海对大海说"去吧",
大海说"我就是他
你所珍视的"——"熟悉的水域——
对于我,智慧是陈腐的。"

我的茧衣变紧，颜色古怪

我的茧衣变紧，颜色古怪，
我摸索着想呼吸空气；
一种要生翅膀的朦胧力量
弄坏了我身上的衣裳。

蝴蝶的力量一定
在于飞翔的习性，
壮丽的草原会为之让步
它会轻松地掠过天空。

所以我会对这暗示感到困惑
努力去破译其中的奥秘，
跌跌撞撞，直到最后
领悟那神圣的线索。

我为美而死,但是

我为美而死,但是
几乎还没有适应坟墓,
一个为真理而死的人,
就躺在了隔壁的房间。

他轻声地问我"为什么失败"?
"为了美",我回答。
"而我为了真理,它们本是一体;
我们,是兄弟。"他说。

于是,像亲人,在黑夜里相遇,
我们隔着房间交谈,
直到苔藓蔓上我们的唇际,
掩盖了我们的名字。

我喜欢痛苦的表情

我喜欢痛苦的表情,
因为我知道它真实;
人们无法佯作阵痛,
也不能假装痉挛。

目光一旦迟钝,那就是死亡
不可能伪装出
剧痛穿起的
额头的汗珠。

我见过一只垂死的眼睛

我见过一只垂死的眼睛

在房间里四处扫视

好像在寻找什么东西,

然后渐渐模糊;

然后,蒙上灰雾,

然后,焊接到一起,

终于没有透露

有福见到了什么。

我从未见过沼泽

我从未见过沼泽,
我从未见过大海;
却知道荒野是什么,
知道波浪的模样。
我从未和上帝交谈过,
也没有访问过天堂;
但我能确定那位置
仿佛有地图在手上。

上帝允许勤劳的天使

上帝允许勤劳的天使
在下午玩耍。
我遇见了一个——马上忘记了同伴,
完全,是为了他。

太阳刚刚落山
上帝就把天使召回了家;
我想念我的天使。弹子多么沉闷,
在玩过皇冠之后!

死亡之后的早晨

死亡之后的早晨
房子里的喧闹
是最庄严的事情
是尘世制定的律法——

把心清扫干净，
把爱放到一边
我们不想再用
在永恒降临之前。

害怕？我害怕谁？

害怕？我害怕谁？
不是死亡；他是谁？
我父亲的门房
竟会让我窘迫。

害怕生命？奇怪，我会害怕
遵照神的旨意
以一两次存在
包容我的东西。

害怕复活？东方
会害怕信任黎明
和她过分挑剔的前额？
我竟会怀疑我的冠冕！

太阳在不断下落，下落

太阳在不断下落，下落；
还不见午后的色彩
从村舍到村舍，我知道
依然是正午光景。

暮色在不断滴落，滴落；
草上还没有露水，
它只在我的额头逗留，
在我的脸上流淌。

我的脚在不断困倦，困倦，
可我的手指醒着；
为什么从我的内部
好像发不出什么声音？

我以前多么熟悉光亮！
现在却看它不见。
它在死去，我也一样；但是
我并不害怕知道。

因为我不能停下来等待死亡

因为我不能停下来等待死亡,
他亲切地停下等我;
马车中只有我们俩
还有"不朽"同行。

我们慢慢行驶,他知道无须匆忙,
而我已经放下
我的劳作,和我的懒散,
为他的殷勤有礼。

我们经过学校,正是课间休息
孩子们正在游戏,喧闹;
我们经过注目凝视的谷物的田野,
经过西沉的落日。

我们在一座房舍前停下
似乎是隆起的地面;
几乎看不见屋顶,
屋檐只是个土堆。

从那时已有几个世纪;但每一个
感觉都比那一天还短
那是我第一次猜出
马头朝向永恒。

死亡是一场对话

死亡是一场对话
在灵魂和尘土之间。
"分解吧,"死亡说。灵魂回答,"先生,
我有另外的信念"。

死亡对此怀疑,争辩从头开始。
灵魂转身离开,
为了证明,只留下一件
黏土的外衣。

雏菊悄悄地追随着太阳

雏菊悄悄地追随着太阳,
当太阳走完金色的旅程,
雏菊就羞怯地坐在他的脚边。
太阳醒来,发现身旁的雏菊。
"为什么你在这里?"
"先生,因为爱情的甜蜜!"

我们是花朵,你是太阳!
原谅我们,假如夜幕降临,
我们偷偷地向你靠近——
贪恋着即将分离的西天,
和平,飞行,紫水晶,
和夜晚的种种可能!

有一天我失去了一个世界

有一天我失去了一个世界。
有人看见了吗?
凭它前额上环绕的一排星星
你就能认出它。

富人不会注意到它;
但对我节俭的眼睛
它比金币更加珍贵。
哦,先生,请为我,找到它!

当知更鸟来找我

当知更鸟来找我
如果我没有活着,
请给系红领结的那位
一点怀念的面包屑。

如果我无法感谢你,
因为在沉沉酣睡,
你会知道我在努力
用我花岗岩的嘴唇!

至少会有祈祷留下，留在

至少会有祈祷留下，留在
哦耶稣！留在空中
我不知道哪是你的房间——
我正在到处敲门。

你在南方引发地震，
在海里搅起旋涡；
说吧，拿撒勒的耶稣基督，
你就没有一只手来引导我？

在这样的早晨,我们离别

在这样的早晨,我们离别;
在这样的正午,她升起,
先是鼓翼——然后坚定地
飞向她美好的栖息地。

她从来不提那个地方,
它不是为我准备的;
她因狂喜而沉默,
而我,是因为苦恼!

直到黄昏降临,
有人拉上了百叶窗——
快些!一阵更尖锐的瑟瑟声!
是这红雀飞走无踪!

死亡让一件东西重要起来

死亡让一件东西重要起来
眼睛会将其匆匆略过,
除非一个被毁灭的生灵
温柔地恳求我们

沉思一下彩笔画
或绒线中包含的技艺,
"这是她手指最后的作品,"
勤劳忙碌的手指,直到

顶针变得过于沉重,
缝线自行停顿,
然后被放在尘埃之中
在壁橱的架子上。

我有一本,朋友送的书,
他的铅笔,这里,那里,
在他喜欢的地方留下了痕迹——
他的手指已经安歇。

现在,我拿起书,却不能读,
因为模糊视线的眼泪
会使珍贵的笔迹
消除,无法修复。

我注意到人们消失了

我注意到人们消失了,
当我还是小孩子的时候——
我猜他们是去远方访问了,
或者是定居在了荒凉的地区

现在我知道他们访问
并定居在了荒凉的地区,
可难道因为他们死了——这个事实
就能阻止这个小孩子吗!

我们的旅程取得了进展

我们的旅程取得了进展；
我们的双脚几乎抵达了
存在之路的奇怪的岔路口，
一点一点靠近永恒。

我们的步态突然变得敬畏，
我们的双脚勉强向前。
城市就在前面，但是隔着，
死者的森林。

撤退已无希望——
后面，一条封闭的路，
前面，是永恒的白旗，
每一扇门前都有上帝。

我以恐惧为生

我以恐惧为生;刺激就在
危险之中,对于懂得这点的人
其他的推动力
麻木而无活力。

因为它是对灵魂的鞭策,
恐惧会催促灵魂前进
无须幽灵的帮助
去挑战绝望。

我不敢离开我的朋友

我不敢离开我的朋友,
因为——因为如果他死掉
在我离开期间,而我——太晚了——
本应该抵达那需要我的心;

如果我会使那双眼睛失望
那双一直在寻找,寻找,
在"看到"我之前,看到我之前,
不甘心合拢的眼睛;

如果我会刺伤那耐心的信任
他这么确信我会来——我一定会来,
他倾听着,倾听着,入睡时
还呼唤着我的名字——

我的心宁愿在这之前破碎,
因为于那时破碎,于那时破碎,
就像第二天早晨的太阳一样徒劳,
既然午夜的寒霜已经降临!

他们说"时间能够平息"

他们说"时间能够平息"——
时间从不曾平息——
真正的痛苦不断增强,
像精力,随着年纪。
时间考验烦恼,
而不是一种治疗。
如果证明能治,也就证明
本来没病。

每一次的丧失都带走我们的一部分

每一次的丧失都带走我们的一部分；
在浑浊的夜晚，
弦月依然在忍受，和满月一样
顺从潮汐的召唤。

我的小屋是坟茔

我的小屋是坟茔,
为你保留着房间,
我把客厅收拾干净,
摆下大理石的茶点

对于两个分离的人,
可能是暂时的循环,
直到永恒的生命
结成牢固的团体。

我在我的头脑里感受一次葬礼

我在我的头脑里感受一次葬礼,
送葬的人,来来回回,
不断地践踏,践踏,直到
感觉就像是在突围。

当他们全部落座,
一种仪式,像一面鼓
不断地敲击,敲击,直到
我觉得神志就要麻木。

然后我听到他们抬起一个盒子,
吱吱嘎嘎穿过我的灵魂
还是那同样的铅靴。
然后空中响起了钟声

仿佛天堂是一口钟,
而生命只是一只耳朵,
而我和寂静,是某类异族,
在这里,落难,孤独。

我唱着歌等待

我唱着歌等待,
系好帽子,
关上门;
再无别的要做

直到,他最动人的脚步抵达,
我们向白昼进发,
告诉对方,我们如何歌唱
把黑暗抵挡。

她愿意这么骄傲地死去

她愿意这么骄傲地死去
让所有人感到羞愧
我们所珍视的,与她的心愿
似乎如此地隔膜

她乐意马上前往
我们都不愿意去的地方,
那弯下身的剧痛
几乎像是嫉妒。

有比睡眠更宁静的东西

有比睡眠更宁静的东西
在这内心的房间!
它胸脯上戴着一根嫩枝,
不会说出它的名字。

有人摸它,有人吻它,
有人摩擦它懒散的手;
它那单纯的引力
我无法理解!

当心地善良的邻居
聊起"早逝者",
我们,会含蓄地说,
鸟儿已经飞走了!

我死时听见一只苍蝇嗡嗡

我死时听见一只苍蝇嗡嗡;
房间里一片寂静
仿佛暴风雨之间
空气中的气氛。

周围的眼睛,泪已哭干,
人们正在屏住呼吸
等待最后的一击,
见证那国王的力量。

我遗赠我的纪念品,签字
送走我能够转让的
东西——就在那时
一只苍蝇插了进来

发蓝,飘忽,跌跌撞撞地嗡鸣,
在光与我之间;
然后窗户消失——然后
我想看也看不见。

飘摇着！一只小船在飘摇！

飘摇着！一只小船在飘摇！
而黑夜即将降临！
有谁会把小船
引到最近的小镇？

水手们说，昨天，
正当暮色沉沉，
一只小船放弃了挣扎，
随波漂泊沉浮。

可天使们却说，昨天，
正当黎明泛红，
一只饱受风暴折磨的小船
修好了桅杆，重新扯起风帆
欢欣地，加速航行！

我们从来不知道我们走了

我们从来不知道我们走了——
当我们走时,我们说笑着关上门;
命运跟在我们后面,把门闩上,
而我们不再向人搭话。

水,被干渴教育

水,被干渴教育;

陆地,被消失的海洋;

狂喜,被痛苦;

和平,被它所讲述的战斗;

爱情,被记忆的霉;

鸟儿,被白雪。

在这奇异的海上

在这奇异的海上
悄悄地航行,
嚯!领航员,嚯!
你果真知道
没有碎浪吼叫
风暴已经平息的海岸?

在宁静的西方
许多帆船在休息,
牢牢地碇泊;
我引你去那里——
登陆吧!永恒!
嚯,终于靠岸!

第二辑
一封信总让我感觉像永恒：书信

1

致奥斯汀·狄金森，1842年4月18日

我亲爱的哥哥：

因为父亲要去北安普顿，想要过去看你，我认为我要抓住这个机会，给你写几行——我们的确非常想念你，你无法想象，没有你，一切多么奇怪。你在的时候，一切总是那么欢乐和令人激动。我非常想念我的床伴，我现在很少有伴了，因为伊丽莎白姑妈害怕自己睡觉，维妮要和她一起睡，而我每天晚上都有察看床底的特权，你可以想见我的这种特权有所增进。母鸡们相处得很好，小鸡们长得很快。我担心它们长得太大，等你回家的时候，用肉眼都无法看到它们。黄母鸡生了一窝小鸡，我们发现一个母鸡窝里有四只鸡蛋。我拿回来三只，第二天再去察看是否有下蛋，没有，原来的那只蛋也没了。我猜可能是黄鼠狼，或者是黄鼠狼样子的母鸡去过，我不知道是什么——母鸡们正常下蛋，威廉在他家一天拿到两只，我们这里每天五六只。有一只叫作爬山虎的母鸡在地上下蛋，鸡窝太高了，它们从地上够不到。我想我们得给它们弄些梯子让它们上去。在你走后，威廉找到了你没有找到的母鸡和公鸡。我们星期五早上收到了你的信，我们很开心，你一定要经常给我们写信。禁酒晚餐进行得很好，除了拉维妮娅和我，大家都去了。有一百多人，学生们觉得晚餐太便宜了，门票要半美元，所以他们打算明天晚上去晚餐，我想他们会彬彬有礼。琼斯先生察看他的保险单时发现，他的保险是八千美元而不是六千，这让他比原来感觉好多了。威尔逊先生和他太太有天晚上在这里喝茶，他们星期三就要搬家——他们努力要把"欢愉山庄"

搬到它的目的地去，这对大家来说是件极大的快事。真够让人眼睛酸疼的了，我很高兴看不见也听不见有人提它了——我猜那些建筑会有大力的整修。我们都很好，希望你也一样——我们这里的天气现在很舒服。惠普尔先生来了，我们期待汉弗莱小姐明天来——蒙塔古婶婶———直说不到一个星期你就会哭鼻子。泽比纳堂哥那天大发脾气，咬了自己的舌头——正像你所说，这是个雨天，我可以想象——没有什么别的可说了——我等待你快些回信。查尔斯·理查森回来了，在皮特金斯先生的店铺里。萨布拉不再追赶他了。我上次见到她是星期六，那时她还没有见到他。我想，她如果知道我要给你写信，会让我代问你好的——我现在必须停笔了——非常爱你，希望你一切都好，过得开心。

你挚爱的妹妹艾米莉

2

致简·汉弗莱[①]，1842年5月12日

我亲爱的简：

我已经盼望你的信很久了，但是一直没有收到。我鼓起了所有剩下的勇气，决定再做一次努力，给你写几行字——我非常想见你，因为我有很多关于学校的事情要告诉你——况且你

[①] 简·汉弗莱（Jane Humphrey）在阿默斯特学院短期就读时曾住在狄金森家。信中提到的萨布拉·豪（Sabra Howe）、威廉·沃什伯恩（William Washburn）和查尔斯·理查森（Charles Richardson）是校友。简的姐姐海伦·汉弗莱是狄金森的老师之一，妹妹玛丽是阿默斯特中学的学生。

是我最好的朋友之一。查尔斯给了萨布拉一颗漂亮的戒指,你和我一样熟悉他——东汉普顿的考试就在今天——奥斯汀今晚回家。父亲患了风湿病,不能去,母亲和别人去了——今天很不开心——大部分时间在下小雨——你妹妹真的很好——我想她今天下午去了南哈德利——我一天比一天更想你,在学习时,玩耍时,在家里,实际上是在任何地方,我都想念我可爱的简——希望你会写信给我——我会把它看得比一个金矿还重——你给我写信的时候,我希望你会写得长长的,告诉我你知道的所有消息——所有你的朋友,都送上对你多多的爱。奥斯汀和威廉·沃什伯恩问你好——今天是星期三,下午当然有演讲和作文——有一个年轻人朗读了一篇作文,题目是《三思而后开口》——他陈述了任何人都得这样做的理由——一个理由是,如果一个年轻绅士要与一个年轻女子携手,他有一只没尾巴的狗,并且住在小客栈,那就要三思而后开口。另一个理由是,如果一个年轻绅士,认识一位他认为非常完美的女士,让他记住玫瑰都藏着刺儿,我认为他是世上最大的傻瓜。我告诉他,我认为他最好三思而后开口——过去你和我一起睡的时候,我们一起跳上床是多么快乐啊。我真的希望你能来阿默斯特,与我盘桓一大段时间——你拉丁语学得怎么样啦?我现在就在你过去学拉丁语的班——除了拉丁,我还学历史和植物学,我真的很喜欢上学——你妹妹问你所有家人好,问她认识的所有人好——我的植物长得很漂亮——你知道那只优雅的老公鸡,奥斯汀很喜欢的那只——其他鸡围攻它,把它啄死了——尽快回信——我没别的可说了。

爱你的艾米莉

3

致奥斯汀·狄金森，1844年秋天

亲爱的哥哥：

因为贝克①先生要直接去你那里，我想要先写几句告诉你，如果后天天气好的话，我们都要过去看你，但是你先别抱太大希望，因为可能会下雨，破坏我们的计划。不过，如果天气不好，我们就不能去，父亲说你星期六会回家来，如果我们不能去，他会安排你回来，并就此给你写信。

我去歌唱学校。伍德曼先生星期天的夜校很好，他的学校很大。我敢说如果你回来你也会去。昨天夜里有严重的霜冻，地上都结冰了——硬硬的。我们的鼻子都有点儿冻伤了。女士协会明天在咱们家聚会，我期待会有一场非常愉快的聚会。如果你在家，那肯定会很完美。我们很盼望听到你的消息，如果你有时间，我希望你写一行字，让贝克先生带回来。如果你的长筒袜有些薄，母亲希望你卷起来，让贝克先生带回来。接受我们所有人的爱。

你挚爱的妹妹艾

如果我们星期三不去，我们可能就是星期四去，不然，父亲会写信给你。

---

① 贝克可能是替狄金森捎信的人，富有的农夫阿尔弗雷德·贝克（Alfred Baker），或者是他的兄弟奥斯姆恩（Osmyn），一位著名律师。

4

致亚比亚·鲁特，波士顿　1846年9月8日

我亲爱的朋友亚比亚：

　　收到你的邀请函已经很久很久了，我该请求宽恕，我相信你善良的心不会拒绝给予我宽恕。但是很多不可预知的因素造成了我的长久耽搁。我的身体从暮春一直到整个夏天都很糟糕。也许你已经听说过了，亲爱的亚当斯小姐正在阿默斯特中学任教，为此，我上学期很想去读那个学校，而且真的去了十一个星期，后期我身体不行，不得不离开学校。我挣扎了很久，要放弃学习并被认为是个病人可不是件容易的事情，可是我的健康要求我摆脱一切牵挂，我只好做出牺牲。好几个星期我都咳嗽得很严重，弄得我的喉咙很难受，整个身体也很衰弱。我辍学了，有一段时间什么都没做，除了在田野里骑马和闲逛。我现在已经完全不咳嗽了，也没有那些不适的感觉了，我现在健康强壮。我的身体影响到我的精神，我情绪低落了一段时间，不过随着健康的恢复，我的精神也恢复了惯常的畅快。父母亲认为旅游会对我有好处，所以我上上个星期去了波士顿。我在旅途的车上很开心，现在我已经安定下来，如果在城市里能有如此状态的话。我要去姑妈家拜访，我很幸福。幸福！我有没有说过？不，不是幸福，而是心满意足。我已经在这里两个星期了，这段时间，我看见和听见了很多美妙的事情。也许你愿意知道我在这里的时间是怎么过的。我去过奥本山，去了中国博物馆，还有邦克山。听了两场音乐会，看了一个园艺展览。

上了州议会大厦的房顶,还有几乎你能想象到的所有地方。你去过奥本山吗?如果没有,你一定不能理解"死亡之城"这个称呼。似乎大自然本能地想到把这个地方当作她的儿女的休憩之所,疲惫失望的他们可以舒展四肢,躺在蔓延的松柏树下,闭上眼睛,"就像夜晚的睡眠或者日落时分的花朵一样安静"。

中国博物馆非常奇异。那里有数不清的各种各样中国人的蜡像,穿着中式服装。各个展厅里有中国制造的各种物品,琳琅满目,难以尽数。有两名中国人来负责展览。一个是中国的音乐教授,另一个是私塾的写作老师。他们两个都很富有,不用劳动,可是都抽鸦片,害怕继续抽会毁掉他们的身体,又无法在自己的国度打破这种陈规陋习,便离开家人,来到国外。他们现在完全戒了烟。他们的自我克制让我感到特别有趣。音乐家用他的两种乐器边奏边唱。当这个外行表演的时候,我要努力忍住我爱笑的癖性,才能保持严肃,不过他很客气,给我们演奏了一些中国曲目,我们只能表示他的表演让我们很受启发。写作大师一直按照参观者的要求,用卡片写下他们的汉语名字——他每张收十二个半美分。他有求必应。我和维妮也得到了他的卡片,我觉得很珍贵。你还在诺威奇主修音乐吗。我现在没有上课,我希望回家后能去上。

是不是感觉九月已经来到了?夏天过得多快啊,它是否给上天报告了荒废的时光?只有永恒能够回答。季节不断地飞逝对我是个很严肃的话题,可是我们为什么不努力改进它们呢?

诗人带着怎样的强调说,"我们只有失去的时候才在意时间。智慧的人赋予它语言。片刻都不要浪费,要过得值得。它的价值是什么,问那些弥留的人们,只有他们知道。告别时间就像告别生命一样不情愿。"① 那么我们比人类更有权利抓紧我们的时间。因为上帝说过,"在天光时努力工作吧,因为夜晚降临没有人可以再劳动。"② 让我们一起努力,更不情愿地和时间告别,看着飞逝的时间的翅膀,直到它们消失在远处,新的时刻又吸引我们的目光。亲爱的亚比亚,我不是对所有重要的话题都漠不关心,你经常在你的信里热情地提请我关注它们。但是我感觉,我还没有和上帝和好。对于充满你心中的快乐的情感——我还是一个陌生人。我对上帝和他的诺言完全有信心,但是不知道为什么,我感觉世界在我的情感里占有一个支配性的位置。我不觉得我会为了基督而放弃一切,即便我被死亡召唤。为我祈祷吧,亲爱的亚比亚,祝福我进入这个王国,而且那里的辉煌官殿会给我留地方的。你为什么不来阿默斯特呢?我渴望再次见到你,紧紧拥抱你,告诉你我们分开后发生的一切。这个秋天你一定要来,待久一些,好吗?现在的阿默斯特和你在的时候大不一样了。当年的才俊已经风华殆尽了,"哀悼者在街上漫游"。我离开家时,阿比去阿瑟尔看她妈妈和兄弟们了。她很好,和从前一样可爱。她很快会给你写信。阿比和我经常回忆我们一起度过的快乐时光,和你,萨拉,还有海蒂·梅里尔。啊!我会不惜一切代价,只要我们能再次相见。一定要早点儿给我写信。亲爱的亚比亚,写一封长长的信。别忘了啊!!!

　　　　　　　　　　　　　　　　　　爱你的朋友艾米莉

---

① 引用的诗句出自扬格(Young)的《夜思》。
② 语出《圣经》约翰福音 9: 4,"趁着白日,我们必须做那差我来者的工;黑夜将到,就没有人能做工了。"

上次我见到萨布拉·帕尔默的时候,她很好,她说起要去费丁山的事。我想她现在已经在那里了。你不觉得已经过去的夏天特别炎热吗。上星期我已经感到热得难受了。我想九月份一定会很热。上星期波士顿有一百多人死掉了,大部分是由于天气炎热。泰勒先生,我们的老教师,开学的时候在阿默斯特。哦!我好喜欢泰勒先生。再次见到亚当斯小姐和泰勒先生,就像回到以前的时光一样。我几乎忍不住要唱《友谊地久天长》了。它真的很恰当。你记得我们和泰勒先生一起的难忘骑行吗,"很久,很久以前"。

我经常听到萨拉·翠西的信息,至于海蒂,我不会问你是否有她的信息,因为那会让你在下一封给我的信里花费笔墨。不,一个字都别提。萨拉的信情绪高涨,我想她一定很开心。我很欣慰萨拉有这么好的家庭和好心的朋友,她很值得拥有。等我回家,我要是能在阿默斯特见到你该多好。你难道不记得第一次见到你并很唐突的自我介绍的那一天正是我从波士顿回来的当天吗?

你们诺威奇有花吗?离开家时,我的花园很漂亮。我不在的时候维妮负责照看。奥斯汀上个学期入了大学。想想看!!!我有一位有幸成为大学新生的哥哥——你不答应我将来会去参加他的毕业典礼吗?一定去!求你了!维妮告诉我,如果我外出期间给你写信,就代她向你致以最亲切的问候。我和你在的时候比起来,变了许多。我现在个子很高了,几乎可以穿长裙了。你相信我们见面的时候会认出彼此吗。别忘了快点儿回信。

艾米莉

5

致奥斯汀·狄金森，南哈德利，1847年10月21日

我亲爱的哥哥奥斯汀：

我真的没有一点儿时间给你写信，我要从"安静自修的时段"抽点儿时间，但我决定不再食言，我通常都是言出必行的。星期六晚上，我望着你，直到你从视线中消失，然后回到我自己的房间，察看我的宝藏，当我凝视着来自家里的礼物，我敢保证，任何数着他成堆金子的吝啬鬼也没有我心满意足。

蛋糕、姜饼、馅饼、桃子都被吃光了，只剩下苹果——还有栗子和葡萄，希望能保留一段时间。你要笑话我就笑吧，看到这么多好东西一下子消失了，不过你一定要记住，这里是有两个人吃而不是一个人吃，而且我们在这里胃口不错。我的咳嗽几乎好了，我的情绪从那一刻起就奇妙地轻松起来了。你回家后我非常想家，但是最后决定不能这样，因此放弃了所有的乡愁。那不是很明智的决定吗？上星期以来你们在家里一切都好吗？我想应该没有什么特别重要的事情发生，不然我早就会听说了。我昨天晚上收到玛丽·华纳的一封长信，如果你见到她，请代问她好，并告诉她我一有时间就回信，我要从学习中抽出时间。顺便说一下，上个星期，这里有一个小型动物展览。里昂①小姐让"老鹰爸爸"做学院所有女生的情郎，而她们想要看的是熊和猴子，你妹妹不想去，不得不拒绝上面提到的绅

---

① 玛丽·里昂（Mary Lyon, 1797—1849），蒙特·霍利约克女子学院的创立者。

士的殷勤，我担心可能永远不会再有机会利用这种殷勤了。所有的人都在学院前面停下，游戏进行了一刻钟，我想是为了让大家适应下午的情况。几乎所有的女生都去了，我一个人享受美妙的孤独。

我想知道你什么时候再来看我，因为我希望像以前一样经常看到你。我昨天去菲斯克①小姐的房间看了她，她给我读了山姆的信，真是一封愉快的信。正是他的风格。我很喜欢菲斯克小姐，我想我也会热爱所有的老师，等我更熟悉他们一些，了解了他们的情况，我可以向你保证，那几乎都是"过时的发现"。我差点儿忘了告诉你我昨晚做的一个梦，我想要你转给丹尼尔，给我解释一下。或者如果你不想经过他那些烦琐的程序，我允许你来解释，只要你对我实话实说。好吧，我做了一个梦，啊！父亲失败了，母亲说，"她和我一起种的黑麦抵押给塞思·尼姆斯了。"我希望，这不是真的，不过一定要快点儿写信告诉我，因为你知道，把我们的黑麦地抵押出去，我会"屈辱死的"，更不要说是落入无情的疯子之手！！！你给我写信时愿意告诉我谁是总统候选人吗？我来这里以后一直在试图查明，可还没有成功。世界上发生的任何事我都不知道，好像我在昏迷中似的，以你"大学二年级的洞察力"，你一定想象得到，这里的信息又少又模糊。墨西哥战争结束了吗，结局如何？我们被打败了吗？你知道有什么国家要包围南哈德利的吗？如果知道，你一定要通知我，要是我们遭到围攻，有机会

---

① 丽贝卡·菲斯克（Rebecca W. Fiske），蒙特·霍利约克女子学院教师，其弟山姆此时系阿默斯特学院学生。

逃跑我会很开心。如果这样的厄运降临，我想里昂小姐会给我们配备短剑，命令我们为自己的生命而战。

告诉妈妈，谢谢她体贴地问我鞋子的情况。艾米莉[①]有鞋刷子和大量的鞋油。我可以尽情地刷我的鞋子。万分感谢维妮送给我的漂亮丝带，让她尽快给我写信。告诉爸爸我感谢他的来信，我会遵守信中的告诫。原谅我的字，因为我忙得要命，不能再多写一个字了。

你亲爱的艾米莉

代我问候爸爸、妈妈、维妮，阿比、玛丽[②]、迪肯·哈斯克尔全家，和所有家里的好人们，他们的一切都让我萦怀。我会尽快给亚比亚和玛丽写信。一定要尽快给我写封长信，回答我所有的问题，如果你能读到它们的话。尽可能多来看我，每次都带一大包东西来。

菲斯克小姐告诉我，如果我给阿默斯特写信，就代她问好。不要特别给谁，你可以处理好的，因为你判断力强，观察敏锐。

做个好男孩，想着我。

---

① 此处的艾米莉是狄金森的表姐艾米莉·拉维妮娅·诺克罗斯（Emily Lavinia Norcross），比狄金森年级高，是她的室友，狄金森这时在蒙特·霍利约克学院刚刚三个星期。

② 此句中的阿比·伍德（Abby wood）和玛丽·沃纳（Mary Warner）是狄金森在阿默斯特一起长大的朋友。

6

致亚比亚·鲁特,南哈德利,1847年11月6日

我亲爱的亚比亚:

我真的来到了蒙特·霍利约克学院,在长长的一年里,我将以此为家。很高兴收到你热情的信,我希望我的信也让你同样开心。我离开家差不多六个星期了,我以前从来没有离开家这么久过。有几天我很想家,好像在这里我是无法生活下去的。但是现在我很满意,很开心,如果我离开亲爱的家人和朋友还能够开心的话。你可能会笑话我有这样的想法,离开家我不可能快乐,不过你一定要记得我有一个非常宝贵的家,有生以来第一次离开家这么久,这是对我最初的考验。如你所愿,我会详细描述第一次离开父母呵护的情况。到下周四,我到南哈德利就已经整整六周了。旅程让我很疲劳,而且我还患了重感冒,让我不能立刻参加考试,第二天才能开始。

三天内完成了考试,发现它们和我预想的差不多,尽管老生们说考试比以前要严。你很容易想象,顺利通过让我很开心,我得出结论,我根本不应该想家,一般女孩那样想家的情绪在我身上不太能看到了。我现在很满足,忙于预习初级课程,因为我想要进入中级班。学校很大,尽管很多人走了,因为发现考试比他们预想的要难,但现在仍然差不多有三百人。也许你知道里昂小姐大大提高了奖学金标准,因为今年申请人数增加了,于是她便提高了考试的难度。

你无法想象它们有多难对付,如果不能在限定时间内通过

考试，我们就要被打发回家。谢天谢地我尽快地通过了考试，我永远不想再忍受那三天所忍受的焦虑了，就算给我全世界的珍宝我也不干。

我和我表姐艾米莉同一个宿舍，她读四年级。她真是个极好的室友，尽可能让我开心。你可以想象有一个好室友是多么愉快，因为你这么久以来一直住校。这里的一切都怡人而幸福，我想我在任何其他学校都不会这样开心。事情仿佛比我预想的更像在家里，老师们对我们都很友好热情。他们经常来看我们，鼓励我们回访他们，去看他们时，我们总会受到热情的欢迎。

我会告诉你我每天的日程，因为你也会好心地把你的日程告诉我。我们早上六点起床，七点吃早餐，八点开始学习，九点在学院大厅聚集祈祷。十点十五分，我背诵一篇古代史的评论，我们相应地阅读戈德史密斯和格里姆肖的作品。十一点，我背诵"蒲伯关于人类"的论文，这只是个过渡。十二点练习柔软体操，十二点十五分读到十二点半吃饭。午餐后从一点半到两点，在学院大厅唱歌。两点四十五分到三点四十五分，练习钢琴。三点四十五分去各自班上汇报一天的表现，包括缺席——迟到——交流——破坏安静自修时间——在宿舍接待访客，还有一万种其他的事情，我就不花费时间和笔墨在此一一列举了。四点半去学院大厅，接受里昂小姐以讲座形式给我们的建议。六点晚餐，然后安静自习到八点四十五分，休息铃声响起，不过铃声往往推迟到九点四十五分才响，所以我们经常不按照第一次的铃声作息。

我提到的这些项目都是有记录的，除非有很合理的原因，我们才可以不参加，不然我们的名字会被标上黑色标记：你可以想见，我们才不想成为"例外"呢，这是我们这里的科学叫法。我的家政工作并不难,包括把早、中、晚第一排桌子的餐刀带去冲洗和擦干。我身体很好,有望能在这里健康地度过一年。你很可能听说过许多有关这里伙食问题的说法,如果这样,我可以告诉你,我还没有看到我以前听说的现象。一切都很卫生,分量充足,比我想象的能够供给三百来个女生的伙食要强很多。我们的餐桌上食物丰盛,经常变换花样。有一件事是肯定的,就是里昂小姐和其他老师似乎做什么事都会考虑到我们的舒适和愉快,你知道这很让人开心。当我离开家的时候,我没想到我能在这么多人中找到一个同伴或者亲密的朋友。我以为会有粗鲁和不文明的行为,当然,我发现有个别人是这样,不过整体上来看,大家都轻松而优雅,愿意让彼此都快乐,这让我高兴,同时也让我很是惊异。我找不到像阿比、亚比亚或玛丽那么好的朋友,但是有很多我喜欢的女孩。来这里两周左右的时候,奥斯汀来看过我,带着维妮和阿比。我不用告诉你见到他们我有多高兴,听到他们说"他们有多孤单"时我有多开心。知道有人想念你,有关你的回忆对于家里人有多珍贵,这是一种多么温馨的感觉啊。

这个周三,我在窗前碰巧朝旅店那边望,居然看见爸爸妈妈朝这边走来,样子自信而威严。不用说,我马上跳起来,拍着手,飞奔过去迎接他们,你能想象我的感受。我只想问你,你爱你的父母吗?他们想要给我一个惊喜,所以没有提前告诉我。我不忍让他们走,但是他们必须走,我只能伤心地顺从。亚比亚,想想看,两个半星期之后,我就要回到我亲爱的家啦。你如果感恩节能回家,我们就能在一起开心一下了。

你不知道你描写自己向丹尼尔·韦伯斯特自我介绍的文字有多好笑,我把你来信的那一部分读给艾米莉表姐听了。你一定以与他结识为荣,我希望你不会因此而自负。不管怎样,你不认识布里格斯①州长,可我认识,所以我们彼此彼此。我经常收到阿比的信,收到她的信是很愉快的事。昨天晚上,我收到她的一封珍贵的长信,说起收到过你的信。你可能听说了奥·科尔曼②的死讯。多么悲伤!伊莱扎已经给我写了长信,讲了她去世的详细情况,信写得优美动人,等我们再见面时,你会读到。

亚比亚,你一定要经常写信给我,我有时间也要给你多写。不过你知道我现在离开家了,要写很多信。艾米莉表姐说,"代我向亚比亚问好。"

爱你的艾米莉

7

致奥斯汀·狄金森,南哈德利,1848年2月17日

亲爱的奥斯汀:

你从我的写信日期上看,也许会以为我很悠闲,甚至在上午也可以做我喜欢的事情。但是我们一个已经订婚的老师,她的未婚夫昨天下午,非常意外地来访,她回家了,我推测是去见他了,星期六之前不在学校。我碰巧要向她报告我的学习情

---

① 狄金森的父亲曾是乔治·布里格斯(George N. Briggs)州长的执行委员会成员(1846—1847),州长夫妇都曾是狄金森家留宿的客人。
② 奥利维娅·科尔曼(Olivia Coleman),狄金森的朋友伊莱扎的姐姐,9月28日于新泽西普林斯顿去世,两天后狄金森即离开阿默斯特,前往南哈德利。

况，她不在才让我有了一点时间写信。收到你令人愉快的信时，我正在专心读硫酸的历史！！！收到信后，我思量了片刻，看把它拿给你的朋友，怀特曼小姐，是否得体。我思量的结果是决定小心翼翼地打开它，冷静地仔细查看它的内容，如果没有发现任何反叛的气息或者不屈的意志，我就会把它放到我的对开本里，忘记曾经收到过它。你不感到欣慰吗，我这么快就获得了有关女性规范和沉着举止的正确思想。经过检查，我发现里面没有隐藏危险的情感，就非常严肃地把它和我的其他信件一起放起来了，我对这样一封信的印象也完全被时间的浪潮冲刷掉了。我回来后一直很孤单，但是想到我不用再回去继续学习一年让我开心，让我感到安慰，且依然充满希望。我回家非常非常开心，在这么短的时间内就回家的想法一直是我的梦想，不论白天晚上，我都再开心不过了。对我来说，"没有不带刺的玫瑰"。家总是温馨的地方，比周围的朋友更温馨，但从来没有像现在这么温馨。所有人，所有人都对我很好，不过他们的语气让我听起来很奇怪，他们与我相对的表情，也不像是家里人的表情，我可以最真诚地向你保证。当我感到有些悲哀的时候，我想到熊熊的炉火，快乐的晚餐和我走后留下的空椅子。我可以听见快乐的声音和欢笑，这时，孤单的感觉就会浸入我的内心，想到自己是孤身一人。但是我的善良天使只在等待看到眼泪涌出来，然后低声说，只有这一年！！只有二十二周，你就能回家了。对你来说，一切都忙碌而兴奋，我想时间一定过得飞快，但是对我来说，很慢，非常慢，我甚至可以看见他的车轮向前滚动，也经常能看见他本人。不过，我将不再想象，因为你的头脑里满是一千零一夜的幻想，给你已经燃起的想象添加燃料是无济于事的。你不知道我听说维妮要等到下周才来有多么失望，因为我已经计划好这个周五迎接她，而不是下周。但是，我想好事多磨。所有女生都急切地想要见她，我大约告诉了五六人有关她的情况。告诉她一定要以最佳形象出现，不然她们会失望的，因为我把她描绘得光彩照人。

  我猜你这周写的信不多，却收到了很多情人节贺卡。每天夜里我都在徒劳地寻找丘比特的信使。很多女孩都收到了一些非常漂亮的礼物，我还没有放弃得到一个礼物的希望。我的朋友托马斯肯定没有失去一直以来对我的情感。我恳求你告诉他，我在渴望一个情人。我确信，我不会这么快就忘记去年的情人周，更不会忘记我那时多么开心。很可能玛丽、阿比和维妮都从周围迷恋她们的人那里收到了很多卡片，而你卓越的天赋之才的姐姐完全被忽略了。周一下午，里昂小姐出现在大厅，禁止我们邮寄那些"叫作情人卡的蠢信"。但是那些去年在这里的人，知道她的意思，足够狡猾地写信，假期交由狄金森照管，这样，在禁令产生效果之前，就有大约一百五十封情人卡在情人节早上被发送出去。听到这个情况，怀特曼小姐，根据其他老师的建议和支持，皱着眉头，冲到邮局，想要尽可能查明情人卡的数量，还有更糟糕的是，犯规者的名字。没有听说她获得多少信息，不过狄金森是女生们的好帮手，没有人受到惩罚，我们开始以为她的任务没有成功。我一张都没有写，也不想写。你的堆木头的劝告没有被忽视，为了避免被冻僵，我们不得不遵守它。我患重感冒好几天了，但是现在好些了。我们不会有更冷的天气了，我相信，春天就要来了。你决定带谁来了吗？至于我的看法，我承认我在两者之间难以取舍，玛丽和阿比。

我相信你有更好的判断力,所以还是你自己决定吧。

你想要带怀特曼小姐去兜风吗?你最好把这个荣誉交给你的室友,等他下次来的时候。几天前,我收到科尔曼的便条,可她只字未提家里的事。你也许可以想象她说话的速度,不用我多说。我无法有她说的一半那么快,因为我想要留些空间。

你亲爱的妹妹艾米莉

雅各布·霍尔特怎么样了?我很想收到他的信,自从离开家我没有听到有关他的一个字。你的公鸡还在坚持在他窗户下打鸣的愚蠢习惯吗?我希望他早就已经后悔自己的愚蠢行为了。史密斯[①]教授上个安息日在这里布道,我一生从来没有听过这样的布道。我们都对他着迷了,都害怕靠近他。我理解南哈德利的人,他们请东街的贝尔登[②]先生来这里定居。如果他接受,我希望不是等到我离开的时候。你让维妮给我带哈里特·帕森斯的历史与主题的书,因为很快要考试复习了,我需要它们。还有,能让她带一些水菖蒲和那把梳子来吗,我从波士顿回家用来梳头发的那把?快给我写一封长信。

向爸爸、妈妈、维妮、玛丽、阿比和迪亚·哈斯克尔一家,还有所有问起我的人问好。

请不要给别人看这封信,因为它是严格私密的,你给别人看我会感觉很糟糕的。

[①] 亨利·史密斯(Henry B. Smith)系阿默斯特学院教授、牧师。
[②] 波默罗伊·贝尔登(Pomeroy Belden)系阿默斯特东部教区教堂牧师。

8

致奥斯汀·狄金森，南哈德利　1848年5月29日

我亲爱的奥斯汀：

我星期六收到家里的一封来信，是吉尔伯特·史密斯先生带来的。父亲说他打算请艾米莉表姐和我这周六回家过安息日。我收到信后去找了怀特曼小姐，问她我们日后是否可以回去，如果你决定来接我们。我的要求似乎让她很吃惊，一时无法回答。最后她说，"你不知道吗，在安息日请假，是违反学院规定的？"我说我不知道。然后她从桌子上拿起一份目录，给我看最后一部分的法规。

最后她说我们不能走，我回到自己的房间，没有再做无谓的争取。因此你看，我被剥夺了回家的快乐，还有见你的快乐，如果我可以把这大胆地叫作快乐的话！这学期，老师们不情愿让女生回家，因为是最后一学期了，我在这里只有九个星期了，我们还是满足于遵守规定吧。我们隔久一些见面会更加开心，就是这样。

你充满想象力的信给我很大启发，你幻想的飞行，对于你这年纪的确很精彩！你什么时候来看我，还是根本没打算来？维妮告诉我们，你这周会来，如果你能够为此离开家足够久，我们很开心迎接阁下的到访。

家里有没有什么新鲜事儿，你会给我写封长信告诉我所有的消息吗？玛丽·华纳还没有回复我开学时给她的信。就写到这儿吧。

你亲爱的艾米莉

9

致亚比亚·鲁特，1848年10月29日

我亲爱的亚比亚：

我仍然这样称呼你，尽管这样做的时候，我为自己奇怪的大胆颤抖，几乎希望我能更加谦逊而不是这样冒昧。

六个漫长的月份已经极力让我们变得陌生，可尽管维系我们的金链已经悲哀地黯淡，我比以往任何时候都更加爱你，我越发不情愿从那个明亮的圈子里失去你，那个圈子我称其为我的朋友们，三月一日我给你寄了一封长信，耐心地等待着回复，但是没有一封信让我开心起来。

慢慢，慢慢地，我得出结论，你已经忘记了我，我也努力要忘记你，但是你的形象仍然萦绕在我脑海里，用温馨的回忆诱惑着我。在我们的霍利约克周年庆典，我曾瞥见你的脸，渴望与你相见，听你解释沉默的原因，但是，当我想要找你时，结果却是徒劳，因为"鸟儿已经飞走了"。有时，我以为那是个幻觉，以为我并没有真的看见我的老朋友，而是她的灵魂，于是，你熟悉的声音会告诉我那不是灵魂，而是你本人，活生生的，站在拥挤的大厅里，和我说话——那天你为什么没有回来，告诉我是什么封住了你的嘴唇，对我保持缄默？是你没有收到我的信吗，还是你冷酷地决定不再爱我，不再给我写信了？如果你爱我，只是没有收到我的信——那么，你可能会感到委屈，那是很有理由的，但如果你不想再做我的朋友了，尽管说吧，我将再次努力把你从我的记忆中抹去。尽快告诉我，因为悬而未决是无法忍受的。不必说，这封信来自——

艾米莉

10

致威廉·考珀·狄金森，1849年2月14日

威廉表哥：

诺言会活下来真是很奇怪的事情，当发出诺言的日子已经发霉，它却闪亮起来，更奇怪的是，诺言希望在情人节得到实现。

我的情人一直是一个很愉快的班长、一个朋友、一个善良的同伴，不是一个严厉的暴君，像你的那样，强迫你做在没有冲动的情况下不愿去做的事。

上周三晚上，我以为你已经完全忘记了自己的诺言，不然就是认为它是愚蠢的或不值得兑现的，现在，我知道你的记忆力是可靠的，但是我悲哀地担心，你的倾向，和它的告诫有冲突。

我认为你给我的情人卡有点儿傲慢和讽刺意味；有点儿像一只老鹰，俯身向一只鹪鹩致敬，我立刻断定，我不敢回应，因为对我来说这样做是不合适的——作为一只像我这样卑微的鸟儿——居然要请求进入鹰巢，和它的国王对话。

但是我改变了主意——如果你不是太忙，我会和你聊一下。

如果这个世界是"雌激素"，我就是"雌激素的俘虏"，在我自己的地下庭院里，从沉寂的铺路石中，长出了一株植物，如此脆弱又如此美丽，我为之颤抖，唯恐它会夭折。这是让我的孤独陶醉的第一个活物，我对它的存在感到奇异的兴奋。这是一株神秘的植物，有时我幻想它在对我低语让人愉快的话——关于自由——关于未来。无法猜出它的名字，它是"皮西奥拉"①；为了我这奇妙的新伙伴，我要感谢你，威廉表哥。

我不知道如何感谢你的好意。感激和贫乏本身一样可怜——经常说的"万分感谢"，仿佛最为模糊的影子，当我试图把它们印在这里，以便我可以寄给你，让你印象深刻。"皮西奥拉"的第一朵花，我会为你保留。如果不是它温和的声音、友好的话语带给我"温馨的回忆"——我想我不应该如此自作主张。

上周在阿默斯特很是开心，便签像雪花般翻飞。古老的绅士和老处女，忘记了时间和年代的久远，脱去皱纹——换上了笑容——甚至我们这古老的世界，也抛开了它的拐杖和眼镜，现在又宣称它恢复青春了。

可是情人节的太阳正在西沉，在明天晚上之前，古老的事物又会再次出现。另一年，漫长的一年，对我们大家是陌生的——必须生活和死去，在它欢乐的阳光再次照临我们之前，而那"沉默土地上的一片朦胧"可能就是现在写着这些快乐书信的人。

但是我在说教，忘记了你，没有姐妹——因此容易陷入伤感的冥想——也许。现在她走了，你开心了吗？我知道自从她走后你一定很孤单，现在我想起你的时候，仿佛你是一个"忧郁的绅士，站在冥河岸边——叹息着，恳求卡戎来送他渡河"。

我猜得没错吧，或者你快乐得像一个"英国老绅士——为

---

① 皮西奥拉（Picciola），拿破仑时代的一个浪漫故事，作者为 X. B. 圣蒂纳（X. B. Saintine），发表于 1839 年。故事讲述了一个关于要塞里的政治囚犯，观察监狱庭院石头中间生长的一棵植物，从而改变了他的哲学和命运。意大利狱卒的感叹，"Povera picciola！"（可怜的小东西），被囚犯当成了这陌生花朵的名字。

了所有往昔的时光?"

我会尽快给玛莎写信,因为没有她的信,这里很凄凉;比你所能想的还要凄凉。我不会忘记阅读"皮西奥拉"时发现的小小的铅笔印,对于我,它们仿佛是沉默的哨兵,守卫着某个城市的塔楼——它本身太美丽,不能不守卫;我已经读过了那些篇章,对它们的描述非常感兴趣。

祝愿哈蒙德①先生长寿,每年都收到一千张情人卡。

原谅我的喋喋不休——如果它不是不可原谅的话。

你真诚的表妹,艾米莉·狄金森

11

致乔尔·沃伦·诺克罗斯,1850年1月11日

所有亲爱的舅舅中最亲爱的:

睡眠把我带走,梦境开始,一个奇异而古怪的梦——一个警告的梦——我不应该对它所涉及的人隐瞒——上帝不许你轻视这么奇异的景象——爱情的精灵祈求你——发出警告的向导的精灵——所有的支持都保护你不会跌落!而且我梦见——我看到一个没有人能认出的同伴——所有人都青春年少——全都强壮而勇敢——不感到重压——不会衰弱——也不会疲惫。有些人照顾着牛羊——有些人在海上航行——还有人经营着快乐

---

① 查尔斯·哈蒙德(Charles Hammond)系威廉当时任教的蒙森学院的院长。

的商店，欺骗那些来买东西的蠢人。他们让生命成为夏日——他们随着鲁特琴的音乐跳舞——唱着古老的歌谣——痛饮玫瑰红酒——一个人许诺要爱他的朋友，一个人发誓决不欺骗穷人——还有一个人对他的侄女说谎——他们都作了恶——他们的生命还没有结束。很快，一个转变发生了——年轻人老了——牛羊没有了牧羊人——小船独自漂泊——舞蹈停止了——酒杯空了——夏日变冷了——哦！多么可怕的面目！商人撕扯着头发——牧羊人咬牙切齿——水手躲藏起来——祈祷快些死去。有人点燃了熊熊大火——有人打开了地震的大嘴——风一阵阵吹向大海——毒蛇恐怖地发出嘶声。啊，我非常惊恐，我要看看他们是什么人——这种折磨在等待谁——我倾听——而你的声音从深坑中传上来！你说你出不来——没有任何帮助能抵达那么深的地方——你自作自受——我把你留在那里独自等死——但是他们告诉了我全部的罪恶——你在尘世上违背了诺言——现在太晚了，无法挽回。你对我的警告惊异吗——你因为我赶着去告诉你而责备我吗？那不完全是一个梦——但我知道，如果你现在不停止作恶，它就会变成现实——现在改正还不算晚。我想知道你是否收到暗示——你猜到那些事物的意义了吗？——它们还没有造成事实。你这恶棍举世无双——万恶之首——前所未闻的卑鄙——公共和平的破坏者——"创造的污点和空白"——填补国家监狱的东西——空话的制造者——无聊的自食其言者——啊，我还能用什么话来形容你呢？考德尔夫人[①]会把

[①] 英国剧作家杰罗尔德（Douglas William Jerrold，1803—1857）于 1846 年发表于《笨拙》杂志上的连载作品《考德尔夫人闺训》中的人物，健谈而喜欢责骂人。

你叫作"绅士"——那简直是太好了。帕丁顿夫人①会说你是"一个非常好的家伙"——这两者都不符合事实——我号召整个自然抓住你——让大火燃烧——让水淹没——让光熄灭——风暴撕扯——饿狼吞噬——电击——雷劈——遭朋友唾弃——敌人逼近,绞刑架颤抖,但永远不会吊起你的房子!我的祝福遥不可及——我的诅咒追赶你灵魂栖息的身体!所有其他我现在一时想不起来的灾难都会立刻被查出,发送给你。你如何忍受这一切——它们会让你沮丧吗——让生活太过于沉重?它们有可能这样——可我不想要这样的结果——你会像火蜥蜴一样忍受它们。老派的丹尼尔没有你冷酷。讽刺影响到你吗——或者世界的嘲弄?"燃起火焰——煨热——热得难受的癞蛤蟆——我已经诅咒你了——你被诅咒了。"

别忘了,等你从波士顿回来我要收到一封信——它会多长,多宽——多高——或者多深——它能沉没多少辆汽车——翻倒多少个舞台——或者当它停息的时候地球该怎样颤抖——没有最微弱的记忆,让心情轻松——让眼睛变得明亮,生命因它所给予的快乐而加长——最不幸的记忆——拥有这记忆的人值得同情!如果你有一只苍白的手——一只盲眼——我们会谈到妥协——但是你已经给我父亲发了信——所以我们别无选择,只能开战。战争,先生——"我是说战争!"你想要尝试决斗吗——或许那太安静了,不适合你——无论如何我要杀了你——你可以从那个结局出发来处理你的事务。如果你愿意可以用麻

---

① 美国幽默作家施拉伯(Benjamin Penhallow Shillaber,1814—1890)1847年为一家波士顿报纸创造的人物,一个用词错误可笑的乡村妇人。

醉剂——我会在一刹那间让你摆脱痛苦。我的上一次决斗才花了五分钟——"用他沙发罩把他包裹住——躺倒在愉快的梦乡"。私刑给妻子们提供了很好的机会——还有孤儿——所以决斗给我造成的局面似乎和以前不太一样。洛林姨父和拉维妮娅姨妈一定会想念你——但是审判会降临最好的家庭——我想它们通常是为最好的人准备的——它们带给我们新的想法——那些不会被嘲笑的想法。自从你起来见到我们,你身体如何,精神如何?你晚上睡得好吗?——你的胃口有没有变小?这些是万无一失的征兆,我只是想我应该询问一下——我希望没有伤害。伤害是我从来都刻意远离的事——但是不知道为什么,我的意愿和我本身并不像应有的那样和谐——人们会被我投向邻居的狗的石块打到——不仅是打到——那是最轻的了——但是他们坚持责备我而不是责备石块——和我说他们头疼——啊,这真是有史以来最愚蠢可笑的。它和我读过的一个故事巧合——一个人把上了子弹的枪对着另一个人——子弹打中了那个人,他死了——人们把持枪者投进了监狱——后来以谋杀罪绞死了他。只是这个社会的误解的另一个牺牲品——不应该容许这样的事情——生活在这么愚蠢的世界当然和人的脖子一样有价值——它让人疲惫。生活不是它打算的那样。现在,当我走进你的房间,挖出你的心,你死掉——我杀了你——如果愿意就把我绞死好了——但是如果我在睡梦中刺死你,那是刀子的罪过——和我无关——你没有权利控告我伤害你,我想不到你有任何权利这么做。我们理解死刑,我也非常相信另一种惩罚——并真诚地盼望着——因为如果找不到正确的书,读错了书是令人难堪的。

你镇上的朋友们很舒服——或是濒临死亡——虽然我好几天没有进凯洛格诊所了。我也没有见到医生或者教堂司事,承担起向你保证他们还活着,而且健康,这一可怕的责任。你会看到这一切代表这里的一部分——它属于那种极端的案件,笨蛋最好放弃。你找到苏珊娜了吗?"玫瑰会凋谢——时光飞逝——美丽的女士",整个赞美诗你太熟悉了,我不用在这里重复。阿默斯特因这个冬季的欢乐而生机勃勃——希望你来这里看看!雪橇和人一样多——传递给我大脑的思想太多太多了。你会感觉如何,我根本无法预测——但是我敢说,如果你用正确的眼光去看,你能见到相似的情形。聚会已经不能提供足够的欢乐了——因为所有最好的人一周前已经预订好去参加舞会了——参加者可以找到情人——姑娘们的微笑仿佛六月的早晨——哦,这是个非常伟大的城镇!合唱队——"更伟大的是这个","现在是快乐的滚木球时间",等等。你喜欢唱歌——我想——结尾顺便说下,在我再次见到你之前,凭勤奋的练习可以学会这两样,努力不会伤害任何人——它现在还不会开始。

你一切都好吗——孩子们好吗——请代我们全家问你们家人好。别忽略了艾尔伯特表哥!维妮去看过你了——她写信说她很开心。没有她我们很孤单——希望能熬到她回来的时候。你离开前会给我写信吗?任何交流都会被心存感激地接受。

艾米莉——不变的爱

诚挚地问候两位绅士——怀特和莱维特[①]。天国最好的祝福

---

① 怀特和莱维特都是诺克罗斯的生意伙伴。

与他们相伴——邪恶会从旁经过,不会转向左边也不会转向右边。特别是左边——因为他最有可能在左边。"上帝保佑你"给威廉·哈斯克尔——把文明的信息带给我所有其他的朋友。

奥斯汀没有去波士顿,不知道什么原因。除了最后疲惫的几天,他几乎整个假期都在读休姆的历史书——几乎让他精疲力竭了。

前几天收到艾米莉(诺克罗斯)[①]有趣的长信。她好像很满足——几乎是幸福的——说她会很高兴见到我们大家。

12

致艾米莉·富勒(福德),1850年初?

我想要写信,只想告诉你,今天早上,我和我的灵魂在斗争。这件事大家还不知道,你一定不要告诉任何人。

我昨晚梦见你,醒来披上披肩,戴上帽子过去看你,但是邪恶的暴风雪朝我窗户望进来,告诉我不能出门。我希望上帝宽恕我,但是我真的不希望刮风暴——他对罪人很仁慈,不是吗?

我迫不及待地想和你在一起——哦,丑陋的时间和空间,比一切都更丑陋的暴风雪!你在北安普顿开心吗?没有你,我很孤单,很多次想要给你写信,但是凯特[②]也在那里,我担心

---

① 艾米莉·诺克罗斯(Emily Norcross, 1828—1852)是狄金森的大舅的女儿,曾是狄金森在蒙特·霍利约克学院的室友。——译注
② 这里的凯特很可能是凯瑟琳·希区柯克(Catharine Hitchcock, 1826—1895),阿默斯特学院院长爱德华·希区柯克的女儿。

你们两个会嘲笑我。如果能经常见到你,我就会更坚强些——我独自一个很软弱。

你让我如此幸福,快乐,无论有怎样的考验,生活似乎还是值得过的。等我看见你,我会告诉你更多,因为我知道你今天早上很忙。

我并不是从一片空白开始写的——那里充满你看不见的情感——就是这样。你会爱我,记住我吗,当你从更加有价值的人那里抽出时间的时候?上帝保佑你,直到我再次看见你!

非常诚挚的艾米莉

13

致威廉·考珀·狄金森,约1850年2月

> 生活不过是一场斗争——
> 一个泡沫——
> 一场梦幻——
> 而人只是一只小船
> 顺流而下[①]

[①] 这首诗的精神虽然离通常的情诗很远,但它显然是作为情诗寄出的。它贴满了从旧书和报纸上剪下的小插图,有一幅取自《新英格兰识字课本》。第一行后面是:一个男人、一个女子和一个男孩在门道里,在用扫帚和棍子驱散群狗;第二行后面:两个男孩和一个女孩在吹泡泡;第三行后面有两幅插图,一幅是取自《识字课本》的睡觉的国王,另一幅上面是只小帆船。

14

致乔治·古德？ 1850年2月

信誓旦旦,"冒冒失失",狂野诅咒,战争警报,人事改革,生活完善,凡俗改变,万物灿烂?①

先生,我渴望一次会晤;在日出、日落或新月出现之时——地点不重要。穿金,着紫,还是披麻袋片——我不在乎服饰。佩剑,带笔,还是策犁——武器没有掌握武器的人重要。骑马,乘车,还是步行,工具照人差得很远。灵魂,精神,还是肉体,它们在我都是一样。与众人一道,还是单独一人,阳光普照,还是暴风骤雨,天堂,还是尘世,有缘由,还是没缘由——我提议,先生,与你相见。

而且不仅仅是见面,而是要聊聊天,先生,或者促膝而坐,谈谈心,把对立的思想融为一体,就是我想要的。先生,我觉得我们会达成共识。我们会成为莫逆之交,或者刎颈之交,或者更胜一筹,成为美利坚合众国。我们可以仔细谈论我们在地理课上学到的东西,从讲坛、新闻和主日学那里听到的东西。

这是些强烈的语言,先生,但绝对真实。所以快点儿为北卡罗来纳欢呼,既然我们在这一点上立场一致。

先生,我们的友谊会恒久常在,直到日月失去最后的光辉,直到群星沉落,直到牺牲者起来,为最后的牺牲增添荣耀。我们刻不容缓,应时,过季,辅助,照顾,珍惜,安慰,观望,

---

① 原文为一串拉丁文衍生的胡话。

等待，怀疑，克制，改变，提升，指引。所有优选的心灵，不管多么遥远，都属于我们，我们的也属于他们；有一种同情的激动——亲密的沟通——内在的血缘！我是《伪经》中的女英雄犹滴，你是以弗所的演说家。

那就是我们国家所谓的隐喻。不要害怕，先生，它不咬人。但愿它是我现在的卡洛①！那良犬是最高尚的艺术品，先生。我可以有把握地说是最高尚的——他维护女主人的权利——尽管这使它丧了命——尽管这把它推向了死神！

但是世界在无知和谬误中熟睡，先生，我们必须成为鸣叫的公鸡，歌唱的云雀，成为升起的太阳，把她唤醒；或者，我们就把社会连根拔起，栽到另一个地方。我们要建造一些救济院，一些卓越的国家监狱和绞刑台——我们将吹熄日月，鼓励发明。开端将要与终结亲吻——我们将骑马登上荣耀之山——哈利路亚，一切都在欢呼！

你忠实的 C.

15

致亚比亚·鲁特，1850年5月7日和17日

亲爱的难忘的人：

我今天早上给你写信，一切顿时变得辉煌，痛苦而有益——结局辉煌，方式痛苦，两者我相信都有益。在我的帮助下，两

---

① 狄金森的爱犬，一生与诗人相伴。

片面包刚刚在这个世界诞生——精美的孩子——有着它们母亲的形象——我亲爱的朋友,这就是辉煌。

躺在沙发上睡着的是我生病的母亲,在遭受严重神经痛的折磨——只有这样的片刻时间,好心的睡神靠近,迷住她,此外都是痛苦。

我不必给出有益的推理——我自己得到的好处,忍耐精神的胜利,亲切的家务事的影响,不知不觉进入我的头脑和灵魂,你知道所有这些我都要说,而且要假定它们是要写出来的,可事实上它们只是想法。星期天,我的母亲病了,这之前她一直是好好的,想不起任何可能引起疾病的不慎,什么办法都试过了,虽然我们认为她已逐渐好转,可她还是很痛苦。我总是忽视烹饪艺术,现在不得不用心,渴望尽己所能让父亲和奥斯汀高兴。疾病带来凄凉之感,"白昼暗淡而阴郁"[1],但是我希望,健康就会回来,还有轻松的心情和笑脸。我们在家里很少生病,也不知道如何应对,皱着我们的小眉头,跺着我们的小脚,我们小小的灵魂变得愤懑,命令疾病赶快离开。布朗太太会乐于见到疾病,老太太们期待死亡,至于我们年轻人,富有活力,满心渴望着"斗争",让我们"毁灭在路边,厌倦生活的进军",不——不,我亲爱的"死亡之父",请不要挡我们的路,我们需要的时候会叫你,早上好,先生,啊,早上好!不在厨房干活的时候,我就坐在母亲身边,随时看她有什么小小的需要——努力逗她开心,鼓励她。我应该高兴,对现在什么都能做而心怀感激,然而我真的感到非常孤单,急切地想要她恢复健康。

---

[1] 引自朗费罗的诗《雨天》(*The Rainy Day*),狄金森早年至少六次提到这首诗。

我从来没有埋怨过，只有一次，你会知道全部的原因。中午我在我们的小洗涤间里洗碗时，听到一阵熟悉的敲门声，是我非常喜欢的一个朋友，来找我去森林里骑马，静谧温馨的树林，我格外想去——我告诉他我不能去，他说他很失望——他非常需要我——那时泪水涌上了我的眼睛，尽管我想把眼泪憋回去，然后他说我可以去，我也应该去，这似乎对我是不公正的。啊，我和巨大的诱惑斗争，拒绝让我付出了很大代价，但是我想最后我还是战胜了，不是一个辉煌的胜利，亚比亚，不是那种鼓声咚咚的胜利，而是无助的胜利，凯旋自行出现，微弱的音乐，疲惫的战士，没有挥舞的旗帜，没有持续的呐喊。我读过基督所受的诱惑，和我们的诱惑何其相似，只不过他没有罪；我想知道他是否有过我这样的诱惑，是否这让他愤怒——我无法确定；你认为他曾经有过吗？

我开心地继续干活，哼着小曲，直到母亲入睡，才用尽全力大哭起来，感觉我被大大地虐待了，这邪恶的世界不值得付出这样的忠诚，这样可怕的痛苦，在狂怒中，对于生活和时间，对于哀伤与苦恼的爱情，一时间百感交集，涌上心来。

我们要怎么做，亲爱的，当考验变得越来越多，当暗淡孤独的光消失，黑暗，完全的黑暗，我们漫游，不知身在何处，无法走出森林——谁能来帮助我们，带领我们，永远引导我们，他们说起"拿撒勒的耶稣"，你告诉我是不是他？

我想你已经收到阿比的信了，知道她现在的信仰——她成了一个亲切的女基督徒，宗教使她的面容有很大改变，更加沉静，充满光辉，圣洁，又非常愉快。她很直率地谈起自己，似乎至诚地爱着主耶稣，对她所过的生活感到惊异和迷惑。那一切显得多么黑暗，遥远，而上帝和天堂如此切近，她真的改变了许多。

她给你讲述了这里的事情，"安静细小的声音"如何在呼唤，人们如何倾听，相信，真正地服从——这处所如何庄严圣洁，坏人悄悄溜走，满怀悲哀——不是为他们罪恶的生活——而是为这奇异的时刻，巨大的改变。我就是徘徊的坏人之一，所以我也悄悄溜走，停下，思索，思索，停下，工作，又不知道为什么工作——肯定不是为了这个短暂的世界，但更不是为了天堂——我问人们如此迫切寻求的启示意味着什么，你知道它的深刻和丰富，你能试着告诉我吗？

我亲爱的亚比亚，今天是星期五，再过一周，我的使命也完成不了——你令人遗憾地忽略了，不知道为什么。你知道我迷失在什么地方了吗，从什么新差事中脱身而回？我在撒旦的地方"来回徘徊，上下攀登"，当上帝问他去了哪里，他就是在那里发出欢呼的，但我不想进一步描绘了，我告诉你我在做梦，一个金色的梦，眼睛一直大睁着，我猜几乎是早晨了，除了一直在干活，提供"注定消失的食物"，吓跑胆怯的灰尘，我还要做到顺从，善良。我把它叫作善良的顺从，在影子写的书里，它可能有别的名字。我还是宫廷的王后，如果王权是灰尘和污垢，有三个忠实的臣民，我宁愿豁免他们的服务。尽管有所恢复，母亲仍然很病弱——父亲和奥斯汀仍然吵着要吃的，而我，像殉道者一样喂养他们。你难道不想看看我在这样绝望的束缚中，怎样环顾我的厨房，祈祷善良的救助，以"奥玛尔的胡须"宣称，我再也不想陷入这样的困境了。我叫它我的厨房，愿上帝禁止它现在或者将来属于我——愿上帝让我远离人们所说的家务，除非是那愉快的"信仰"家务。

不要害怕我的诅咒，它们从不伤害任何人，它们让我感觉好爽，而且真的非常舒畅！

现在你在哪里，亚比亚，你的思想和追求在哪里，你年轻的热情在哪里，不是对靴子，不是对连鬓胡子；因为不感恩的我，它们会低垂和死亡吗？我想你爱你的母亲，爱陌生人，流浪者，看顾穷苦人，收割整片祝福的田地。为我留一小捆——只是一小捆！记得偶尔关心一下我，给我写信，给我这荒野生活撒上一朵馨香的花，不要忘记我，要更长久地祷告，上帝就会给予你更多的祝福！

爱你的朋友艾米莉

我见到你的表姐们已经是很久以前的事了，她们那时都很好。你什么时候再来——快些，好吗？

维妮还在上学，我坐在孤窗边，将明亮的泪水献给对她的回忆。现在眼泪就是我的天使。

你收到我们亲爱的詹妮·汉弗莱的信了吗，你知道现在谁和她在一起？我感到不安，好久没有收到她的信了。她父亲生病的时候，她写过信给我，我尽快回了信；后来得知他过世了，就在她收到我的信的那天。她一定深怀失丧之痛，真希望我能去安慰她。尽管她具有"伟大的精神"，也许并不需要我。你知道她是如何忍受考验的吗？她是一个非常珍贵的朋友，我想到的就是这些。

她姐姐是个多么美丽的哀悼者，看起来伤心欲绝，却从不抱怨，也不喃喃低语，而是如此耐心地等待自己！她让我想起受难的基督,被痛苦压弯了腰身,但仍在微笑面对可怕的意志。"在疲惫者安息的地方",这些哀悼者让我想起——温馨静谧的坟墓。它什么时候会召唤我们?

16

致苏珊·吉尔伯特(狄金森),约1850年12月

如果不是因为天气,苏——我不受欢迎的小脸今天就会探进来——我会悄悄吻一下姐姐——可爱的漫游者回来了——感谢冬天的风,我亲爱的,饶恕了这样大胆的入侵!亲爱的苏——幸福的苏——我为你所有的快乐而欢欣——有了这种支持,我亲爱的姐姐,你永远不会孤单。不要忘记所有的小朋友,她们努力保持着姐妹之谊,当你真正孤单的时候!

你没有听见这个恶劣的日子刮着大风,世界在耸着它的肩膀;你小小的"骨灰龛充满温馨轻柔",那里没有"沉默"——所以你和漂亮的"爱丽丝"[①]不同。我想念姐妹的小世界里那张天使的脸孔——亲爱的玛丽[②]——圣洁的玛丽——记住那孤独的人——尽管她不来我们这里,我们却要回到她那里去!带去我对你的两个姐妹的爱——我很想见玛蒂。

爱你的艾米莉

[①] 这里的爱丽丝暗指朗费罗的有自传色彩的长篇小说《卡瓦纳》中的爱丽丝·阿切尔(Alice Archer),其房间被描绘成"充满温馨、轻柔和寂静的骨灰龛"。
[②] 苏珊·吉尔伯特的姐姐玛丽,不到一年前出嫁,逝于1850年7月14日。苏珊另有两个姐姐,哈丽特和玛莎。

17

致艾米莉·富勒（福德），约 1851 年

我很担心你会忘记我，亲爱的艾米莉——这些寒冷的冬天，我无法去看你的时候，哪怕是写一张很小的便条我也受不了——为了把你放在我的心里；也许这会让你发笑——可能是我愚蠢，但是我有时是如此爱你——不是我并非始终爱你——而是有时候爱得更深——带着这样想见你的愿望，我发现我不知不觉地在写信给你。等我和你一样大的时候，有了很多朋友，也许他们不是这样珍贵，那时我就不会再写这样的小"情书"了，可你现在会原谅我，因为我找不到太多像你这么亲密的朋友——我也知道我不能永远拥有你——某一天会有"勇敢的重骑兵"来把你偷偷带走，我要走得更远才能找到你——那时我将回忆起这些美妙的机会，后悔没有利用好它们。我希望我有什么新鲜的，或者快乐的事情和你分享，能够让崇高的小厨房整日充满阳光，但是没有任何新鲜的——也的确不可能有——因为一切都这么陈旧古老；但总会有幸福存在，只要对朋友们的回忆始终那么甜美快乐。如果可能的话，亲爱的艾米莉，解决这个小问题吧：你有"这么多"朋友——你知道他们何其之多——如果他们都有我一半那样爱你——你会得到多少爱啊？

我想象你在最滑稽的小石板上用密码写信，用最轻快的小铅笔——我不会打断你的。

亲爱的艾米莉——再见！

18

致埃尔布里奇·鲍登，1851 年 2 月

　　我为夜晚之灯编织——但是繁星闪烁，交织着比我的编织物更美的色彩。
　　我知道一把迅捷的梭子——我知道一个神奇的礼物——"生命之灯"的坐垫——小鳏夫的妻子！

19

致奥斯汀·狄金森，1851 年 6 月 8 日

　　亲爱的奥斯汀，我们的状态和情绪的一两次起伏不会有什么妨碍，尤其当我们想起"杰米已经走了"。
　　我们的心态相当安然，我们的情绪或多或少是严肃的，我们可以满意地做出解释，考虑到现在是"安息日"这个事实。是否某个旅客在某个昨天的驿站，对我们曾经快乐的家庭产生了忧郁的影响，或者相反，"我不想说"，无论情况如何，我们是一个相当沮丧的团队，想尽量做到最好，面对叹息的风，抽泣的雨，自然的哀怨，我们几乎不能克制自己，我只希望并相信，你这个夜晚的处境要比你留在后面的人愉快得多。
　　今晚我们在享受所谓的"东北风暴"——东偏北一点，为了让你能够更确定。父亲认为"它是不可思议的原始"，我则有点儿倾向于他的想法，尽管我仍然相当忧郁，没有就此说太

多！维妮在弹琴，哼着沉静的曲调，讲述一个认为自己"就要成功了"的年轻女士。维妮显得很伤感，我真的觉得我应该大哭一场；我敢肯定，如果她不是渐渐停止歌唱，我真的会哭起来的。

父亲刚从博尔特伍德先生家的一场聚会上回来，发现他们家很舒适，而聚会不是很好。

母亲在暖她的脚，她坚定地向我保证，她的脚"就像冰一样冷"。我告诉她有冻伤或者僵化的危险——我不清楚到底会怎样！父亲在读《圣经》——我认为那是一种安慰，从外表判断。他和母亲很开心地不断谈论你的性格，品评你的许多美德，父亲晨祷时为你的祈祷足以让人心碎——真的非常感人；当然，"我们的祝福"飞得更远！母亲用她的亚麻布围裙一角擦眼睛，想着几个未来的地方来安慰自己，在那些地方，"团契永远不会分裂"，奥斯汀一家永远继续！这是一种对你有利的情感，我相信它将在所有爱国者的心里引起回响。自你走后，一切都没有太大波澜——我应该大胆而谨慎地说，一切都归于静止了——除非某种新事物"出现"，我看不出任何东西能妨碍这个安静的季节。父亲照顾着门，母亲留意着窗，维妮和我没有遭受外来攻击的危险。如果我们可以把我们的心"掩盖起来"，我就没有什么可怕的了——我已经压下了所有感觉，除了三种，只要我能保持它们！

豪兰导师下午照常来——下午茶后我去看苏——一次美妙而短暂的访问——然后去看艾米莉·富勒，九点钟回到家——发现父亲对我的耽搁很是恼怒——母亲和维妮眼泪汪汪，担心他会杀了我。

苏和玛莎表示你离开让她们很伤心,会在我下一封寄出的信中写几句附言。

艾米莉·富勒提到你时和往常一样充满赞赏。女孩子们都向你问好。母亲让我说,如果你喜欢洛林姨妈的帽子,可以帮她找一顶那样的,"诚心所愿"。维妮问你好,说她"很舒适",我想到你明天会和二十四个爱尔兰男孩在一起——全都站成一排!我非常想你。我今晚戴上了无边帽,绝望地打开大门,有一小会儿,这种挂念简直可怕极了——我想我被某种无形的媒介控制住了,因为我没有造成什么伤害就回到房子里!

如果我不是害怕你会"嘲笑"我的感情,我就会写一封真诚的信,可既然"世界空荡荡,洋娃娃也塞满了锯末",我真的认为我们最好不要表露情感。早点儿写信给我,大家都问你和所有的人好——问莉齐好,如果她在的话。维妮已经开始打鼾了。

你亲爱的妹妹艾米莉

20

致苏珊·吉尔伯特(狄金森),1851年10月9日

我在这里流泪,苏,为了你——因为这"温柔的银色月亮"对我和维妮微笑,然后她要走很远才能到达你那里——你从来没有告诉我,巴尔的摩是否有月亮——而且我是多么了解苏啊——你看见她甜美的脸了吗?她今晚就像一个仙女,乘着银色的小贡多拉在天空航行,以星星为船夫。我刚才请求她让我

乘坐一会儿——告诉她到巴尔的摩我就下来,可她只是独自微笑,继续航行。

我认为她真是不够慷慨——我接受了教训,不会再求她了。今天家这边在下雨——有时候下得很大,甚至让我想象你能够听到雨的嘀嗒声——嘀嗒,嘀嗒,落在树叶上——而且这种想象让我开心,于是我就坐着听雨——热切地观看着。苏,你听见了吗——或者那只是我的幻想?后来太阳渐渐出现了——正好赶上和我们说晚安,就像我曾经告诉你的一样,此刻月亮正在闪耀。

苏,这样的夜晚,你和我会去散步,愉快地沉思默想,只要你在这里——也许我们可以模仿伊可·马弗尔①的形式做"白日梦",的确我不知道为什么不能像那个孤独的单身汉一样迷人,抽着他的雪茄——那会比马弗尔更有效,因为马弗尔只是惊讶于奇迹,而我们会努力创造一份自己的小小命运。你知道那个迷人的人又在做梦了,很快就会醒来——所以报上说,有另一个白日梦——比第一个更加美妙?

难道你不希望他和你我一样活得久一些吗——继续做梦,并写给我们;他将是一个多么迷人的老人,我多么妒忌他的子孙,小"贝拉"和"保尔"!我们愿意这样去死,苏——当他这样的人死去,因为那时就没有人来解释我们的生活了。

我听说,朗费罗的《金色的传说》已经来到我们镇上了——可能会在亚当斯先生的书架上正式出现。它总是让我想起"兽

---

① 美国小说家伊可·马弗尔(Ik Marvel,1822—1908)1850年出版的畅销书《一个单身汉的白日梦》。

栏里的飞马"——当我发现一个雅致谦和的作者和"莫里""威尔斯""沃克尔"①并排坐在那间著名的书店里——就像他一样,我有些盼着听说他们某个早上"飞走了",在他们本土的天空中整日陶醉;但是看在我们的分上,亲爱的苏,让我们满足于想象我们自己是仅有的诗人,其他人都是散文,让我们盼望他们愿意分享我们卑微的世界,以这样的食物为生!

你感谢我的米糕——告诉我,苏,你刚刚品尝过——给你寄你喜欢的东西是多么开心——快到中午了,你一定饿了——你一定会因教那些愚蠢的学子而眩晕。我想象你经常费力地拿着厚重的《二项式定理》,下楼到教室去,你要给那些不理解的学生展示和分析——我希望你用鞭子抽他们,苏——看在我的分上——狠狠地抽,如果他们不按照你的规定去做!我知道他们非常笨——有时候——从玛蒂的话里得知这一点——但是我想要你鼓励他们,原谅他们所有的错误。那会教会你耐心,苏——这是肯定的。玛蒂也和我说了你们的晚宴——你化装成校长所引起的滑稽的惊恐——你就是这样,苏——这就是你的风格——如果我能讲给佩森先生听,他会笑成什么样子,那些又大又黑的眼睛——会怎样转动和闪烁!苏——尽情开怀吧——尽情地欢乐和歌唱吧,因为在我们的小世界里,眼泪总是比微笑要多;只是不要太开心,以致让玛蒂和我变得暗淡,渐渐暗淡,最终消失无踪,只有比我们快乐的少女在我们空出的地方微笑!

---

① 这三个人分别为林德利·莫里、威廉·哈维·威尔斯和约翰·沃克尔,皆为语言课本的编撰者。

苏，你认为你离开后我就永远不会给你写信了吗——你怎么会这样想？我确信你知道我的许诺远胜于此——如果我从没有这么说过——我应该强迫自己写下来——因为能把我们和我们的所爱分开的——不是天堂，也不是地狱……

21

致奥斯汀·狄金森，1851年10月25日

亲爱的奥斯汀：

今天上午我一直在努力想你离开有几个星期了[①]——我计算不出来——自从你返回学校，时间似乎如此漫长，以至我把天当成了年，星期当成了数年——不是用"分钟"计算时间，我不知道如何想象实际时间和感觉时间之间的这种巨大差距。自从你回到波士顿，对你来说，时间似乎已过了很久——我多希望你能留下来，不再回去。这里的一切都如此寂静，云彩冰冷而灰暗——我想很快就要下雨了——啊，我如此孤单！

你回来让我们很开心，但是对兄弟姐妹们来说又太短暂了，维妮和我不停地盘算着下一次。感恩节还有四个星期，或者多一些，但是当我盼望它的时候，又似乎非常遥远。自从你离开，我一直认为你很冷静，你在这里的时候我确实这样认为，但是现在看不见你了，我更频繁地回忆起它来，惊异于自己当时没有问是否有什么事让你烦恼。我希望你现在好些了。今天早上

---

① 奥斯汀回家探亲只待了两天，10月23日即已离开。

醒来,想到这样的早上你的眼睛会肿,我真的希望眼科医生没有忘记诺言。你一定不要用眼过度,直到它们恢复健康——你不必给我们写信,要不就用一张小纸条,告诉我们你情况如何,是否开心——我也不会写信,直到你的眼睛完全康复。

你回波士顿的那晚风很大,我们很多次想到你,希望你不会挨冻。我们的炉火很旺,我忍不住想,有多少人在这里,有多少人不在,那个漫长的夜晚,有多少次我期待门会打开,你走进来。家是一个神圣的地方——怀疑和不信任都不会进入它蒙福的大门。我越来越这样感觉,当伟大的世界不断运转,你信任的人一个个放弃——这里的确像是一个小伊甸园,任何罪恶都不能把它彻底摧毁——尽管很小,可能不那么美丽,但是比世界任何地方都更美丽更明亮。我希望波士顿的这一年不会损伤你的健康,希望你还像以前一样快乐。我不奇怪,离开这幸福的氛围会让你变得冷静——如果我能力所及,我会每天早上都把它最纯粹的清香和凉爽的呼吸传送给你。我多么希望你能拥有它——今天早上,一千阵小风吹来森林的树叶和灿烂的秋日浆果的馨香气息。我愿意把我今天的份额给你,用它的明媚与稳固去置换咸涩的海风。现在,奥斯汀——你在那里没有朋友——为什么不经常见见康沃斯,和他一起谈笑?我认为他是个高尚的人——在我看来,你有人聊天是很愉快的,而且他在思想和情感上和你很像。我知道他会愿意做你的伙伴和朋友,换作我是你,我会经常和他在一起。母亲对那些小男生感到很不安——担心你在施加惩罚的时候会杀掉一个——为了她,千万要小心!艾米莉·富勒和玛蒂昨天一下午都在这里——艾米莉比以往更诚恳——很快要去看她——玛蒂很想念你,还有她的姐姐苏。亨利·鲁特整个傍晚都在这里。母亲和维妮问你好。代我们向康沃斯问好——照顾好自己——

爱你的艾米莉

22

致简·汉弗莱,1852年3月23日

谢谢你的目录,亲爱的珍妮——你为什么逃离了新英格兰,离开维妮和我?

珍妮没有回复我很久以前写给她的信,但是我不生她的气。雪覆盖了安息在她可爱的教堂墓地里的阿比[①]。我本想去她坟墓最近的树上摘一片叶子,一起寄给你,珍妮,但是我怕我会打扰——而且叶子已经褪色了,只会让你流泪。你的妹妹海伦会离我们很近,珍妮。和父亲去北安普顿的时候,我希望看见她可爱的脸。

现在,珍妮,不要忘记我,我将记住你,在将来某个可爱的夏日,我将见到你——如果不是在地球上,珍妮,我将在其他某个地方与你会面——你知道是哪里!

西部的人一定都对你很好——告诉他们对你好些,为了我的缘故——他们不会拒绝我的。

---

① 阿比·哈斯凯尔(Abby Haskell)死于1851年4月19日。

珍妮，我寄给你尝尝凯洛格①婚礼的蛋糕——你记得她是吧？含着眼泪品尝吧，珍妮，因为是我这么远寄给你的！

爱你的艾米莉

23

致奥斯汀·狄金森，1852年3月24日

如果你今天早上在家里，你不会感觉现在是春天，因为我们这里昨天下了一场暴风雪，今天早上一切都是白色的。听到小鸟的歌唱就足够有趣的了，偶尔还有雪橇的铃铛声。但不会持续很久，所以等你回来时不会认为还是冬天。

我等了一两天，以为会收到你的信，而你却在找我，奇怪我在哪里，所以我不再等了。我们很开心你就要回家来了——当父亲从车站出来，我们对他说的第一句话，就是问你是否会回来。我一直确信你会的，因为父亲说"当然会回来"，他应该"拒绝其他安排"，就像你所说的，奥斯汀，父亲是说话算数的。那一天很快就要到了——当我想到它，多么近，多么快乐，为什么我的心就飞快地变得轻松，以至我可以骑上一只草蜢，满世界跳跃，而不会让它受累分毫！可爱的天气在继续，我想会持续到你回来。

---

① 艾丽莎·凯洛格（Eliza Kellogg）1851年11月25日与汉森·里德（Hanson Read）成婚。

上星期天，玛蒂和我们一起做完礼拜后来家了，星期六下午父亲回来时她就在这里，在她的特别要求下，我在门口掩护她，等他进到房子里，她才安然溜掉。

她询问了和你有关的一切，知道你要回来了很是开心。玛蒂认为你不关心家或者老朋友，而是在波士顿找到了更好的替代，尽管我尽力纠正她。不过你就要回来了，你最懂得如何让她相信。上星期我从华盛顿收到苏的信——我期待今天还会有。德怀特·吉尔伯特给玛蒂写信说，"他一听到他们来，就举行了记者招待会。"议员们让苏生动地想起学校的小男生，吵吵闹闹，争论不休——非常恰当的描述！布拉德叔叔来访，当时父亲不在家——他星期五晚上喝茶的时间出现的，星期六早上走的，度过了一段愉快的时光。阿比·伍德身体好了。伊米琳会骑马了，她上周和亨利一起去骑了，让他无限兴奋。玛蒂和以前一样健康；简·格里利患了扁桃体炎——很重。简·格里德利的丈夫病了。"斯基特太太"很虚弱，"无法忍受对抗疗法，也受不了顺势疗法"——更不想要水疗法——唉，她的处境真是很糟——估计她也不想活了——这无疑是不雅的事儿！他们还没决定搬到哪里——W夫人可能在"天国之城"得到住处，但是我确信我无法想象其他人结果如何。现在说说玛蒂！

她刚刚离开，和我待了两个小时。我们很愉快——她很期待见到你。让日子快快飞逝，好吗？她向你问好！

差不多所有人都打算搬家。简·格里德利买下了老西门·斯特朗的房子——很快就要搬进去。弗兰克·皮尔西买了蒙塔古的房子，在北边——弗斯特·库克，买了哈林顿先生的房子——哈林顿先生则会搬进科尔伯恩的房子，直到他的新房完工。这足够现实的了。我从来没想到我会说这些！好好照顾自己，要开心，奥斯汀——再过十三天，你就回来了！

大家问你好。

艾米莉

24

致苏珊·吉尔伯特（狄金森），1852 年 4 月 5 日

苏，你会对我好，是吧？我今天早上脾气很坏，这里没有人喜欢我；如果你看见我皱眉，听见我进进出出时用力地摔门，你也会不爱我了；但这不是愤怒——我相信不是，因为没人看见的时候，我会用围裙的一角抹去大滴的眼泪，然后继续干活——这是痛苦的眼泪，苏——炽热地灼伤了我的脸颊，几乎烫到了我的眼球，不过你也经常哭，你知道这更多的是悲哀而不是愤怒。

我的确喜欢快跑——躲开所有人；在这里，在亲爱的苏的怀抱里，我知道有爱和安歇，我永远不会离开，即使那个大世界在呼唤我，因为我没有在工作而打我。

小埃默洛尔德·麦克在洗衣服，我可以听见温暖的泡沫和水的泼溅声。我刚刚把我的手绢给她——所以我不能再哭了。维妮还在哭——在室内的楼梯上哭；母亲匆忙地转来转去，头发用丝巾包裹着，避免落灰。啊，苏，真是悲惨，伤心而阴沉——没有阳光，云看起来又冷又灰暗，风没有吹，可它却吹出了刺耳的曲调，鸟儿也没有歌唱，而是叽叽喳喳——没有一个人微笑！我的描绘是真实的——苏，你能想象吗？不过，你不要担心——因为这种情况不会始终持续，我们同样爱你——同样热切地想念你，仿佛情况不是这样。你珍贵的信，苏，现在就在这里，善意地对我微笑，让我温暖地想起我亲爱的写信人。当你回到家里，亲爱的，我就有你的信了，是吗，但是我会有你本人，这比文字更让我欣慰——是的，甚至超乎我的想象！我坐在这里，拿着我的小鞭子，把时间打跑，直到没有一刻留下——那时你就在这里了！这里就充满了欢乐——欢乐，现在和永远！

这不过是几天的时间，苏，很快就会过去，可我还是要说，现在就走吧，这个时刻，因为我需要她——我必须拥有她，啊，把她给我！

玛蒂亲切而真诚，我很爱她——还有艾米莉·富勒，都和我很亲密——还有坦普——阿比和艾莫，我敢肯定，我爱他们所有人——我希望他们也爱我，可是，苏，还有一个大大的角落；我用失去的东西填充它，我绕着它徘徊，一遍又一遍，用亲切的名字呼唤它，请求它对我说话，问它是否是苏，它回答，不是，小姐，苏被偷走了！

我在埋怨吗，这些都是自言自语吗，还是我悲哀而孤单，无法，无法自拔？有时候，我确实有这样的感觉，我想也许这是错的，上帝会把你带走，以此来惩罚我；因为他很好心地让我写信给你，并把你温馨的信带给我，可是我的心要求得更多。

苏，你有没有想过这些，我知道你想过，这些心有怎样的渴望；为什么我不相信整个广阔的世界，都是这样冷酷的小债权人——真正的小吝啬鬼，就像你和我每天拥抱在怀里的那种。当我听说不慷慨的事情，有时我禁不住想，心，保持镇定——或许有人会发现你！

我要到门口去，给你采一些新绿的草——我要去角落里采，就是我们过去常坐的地方，我们一起漫无边际幻想的地方。也许这些亲切的小草一直在长——也许它们听见了我们的话，但无法说出来！我现在来到这里，亲爱的苏，这就是我发现的——不像我们在这里的时候那么可爱，那么绿，而是悲哀的沉思的小草——哀悼着逝去的希望。无疑某棵整洁年轻的车前草赢得了它年轻的心，然后又证明是假的——难道你不希望只有小小的车前草能证明这些？

苏，每天，当我想到所有这些胡须，所有勇敢的男人，我们的心没有破碎，真是很奇异的事，我想我只有一颗坚硬的石头心，因为它不会破碎，亲爱的苏，如果我的心是石头的，你的也是，比石头还坚硬，因为，当我似乎要动摇的时候，你却从不屈服。我们真的会僵化吗，苏——那是怎样的情景？当我看到蒲伯们、波洛克们，还有约翰·密尔顿·布朗们[1]，我想我们是可靠的，只不过我不知道！我欣慰有一个长远的未来在等待我和你。你会愿意知道我在读什么——我几乎不知道怎么告诉你，因为我的书目少得可怜。

我刚读过三本小书，不伟大，也不令人兴奋——却甜美而真实。《山谷里的光》、《唯一》和《岩石上的房子》——我知道你会喜欢——它们没有让我着迷。没有林中的漫步——没有低

---

[1] 诗人这里是在描述她所认识的年轻男子的特征。亚历山大·蒲伯的作品在学校里被当作英语诗歌的典范；罗伯特·波洛克是苏格兰诗人，著有《时间的进程》（1827），当时声誉颇高。而"约翰·密尔顿·布朗们"可能是狄金森有意为之的含混，在当时有名的几位约翰·布朗当中，最有名的当数苏格兰圣徒布朗（1784—1858），著有大量宗教著作。

低的热切的声音，没有月光，没有被偷走的爱，而是纯粹的小生命，热爱着上帝和他们的父母，遵从大地的法则；不过，如果你遇见，还是读读吧，苏，它们对人有好处。

我在等预定的《阿尔顿·洛克》——还有一本叫作《橄榄》的书，还有《家长》，是玛蒂向你说过的那本。维妮和我收到了《荒凉山庄》——是他的风格——我能说的就这些。亲爱的苏，你上次给我写信时是如此开心——我也很开心，你现在也要快乐，为了我所有的悲伤，好吗？如果我让你悲哀，或让你的目光黯淡，我永远不能原谅自己。我在紫罗兰的国度给你写信，我在春天的国度给你写信，如果我带给你的只有悲伤，我要受到责罚。我记得你，苏，永远——我把你珍藏在这里，直到你离开，我才离开——我们在同一棵柳树下。我只能感谢"天父"把你恩赐给我，我只能不断地祈祷，让他祝福我爱的人，把她带回我身边，"永远不再离开"。"爱在这里。"可那是天堂——这里只是尘世，而尘世与天堂如此相似，以至我会犹豫，如果真正的天堂召唤我离开。

亲爱的苏——再见！

艾米莉

父亲的妹妹去世了，母亲帽子上蒙着黑纱，戴着黑绉纱领。维妮向你问好，她想要那个小便条。奥斯汀星期三回家，不过只待两天，我想我们不会腻在一起，就像"去年那样"。去年已经过去，苏，你想到过吗？约瑟夫·里曼去了南部某处，很远很远的地方，我们还能收到他的信。

25

致苏珊·吉尔伯特（狄金森），1852年6月初

苏，今天他们在清扫房间，我飞快地躲进自己的小屋，我在这里度过这珍贵的时光，和你，和情感一起，所有时间中最珍贵的时间，点缀着我飞逝的日子，如此亲切，为了它，我用所有的东西作为交换，它一旦过去，我又开始为之叹息。

我无法相信，亲爱的苏，我已经独自过了整整一年，没有你在身边；有时时间似乎很短，想到你便温暖得仿佛你昨天才刚刚离开，如果年复一年的岁月悄悄走过，时光会显得没有那么漫长。而现在，很快就要再次见到你了，把你抱在怀里；你会宽恕我的眼泪，苏，它们如此欢快地涌出，我的心不会责怪它们，把它们送回原处。我不知道为什么——可在你的名字里有某种东西，现在被你带走了，它曾充满我的心，我的眼睛。不是提到它让我悲伤，不，苏，而是想到每个我们坐在一起的"阳面"，唯恐不会再有，我想这才是我流泪的原因。玛蒂昨天晚上来过，我们坐在前门的石头上，谈论着生活和爱情，悄声说着我们幼稚的关于这些极乐事情的想象——黄昏很快过去，我在静寂的月光下和玛蒂走回家，渴望着你，还有天堂。你没有来，亲爱的，但是天堂的一角在，或者对我们来说是这样，当我们肩并肩走着，想知道现在恩赐给某些人的伟大的福祉，有一天是否会临到我们身上。那些联结，我亲爱的苏，将两个生命融为一体，这种甜美奇异的接纳，我们只能看着，还未能获得认可，它如何能充满内心，让它狂热地跳动，有一天它将如何带走我们，把我们都变成它的所有，而我们不会逃离，而

是安静地躺着，享受幸福！

苏，你和我对这个话题一直保持奇怪的沉默，我们经常触及它，但迅即避开，就像孩子，在阳光太强时，会闭上眼睛。我总是希望知道你是否有亲密的幻想，照亮你整个生命，有没有一个人，你会对这夜晚忠实的耳朵低语——想象在他的身边，你会走过整个一天；当你回到家，苏，我们必须谈谈这些。对于新娘和订婚的少女来说，我们的生活是多么枯燥，她们的日子充满黄金，她们每天傍晚收集珍珠；但是对于妻子来说，苏，有时妻子被遗忘了，我们的生命也许比其他所有人都珍贵；你早上看见花朵，满足于露珠，在中午强烈的阳光下，那些同样甜美的花朵痛苦地垂着头；想象你就是这些渴望的花朵，现在需要的只是雨露？不，她们会为阳光哭泣，为炽热的中午憔悴，尽管它会灼伤她们，烤焦她们；她们会和平地度过——她们知道正午的男人，比早晨强大，她们的生命从此属于他了。啊，苏，这是危险的，也过于珍贵了，这种简单的信任的精神，以及更强大的精神，我们无法抵抗！它把我撕碎，苏，想到它什么时候会来，我就颤抖不已，唯恐在某个时刻，我，也会屈服。苏，你会原谅我，我的恋爱焦虑——它已经持续了很长时间，如果没有这漂亮信笺的束缚和羁绊，我也许会写个没完。

我收到信了，苏，亲爱的小花蕾，和一切——眼泪又来了，独自置身于这个大世界，我并非完全孤单。这些泪珠是阵雨——朋友，当微笑穿过它们出现，天使们把它们叫作彩虹，并在天堂里模仿它们。

现在还有四个多星期[①]——你就是我的了，全部属于我，除

[①] 苏于7月初回到家里。

了我把你偶尔借给海蒂和玛蒂,如果她们答应不会弄丢你,并且尽快归还。我将不会数着日子。我将不必用这期待的幸福充满我的杯子,因为,如果我那样做,焦渴的天使也许会喝光它们——我只有盼望,我的苏,颤抖地盼望,难道满帆的三桅帆船还没有搁浅在岸边吗?

上帝是善良的,苏,我相信他会拯救你,我祈祷在他安排的时间我们再次相见,但是如果此生不让我们相遇,也要记住,苏,不会再有分离,无论那时辰在何处降临,我们为此期待了这么久,我们不会分离,死亡和坟墓都不能把我们分开,以至我们只有相爱!

你的艾米莉

奥斯汀来了,又走了;生活又陷入了静止;为什么风暴有停息的时候?这学期我没有见到鲁特,我想玛蒂和我,不能满足他了!你什么时候再回来,一个星期?让这个星期快点儿过去吧!

维妮问你好,还有母亲;我可以大胆地附寄一件纪念品吗?

26

致苏珊·吉尔伯特(狄金森),1852 年 6 月 11 日

这个六月的午后我只有一个思想,苏,那就是关于你,我只有一个祈祷,亲爱的苏,那就是为了你。我们手牵手,心更连着心,就像小孩子一样漫步,在树林中,在田野上,忘记这

些年月,这些悲伤的思虑,再次回到童年——我希望如此,苏,当我环顾四周,发现自己孤单一人,我又为你叹息;小小的叹息,徒劳的叹息,不会把你带来。

我越来越需要你,伟大的世界变得越来越宽广,挚爱的人却越来越少,你不在的每一个日子——我都怀念我最大的心;我自己的心在漫游,在呼唤苏——珍贵得不能分离的朋友们,啊,他们太少了,而且那么快地离开,去到你我找不到的地方,我们不要忘记这些,因为对他们的回忆,会让我们免去很多痛苦,当太迟了无法再爱他们的时候!苏,原谅我,亲爱的,原谅我说的每一句话——你占据了我的心,我想的只有你,当我寻找超凡的话语对你说话,我却找不到。如果你在这里——啊,你要是在这里,我的苏,我们根本不需要话语,我们的眼睛会为我们低语,你的手紧握我的手,我们不需要语言——我试图让你靠近我,我把这几个星期赶跑,直到它们离开,幻想着你已经回来,我穿过绿色的小径去见你,我的心如此欢跳着,我用了很多无谓的忙乱,才把它带回来,让它学会忍耐,直到亲爱的苏到来。三个星期——它们不会一直持续,它们一定会和它们的小兄弟小姐妹们一起,去往它们西方遥远的家!

我会变得越来越不耐烦,直到那宝贵的一天到来,因为直到现在,我只是因你而忧伤;现在我开始因你而满怀希望。

亲爱的苏,我努力想着你会喜欢什么,我可以寄给你什么——我终于见到了我的小紫罗兰,它们恳求我让它们去,所以它们就在这里了——以它们为向导,还有一束骑士般勇武的小草,也请求有幸与它们相伴——它们很小,苏,我担心还没有香味,但是它们会对你倾诉家人温暖的心意,还有"从来不会静止或入睡"的忠诚——把它们放在你枕头下，苏，它们将让你梦见蓝天、家园，还有"幸福的国度"！等你回到家，你我将会和"爱德华""艾伦·米德尔顿"一起盘桓一段时间——我们一定要弄清楚，那里包含的东西是否真实，如果是，你和我的结局会如何！

现在，再见了，苏，维妮和母亲问你好，我再加一个吻，羞怯地，唯恐有人在那里！不要让他们看见，好吗，苏？

艾米莉

为什么我不能做共和党大会的代表？[①]——难道我不知道丹尼尔·韦伯斯特和塔里夫，还有法律？那样，苏，我就能看见你，在会议休息的时候——但是我根本不喜欢这个国家，我也不想再在这里待下去了！"删除"美国，马萨诸塞州和一切！

打开我时要小心

27

致奥斯汀·狄金森，1852年6月20日

你上次给我的信，奥斯汀，很短，让人很不满意——我们感觉这个星期好久没有收到你的信了，而且，父亲不在家，这

[①] 爱德华·狄金森（Edward Dickinson）曾是共和党大会代表，会议于1852年6月16日在巴尔的摩召开，是他传递了此信。

让我们都很孤单。

　　我从你的话中判断，我的上一封信不合你的心意，你试图写一封尽可能糟糕的信，来报复我；但是在我开始写之前，维妮说她要写，我不能写任何新闻，因为她要靠新闻来组织她的信，所以我只能闲扯点儿别的话题，就像我们在一起的时候，把事实全都留给我们务实的妹妹维妮——哦，星期天晚上有人来访，直到很晚才能写信，早上寄信的时候维妮还在大睡，我决定当天把我的信寄给你，所以维妮的新闻还没有写，而我的信要省略那些内容。每天我们盼望你的长信，当星期六到来，没有等到信，我们真的很难过。我本该早点儿给你写信，不过这周我们请班斯小姐来给我们量体裁衣，一直很忙，无法写信，但是我们都在想念你，而想念比写信更重要。父亲还没有回家，我们不知道他什么时候回来。我们昨天收到他的信，但没说什么时候回来。他写道，"他认为整个世界都在那里，有一些来自别的世界。"——他说他见到很多老朋友和熟人，还交了不少新朋友——他心情愉快，说在那里很开心。我想这比世界上任何事情都对他更有益处，我感到欣慰，父亲终于置身于他的支持者中间，清楚他自己到底是什么样的人了。我希望你能和他一起去，你也会很开心，但是我不太敢设想那个自私的老学校会让你去。父亲写信说，他去拜访了苏两次，发现她见到他很高兴。她过两周回来——想想看！

　　玛蒂一切顺利——她向你问好——她每天都来。阿比·伍德前一周开了一个小型派对——非常开心。上周，在校长家举行了高级招待会，维妮去了招待会，我和埃蒙斯散步。维妮玩得很开心——说那里一切都令人愉快，和平常一样。我相信哈文教授很快也要开派对了——下周二晚上泰勒教授家有一个招待会,我将会出席。你看,阿默斯特在变得活跃,等你回来,将是一片沸腾。

塞缪尔叔父全家都来了,住在帕尔莫先生家。塞缪尔叔父自己在这里待了一个星期,现在在纽约。最大的亚瑟,今年夏天就要去农场工作了,这样可以在读大学前长得结实强壮。波特·考尔斯带他去。鲍登先生还在这里——每天带来新闻——自从玛丽变得虚弱,他对玛蒂怀上了幻想——已经拜访过她两三次了,和她散过一次步,从校长家陪她走回来。我们提到鲍登先生的时候,玛蒂就会微笑,神情显得很特别。你走后我就没有见过玛丽·华纳——上次听说她让瑟斯顿和本杰明帮她的花园除草。那真是浪漫,是吧——她最好还是在给花园除草前把自己的心好好除一下草。

因为父亲还没有回来,母亲确定不了什么时候去波士顿看你;等他一回来,她就去,我们会告诉你。她装了新牙,我觉得不错。我们爱你。

艾米莉

我希望你能尽快来信。

28

致苏珊·吉尔伯特(狄金森),1852年12月初

亲爱的朋友:

我抱歉地通知你,昨天下午三点钟,我的大脑停滞了,到现在一直都处于静止状态。

在你得到这个情报之前,我很可能变成一只蜗牛。因为这种不幸的天意,一个精神与道德的存在已经被无情地扫出她的星球。不过我们不应该苦恼——"上帝行动神秘,他创造奇迹,单脚踩着大海,驾驭着风暴。"如果他的旨意是让我变成熊,咬我的同类,那将是对这个堕落和即将毁灭的世界的最大恩惠。如果这位空中绅士,愿意停止乱掷雪球,我会再次与你相会,不然就难说了。我父母都很好——沃尔夫将军在这儿——我们盼望匹特凯恩少校能乘下午的驿车到达。

昨天我们很苦恼,以为我们的猫要被驱逐出时间,进入永恒了。

可她昨晚上又回来了,被风暴阻隔了,出乎她的意料。

我在波士顿报纸上看到,吉丁斯[1]又升了——希望你和科文能安排一下,把北方的事情搞清楚。

滑雪的好天气——我们已经订购了五十二考得[2]的黑核桃木。我们需要一些自己的滑道,你不随队一起出去吗?

至死属于你的犹大

29

致艾米莉·富勒(福德),约 1853 年 1 月 13 日

亲爱的艾米莉:

我担心这样黑暗风暴的天气,你会感觉孤独,我派这个小

---

[1] 1848 年与共和党分裂的约书亚·里德·吉丁斯(Joshua Reed Giddings)。
[2] 考得(Cord),木柴堆的体积单位,128 立方尺。

信使对你说一定不要孤独。

　　今天对我来说很是漫长，因为维妮不在身边，今天我想起那些从来没有一个维妮的人，我担心他们孤单。我一直想要去看你——我一直热切地想要去，但又总是被某个紧急的事情耽搁，现在这场雪在下着，严酷，沉静，偶尔抬起它的手。

　　我多么开心，感情总能过去——多么开心，雪片在大门口停住，不再前进，这里温暖得好像冬天并没有来临！亲爱的艾米莉，不要为这暴风雪的日子伤心——"每个人的生命中一定会有雪花飘落，一定有些日子黯淡和沉闷。"① 让我们想象愉快的夏季，它遥远的花园，知更鸟总是在歌唱！

　　因为我们知道我们将会看见花朵，因为那更加明亮的阳光——遥远的阳光——这些日子才的确显得黑暗，但是我努力把我们想成是离家在外——有很多兄弟姐妹期盼着我们。亲爱的艾米莉——不要哭，因为你会幸福，在"悲哀到不了的地方"。

　　维妮把她的《圣经》忘在我们房间的一个小架子上了，它让我想起她，于是我想，我要打开它，我读到的最初几句话是最美妙的诗句——"贫穷的人有福了——悲哀的人有福了——哭泣的人有福了，因为他们将得到慰藉。"亲爱的艾米莉，我想着你，我要赶快去把这封信寄给你。

艾米莉

---

① 朗费罗《雨天》（*The Rainy Day*）一诗中的诗句。

30

致艾米莉·富勒（福德），1853年初？

亲爱的艾米莉：

我说过等理发师来，我会给你留一缕卷发，实现我的诺言，我今天就给你寄去。我永远不会再给你比这一小缕头发的一半更为灿烂的礼物了，可我也希望不再有更庄严的色调临到你。

你所有的礼物都应该是彩虹，如果我拥有半个天空，还有些许大海为我提供雨滴。亲爱的艾米莉——这就是一切。当头发干燥变灰，安静的帽子，眼镜，还有《约翰·安德森，我的爱人》[①]，是我剩下的一切，它们会让你想起我。

我必须拥有一缕你的头发——请留给我一缕，等你有剪刀的时候，且可以割舍的话。

非常爱你的艾米莉

31

致约翰·格雷夫斯，约1853年2月

约翰堂弟：

我想你也许会和你的朋友今晚来喝酒，因为我邀请过你，等维妮回到家就来，不过我想要告诉你一些事情。

[①] 《约翰·安德森，我的爱人》是罗伯特·彭斯的诗。

今晚，维妮和我应邀外出，维妮必须去。她不在家我不会同样开心，现在我想知道你下周是否很忙，如果不忙，能不能抽出一个晚上，或者一个小时，来看看我们，品尝一下醋栗酒？

请告诉你的朋友——埃蒙斯先生，邀请他改天晚上和你一起过来。

维妮和我都很抱歉，可是世事难料。

你的堂姐艾米莉

32

致约翰·格雷夫斯，约1853年2月

我想知道约翰堂弟是否今晚要上课？[①]

艾米莉

33

致苏珊·吉尔伯特（狄金森），1853年3月12日

亲爱的苏：

我对自己的无所不在感到很得意，几乎不知道说什么，或者如何描述通信者的精彩故事。首先，我是从阿默斯特来的，

---

① 狄金森此处是在提醒约翰，如果他有空闲，今晚可以来家做客。

其次，是一部来自古老剑桥的鸿篇巨著，再就是刚从密歇根来到我这儿的奇异变形，我美妙地集玛蒂、明妮和莉齐于一体①——为什么，亲爱的苏，如果我从印度斯坦冒出来，或者从亚平宁降落，或者突然从一棵树的树洞里望着你，把自己叫作查尔斯王，桑丘或者犹太希律王——我想都是一样。

"米尔斯小姐"，也就是，朱利亚小姐②，做梦都想不到我的秘密之深，如果我停下来考虑我所扮演的角色，这将是我最后的信了，你永远不能再收到你可怜的杰里米·本瑟姆的信了——

但是我对我的心说，"嘘，嘘，睡吧，良心小宝贝"，就这样让它们保持安静！

至于蒙蔽曼彻斯特的眼睛，我相信记录天使的宽容，会对那事闭口不言。有一件事是真实的，亲爱的，世界不会变得更聪明，因为艾米莉的无所不在，当我的潮水到来，两颗善良的心将会更坚强地跳动。我欢喜有机会为属于我的人们服务，让最不粗糙的路也软化一下，它从来不会"一路畅通"，那是开心的事。所以，苏，我设下陷阱，抓住小老鼠，喜欢温柔地抓住它，因为我想念你和奥斯汀——知道我的略尽绵薄会让你们高兴。亲爱的苏，你走了——听到这狂欢，几乎没人会相信我已经失去了你，可你的缺席让我发疯——当你离开的时候，我心神不安——整个生活都显得不同了，我同胞的面孔和你在这里的时候也不同了。我想是这样，亲爱的苏；你为我画像，那

---

① 此段指由诗人填写地址的各种信封：首先是她自己写给苏的；其次是奥斯汀写给苏的；最后是苏在密歇根的亲戚委托诗人转寄给苏的，包括苏的姐姐玛莎和两个兄弟媳妇。

② 朱利亚·米尔斯，狄更斯《大卫·科布菲尔》中人物，对别人的恋爱感兴趣，轮到自己却退缩。此段中奥斯汀被看成是哲学家和法官本瑟姆。

是最甜美的颜色,而不是这个黯淡真实的我,所以你看,你一走,世界就显得很奇怪,我发现我需要更多的面纱——弗兰克·皮尔斯认为我指的是英国贵族面纱,在愉快地计划进口这种"物品"呢,可是亲爱的苏,你知道我的意思。你有没有朝着家里的方向望,苏,数一数我和维妮度过的孤独时光,就是因为你不在这里?

是的,苏,非常孤独,可知道你开心我们也感觉很甜蜜,想着你在早晨,在黄昏,在中午,总是微笑着,期待着欢乐——我不能宽恕你,亲爱的苏,除非确保你的生活温暖,充满阳光,帮助我驱散偷走我快乐的阴影——我知道你会开心,你现在知道我告诉过你的一些情况了。

有时候,有些生命,苏——上帝保佑,让我们朦胧地瞥见他更明亮的乐园,从这里偶尔的天堂!

留下吧,苏;还是不要留下!我无法再多让出你可爱的脸庞一个小时,我要你收集更多快乐的麦捆——因为这里的田野大多萧条、荒凉而光秃,我要你装满谷仓。那么你可以来,亲爱的苏,维妮和我将从我们寂静的家,前去迎你。苏,有很多事情要告诉你,但是我不能让粗暴拥挤的世界进入那美妙的附件里;它们更适合更喜欢,这里——但是苏,我要带给你一个妹妹最诚挚的爱——温柔中最温柔的;真的微不足道,但是独一无二,我知道你不会拒绝。请代我向你的朋友问好,早些来信。

孤独的艾米莉

维妮问你好——她本想写信,但是手受伤了——母亲也问候你——哦,苏!

34

致奥斯汀·狄金森，1853年3月24日

亲爱的奥斯汀：

我多么想念你，今天早上多么孤寂——你要是在这里多好，感谢你给我的那封长长的信，我星期一晚上收到的，读了很多遍，我想我还会再读的，除非很快收到另一封。

我发现生活没有苏和你就不那么明媚了，还有玛莎，有一小会儿我没有太在意这个了。知道你没有忘记我们，我有多么高兴，知道你盼望着回家，生锈的座位，夏天，还有这么多开心的事。你想知道我们是否像你想念我们一样想念你——我想是的，奥斯汀——总是非常想念，看着厨房的空钉子，空椅子，如果我爱哭，几乎就会视线模糊。但是在傍晚时分，我想到了生锈的座位，想到了七月的晚上，我领悟到，一个回来的人，比得上"九十九"个没有离开家的人，这些事情会让我坚强很多天。

你在剑桥过得很开心，我真为你高兴，因为一个人要真的很开心才能写出上次信中那件好笑的事情。我相信给鲍登的信，会马上让父亲死掉，如果他没有用两三杯茶加强体力。我几乎忍不住要去读这么奇怪的东西，不过这对我有好处，当我读完的时候，我愉快地微笑说，"那么还有东西剩下！"自从你离开，我一直在伪装，多次得出结论，介意是没有用的，仿佛它只是一个气球。不过你的信让我兴奋起来，我再次环顾四周，关注起我的同胞来。

我想你远远超过潘趣——更加滑稽——更加滑稽的人,都完全不能和你相比!

我推测那位年轻女士今天就要到家了——昨天下午和晚上我多少次想起你。我的确"顺便拜访"里维尔很多次。我希望你一直开心。这样我也就满足了。我会知道你什么时候到家。

苏离开后,我去看了卡特勒夫人几次。卡特勒先生很想念她,这让我很欣慰。我想要告诉你的是,卡特勒先生的家人上周已经写信给苏,让她在波士顿和斯维斯特先生见面,和他一起到阿默斯特来。我知道她不会来,想到他要独自回到镇上,我忍不住想笑——就是这样!苏比他们聪明——哈哈!想想我为美国独立欢呼了三声!

我收到了那个小盒子,按照你的吩咐处理了。我现在才写信告诉你,你一定已经把它忘了。快点儿来信,奥斯汀,我们都不在的时候,这个房子很寂寞。

艾米莉

母亲说,"告诉奥斯汀也许我会亲自写信给他。"

母亲问候你,感谢你的信,还有梳子,你说就要寄到了。她让你尽快把你的衣服寄回来,她想你这段时间肯定有所需要。我们还没有收获很多枫糖,不过格林先生回来后我会给你寄一些。我们有一些枫糖浆。我知道要是在这里的话,你会喜欢吃——真希望你在这儿!我读了公告,很喜欢。昨晚收到玛蒂的信——她说了很多你和苏的事,非常温馨。如果苏认为玛蒂会愿意的话,我下次写信的时候会把那封信寄给你。

35

致奥斯汀·狄金森，1853年3月27日

哦，我亲爱的"奥利弗"①，自从上次我们见到你，你一定更快活了吧？你被带去了格林维尔，我们很感激，多么适合的心境！我怀疑你无法达到迦南，不过你打消了我的忧虑，让我完全放心了。你这种对上帝和同胞的满意状态有多久了？我想是突然的，希望你不要被蒙骗，建议你读读《天路历程》和《立遗嘱的面包师》。希望你安息日快乐，享受庇护特权——不是所有年轻人都能听到劝诫的话。

相信你喜欢你的密室，对"日用的饮食"有深刻的思考！我一有机会就寄给你《村庄赞美诗》。

我此刻正好想起你喜欢的一节诗歌，"团契永不解散的地方，安息日也会继续。"

那一定是个愉快的场合，值得争取！

很可能你给特别的朋友们准备了票——希望我也有份，纪念"旧衣服"。

奥斯汀还是个诗人，奥斯汀写了首圣诗。让开，飞马，奥林匹斯对他就够了，对那"九缪斯"说我们已经厌倦她们了！

培养我们自己活的诗神，比那九个加起来还好，起来，出

---

① "奥利弗"的称呼是在祝贺奥斯汀最近对苏的秘密追求，语出莎士比亚《皆大欢喜》第五幕第二场中奥利弗关于他对塞莉亚的爱的评价，"……我的突然的求婚，和她的突然的应允。"

发,去流浪!

现在,飞马哥哥,让我告诉你那是什么——我自己已经习惯了写些东西,我感觉你拿走了我的专利,所以你多少要当心点,不然我会叫警察!好吧,奥斯汀,如果你已经磕磕绊绊读完这两页愚蠢的文字,没有把帽子弄丢,也没有在泥沼里迷路,我将努力做到明智,尽快改变,不然你就感到厌倦了。家庭女教师来了,让我们大家都很惊奇。我断定你已经决定航行到澳大利亚。苏还是很冷静,她认为没有老布朗先生是很凄凉的。

有时候她似乎心不在焉,因为"老家伙",我想你是个坏透了的无赖,用这么可怕的方法掳获一个年轻女士的"感情"。

依我看,你理所应当;你配得上热烙铁,和鞑靼;如果我是玛丽·简,我会给你一个这样的"连指手套",先生,你从来没有经受过的!我宣称,我差不多想要扔石头了,杀死五只谷仓门前的鸟儿,但是我不会,我要体谅一些!星期五苏小姐在这里,星期六也在这里,艾米莉小姐,星期四在那里。我想今晚你会照常去"海格姆"。我想这是个可怕的事情,一个年轻人受人影响经常光顾一家旅店,还是在晚上!很高兴我们朝圣的先辈,在这样令人震惊的时代之前,就已经安然退出!你"工作"进展如何?你有没有预约竖琴师?将会有我的铅笔账单,十七支,有时对你是支出,一旦公开的话。还有每天两封信,要发急件,还有约翰尼·贝斯顿,还有戴维·史密斯,而且要同样的服务!

亲爱的奥斯汀,我很厉害,不过你更厉害,我有点儿像狐狸,可你更像是猎狗!我想我们还是很好的朋友,我想我们都尽已所能地爱苏。

你不必嘲笑我的信——有一些格林维尔的不同版本，我想我会寄给你。

爱你的艾米莉

大家问候你，周一中午。哦奥斯汀，牛顿[①]死了。我朋友中的第一个。标兵。

36

致亨利·埃蒙斯，1853年春

埃蒙斯先生：

自从收到您漂亮的文字，我一直想要用我的花表达谢意，刚才摘了最美的几朵，可是听说你不在——

和你好心地为我采集的永恒的花朵相比，我今天的花是很可怜的，不过请您接受它们——献给天堂之花的"田里的百合"，而且，如果我能从我们没有见过的花园采集不凋的花，你会看到比我今天找到的更灿烂的一朵。

艾米莉·狄金森

[①] 本雅明·牛顿（Benjamin Newton），1853年3月24日去世，狄金森哀悼时称其为自己的第一位"导师"。

37

致亨利·埃蒙斯，1853年春

冷酷的命运女神"阿特洛波斯"！但是我不敢责备她，担心那些莽撞的手指会再次操起羊毛剪。

也许她怀疑酒！请告诉她那只是醋栗酒，她能否好心地把剪刀借给我，让我剪断一根线？

维妮和我耐心地等待我们的朋友们[①]到来，相信一个辉煌的夜晚会回报我们漫长的等待。

你的朋友，艾米莉和维妮·狄金森

38

致艾米莉·富勒（福德），约1853年6月

亲爱的艾米莉，这些花蕾很小，不过请接受一朵，给你表妹[②]和你自己？昨天晚上，当我说起花蕾时，我几乎忽略了玫瑰花虫，我发现有一家子昆虫在我最珍贵的花蕾上吃早餐，一个聪明的小虫子充当女主人，所以最甜美的花蕾都没有了，但是请接受伴随最小的一朵而来的我的爱。我是——

爱你的艾米莉

---

① 这封邀请信中的朋友包括约翰·格雷夫斯（John Graves）。
② 这里的表妹指康涅狄格州布里奇波特的朱莉娅·琼斯（Julia Jones）。

39

致奥斯汀·狄金森，1853年6月5日

亲爱的奥斯汀：

今天是星期天，我独自一人。其他人都去聚会了，听马丁·利兰牧师讲道。我今天上午听他讲话，内心一片狂乱，担心这种影响太严重，下午就没有出去。早上的练习完全是荒谬，我们在中间休息的时候模仿牧师，复述他最难忘的布道片段，我从来没有听见父亲这么滑稽的讲话。真希望你在这里。我知道你会笑死的。父亲说他不敢看苏——他说他看见她的帽子朝我们这边转来，他就"目视前方"——他说他从聚会上逃了出去，担心有人会问他对礼拜的看法。他说如果有人问他，他会用手挡住嘴，把嘴放到土里哭，不干净——不干净！但是我没有时间再说马丁·利兰了，只是希望你今天在这里，奥斯汀，那你就能听到父亲讲话了，你会大笑，剑桥的人都能听见你笑。昨晚大约上床时间，维妮和我收到你的信。我整个傍晚都在苏的家里，和她说信还没有到。她说，她始终觉得 [*信的结尾丢失，附言写在第一页上*]：大家都问你好，奥斯汀——快点儿给我们写信——《忍冬》让我很高兴。

40

致奥斯汀·狄金森，1853年6月5日

亲爱的奥斯汀：

今天中午开车之前，我必须给你写一点儿——告诉你我们昨天晚上收到你的信，过了这么久得知你的音信很开心，我们想见你，渴望你回来，无法描述的渴望——

我们不知道为什么没有收到你的信——只能归之于邮差还在路上，而不是你，但是我们现在知道你有同伴了，可以谅解——

苏昨天晚上在这里，说她收到了信，我们睡觉前也会收到，信大约十点钟到的，当时父亲刚从办公室回来。现在，奥斯汀——我们不那么经常给你写信了，因为我们有同伴，还有很多事情要做。我们想在你回家之前把我们的活儿都干完，这样就不用忙针线活儿了，可以随时去看你；这就是我们不经常写信的原因。你不知道我们多么想念你，多么想和你说话，多么希望你每时每刻都在这里，可我们要非常努力地工作，无法经常写信，连我们想写的一半都不到。我们认为你也不要给我们写信，我们都必须有耐心，直到你回来，我宁愿那时我们再畅快地叙谈，抹去旧账。你说天气干燥炎热。这里也很干燥，尽管这两三天晴朗而凉爽——一切都很美好，这里是真正的伊甸园；我们一起漫游将是多么开心！树木正在从枯枝病的影响中恢复过来，我们希望我们可以收获些苹果，尽管现在还无法确定——我们非常感恩，树叶并没有全落光——母亲明天下午想要去蒙森过安息日——他们很想见到她,我们认为她最好是去——她星期一下午回来——

维妮下封信会告诉你她对玛丽·尼古拉斯[①]来访的看法。你想要知道什么?我想要你做一切让自己最开心的事——其他我都不在乎。

我高兴你见到了古尔德——关于母亲的事——我想你要是给她带点儿什么她会很高兴的,尽管她不想要你买太贵的东西——

维妮和我想到什么,下次写信就告诉你什么——我希望在你回来之前寄给你父亲的银版相片,如果安全的话,我会的。我们过一两天再给你写信,大家都问候你。

爱你的妹妹艾米莉

41

致霍兰医生和太太,1853年秋季

亲爱的霍兰医生和太太——亲爱的明妮——今晚很冷,不过想起你们如此温暖,如同身边有一只火炉,我不再感到寒冷。我喜欢给你们写信——它让我心情放松,让钟声响起。如果祈祷有回应,你们今晚都会在这里,可是我寻找,却没有找到,我敲门,却没有人开门。我想知道上帝是否公正——不过,假

---

① 玛丽·尼古拉斯是奥斯汀的一个波士顿朋友。

设他是公正的,那只是马太的一个错误。

我想我的情况是这样,人们要的是蛋,得到的是蝎子,因为我不断盼望你们,闭上眼睛,望着天空,用尽力气寻求你们,但是你们没有来。我上周写信给你们,但是担心会被嘲笑,说我多愁善感,就把我傲慢的信留给了"阿道弗斯·霍金斯"①。

如果不是明亮的天光,做饭的炉子,还有公鸡,我担心你们会经常笑我的信,但是,就像这"尘世的"文章不朽一般真切,邻近农场的一只乌鸦驱散了幻象,我又回到了这里。

我的意思是——上个星期我一直都在想着你们,直到世界变得比有些时候更圆,直到我打破了几只盘子。

星期一,我认真地决定,我要理智些,所以我穿上厚厚的鞋子,心里想着汉弗莱博士和道德法则。看了一眼《共和报》就让我又开始打碎东西——我每天夜里读它。

谁写的那些滑稽事件,铁轨意外地碰到一起,工厂里的绅士们很不正常地被切掉了脑袋?作者的描述也很活泼,它们很吸引人。维妮今晚失望了,没有意外事件的报道——我大声读新闻,维妮做针线活儿。《共和报》对我们来说就像是你们的信,我们打开封口,热切地读起来……

下午做缝纫活的时候,维妮和我谈起你们,我说——"他们看起来离我们很远。"可维妮回答我说,"只是一点的路。"……我想变成鸟儿或蜜蜂,不论是嗡鸣还是歌唱,都能靠近你们。

---

① 阿道弗斯·霍金斯(Adolphus Hawkins),朗费罗散文体传奇《卡瓦纳》中的人物,他写东西讽刺那位乡村诗人的感情宣泄。

天堂很大——不是吗？生命太短，不是吗？那么，这一生结束，难道就没有另一生吗，还有——还有——如果上帝愿意，我们那时还是邻居。维妮和母亲问你们好。还有我的。我的信就像一只满载花蜜的蜜蜂。请爱我们，记住我们。请尽快给我们写信，告诉我们近况……

爱你们的艾米莉

42

致亨利·埃蒙斯，1853年秋

我很高兴给你寄这本书，因为它给了我快乐，我想让它忙碌起来，把愉快传递给别人。

谢谢你漂亮的文字——作为星期六早上的回信，它充满了诗意，我不会忘记它，它也不会像树叶一样褪色，而是像树叶一样呈金红色——

我给你的朋友寄了封短信——请代问她好，诚挚的问候——

我很高兴她和你在一起——我还没有读你提到的书——任何你方便的时候我都愿意读到——请给我机会早些看到你"老兄"。

你的朋友艾米莉·狄金森

43

致约翰·格雷夫斯，1853年末

纪念风神①。

约翰堂弟：

我做了这些小腕饰，请为我戴上它们，也许它们会给你保暖。

艾米莉

44

致艾米莉·富勒·福德，1853年12月21日

亲爱的艾米莉：

你在吗，你会永远留在那里吗，难道不再是亲爱的艾米莉，而是康涅狄格州的福德夫人了②，我们必须单独待着，等天变长变暖的时候，难道你不会随着鸟儿和蝴蝶回来吗？

亲爱的艾米莉，我们在这里很孤单。我知道科尔·史密斯还在，还有凯洛格夫妇，但是小猫跑掉了，你也不再回来了，世界变得如此苍茫！我知道你会离开，因为我知道玫瑰被摘走了，但是我想还没有这么快，还没像预期的那样放弃。亲爱的

---

① 格雷夫斯4月时曾给狄金森做了一个风弦琴。
② 艾米莉·富勒于1853年12月16日与戈登·福德成婚。

艾米莉，那时候，你站在我们大家面前，藏在面纱后，做出那些承诺，当我们吻过你，回到我们自己的家，那对我似乎是一种转换，不是现实的事情，如果过一会儿你御风而行，我也不会感到惊奇。

现在五天过去了，艾米莉，漫长而沉静，我开始意识到你不会再回来了。《圣经》中有一首诗，艾米莉，可我忘了在哪里，也不太清楚原文究竟是什么，记得大概是这样——"我可以去她那里，但是她不能回我这里。"我想不是这样，可是我的眼里满是泪水，我确信我不在乎我有没有弄错。亲爱的艾米莉，你在那里开心吗，炉子边温暖吗，你有一只小蟋蟀在灶台上鸣叫吗？

我们多么想念你——多么爱你——多么希望你永远幸福快乐。

星期天晚上，你父亲来了——他待了一会儿，他看起来很孤单。我想他是老了。他一定非常孤单——我为他难过。

母亲和维妮问候你，希望你开心。奥斯汀已经走了。父亲明天回来。我知道父亲也会想念你。他喜欢在这里看见你。

"夏日的云就这样隐没，
　　暴雨过去，风就这样微笑
　　白昼的眼睛就这样悄然合上，
　　波浪就这样在岸边消散。"

吻我，亲爱的艾米莉，如果愿意的话，就记住我。代我向你丈夫致意。你会给我写信吧？

爱你的艾米莉

45

致亨利·埃蒙斯，1854年1月初

正如你如此好心的提议，我明天很愿意去骑马，但是我真诚地抱歉今晚不能见你——

谢谢你记得父亲。他今天早上似乎好多了，我相信他很快就会康复①。我明天会开心地骑马，下午什么时候都行，看你方便吧——请想想你是否有我的两本书，我想是艾米莉借给你的。

你的朋友 E.E.D

46

致亨利·埃蒙斯，1854年1月初

约翰堂弟和埃蒙斯先生，请不要遗憾昨天晚上的小波折，因为维妮和我完全忘记了萨克斯②先生，光顾着开心地骑马了，只是感觉如果你们这样想我们，我们会失望。

请接受这些花朵——如果是夏天的话，我愿意为我的一些朋友编两个花环，在夏天来临前，也许一小束花能表达这个愿

---

① 爱德华·狄金森1853年12月29日从波士顿返回途中，火车因暴雪而熄火达二十四小时。
② 流行诗人约翰·戈弗雷·萨克斯（John Godfrey Saxe）1月2日在东安普顿演讲，他当时是否来过阿默斯特没有记录，但是他似乎在不远的什么地方演讲。

望。请分享。等学院的事务可以脱开身，晚上就过来坐坐吧。

你们的朋友艾米莉和维妮

47

致爱德华·埃弗雷特·哈尔，1854年1月13日

哈尔牧师先生：

请原谅一个陌生人的信，不过我想你可能熟悉一个朋友的临终时刻，因此我冒昧这样做，如果换一个场合，我应该遵循礼节。先生，我想你是牛顿先生的牧师，他是在伍斯特去世的，我常常想知道他弥留之际是否愉快，他是否安然赴死。如果我认识他夫人，我就不必麻烦你了，先生，但是我从来没有见过她，也不知道她住在哪里，在伍斯特我也没有朋友可以满足我的询问。你可能认为我的要求很奇怪，先生，但是死者和我很亲近，我想知道他是平静地安息的。

在去伍斯特之前，牛顿先生和我父亲共事过两年，从事他的研究，时常到我们家来。

我当时还是个孩子，不过已经懂事，足以赞赏这样的力量和优雅，一个远胜过我的智慧头脑，让我学会了很多，对此，我谦卑地表示感谢，现在它已经不在了。我感觉牛顿先生是一位温和又严肃的导师，教导我要读什么，欣赏什么样的作家，自然界中什么最为壮观美丽，还有那更庄严的课程，对无形事物的信仰，对更高尚更幸福的一种生活的信仰——

这些东西他都谈到过——他都认真而温和地教导过我,当他离开我们,那就像失去了一位兄长,他备受爱戴,受到哀悼和追忆。他在伍斯特时经常写信给我,我也回信给他——我总是问及他的健康状况,他总是开心地回答我,我知道他病了,他的死真让我震惊。他经常说到上帝,但是我不确定那就是他的天父——先生,请告诉我他是否安然赴死,如果你认为他已回天家,我当然想要知道,他今日是在天国。先生,再次请你原谅一个陌生人的冒昧,方便的话请给我写封短信,我会非常感激,如果有机会,我极愿意报答你。

非常尊敬的艾米莉·狄金森

又及,回信请寄马萨诸塞州,阿默斯特,艾米莉·狄金森收

48

致奥斯汀·狄金森,1854年3月19日,21日

奥斯汀,我刚从礼拜回来——卢克·斯维斯特主持,年轻的哈洛克先生作了祷告,我毫不怀疑你在剑桥都能听到——真的非常洪亮清晰——德怀特先生不在那里——苏没有去——坦普·林内尔坐在我旁边——我问她是否和萨姆·菲斯克订婚了,她说没有,所以你可以告诉琼斯太太她有点儿弄错了。你今天过得开心吗,奥斯汀?你今天去礼拜了吗?我们过了一个愉快的星期天,非常想念你。德怀特先生全天布道。威利斯顿和威廉·克拉克

先生今天早上也在我们教堂——读了一封来自华盛顿公理教会的信——要求在邓肯牧师的圣职授任礼上,要一名牧师和一名代表陪同,过去他在这里的时候,父亲很敬佩他——父亲被选为代表了,不过德怀特先生是否会去,我不清楚——

星期二早上——

奥斯汀——我星期天晚上没有时间把信写完——我现在继续——昨晚收到你的信,笑了整晚,直到现在——你一定不要这么轻率——绝对不行。苏当时也在,我们坐在这里尖叫。我会永远保存这封信。玛西娅今天早上来了——工作进展顺利——

我们忙得不可开交,一会儿是生意,一会儿是同伴——"莱桑德"还没有到——埃蒙斯星期五晚上在这里。昨天晚上我和约翰堂弟去拜访了苏——待到差不多十一点——很开心——苏心情不错——她写了这张便条。

昨天在德怀特先生那里——他们说了很多关于你和苏的事,维妮和我有这么漂亮的嫂子一定很高兴。

我们昨天晚上收到父亲两封信——一封给母亲,一封给我——我会尽快给他发电报!查理整天唱歌——每个人都羡慕他——你一定要告诉拉维妮娅姨妈——

伯恩先生两个黑眼睛都要摘除,他怎么能承受这个宣判?他一定很震惊。诺伊斯太太回家去了——她帮了我们很大忙——森尼斯刚到,所以她,"犹大",玛西娅,还有库里小姐[1],我想这些人都会去——约翰堂弟在他们不在的时候会待在这里,急切想要知道"什么时候能开始"。我很开心你安定下来,

---

[1] 此段中提及的女性显然是女裁缝和其他帮手,是来帮助狄金森夫人和拉维妮娅准备即将去华盛顿的旅行的。

不怕鬼了。你和克拉克在一起一定很愉快。

  我们都祝福你——你不赶紧说说约翰·怀特的事吗——他急切地想知道,麦克太太非常想要让他回来。再见了奥斯汀——欢呼——代问克拉克好。

             艾米莉

49

致艾米莉·富勒·福德,1854年春

  我刚从礼拜回来,我整天都在那里,想到要给你写信我很高兴,以至忘记了布道和牧师还有一切,除了你什么都不想……我总是想你,亲爱的艾米莉,有时候我想没有你我待不下去,差不多要决定将我尘世的东西打成一小捆,告别我的花朵和家,徒步出发去找你。但是我们有这么多事务,我不敢走,所以我不断地叹息,希望你能在这里。

  我知道这里的春天会让你比在那个友善的城市更快乐,喝着我们的晨露你会恢复得很快——这里的世界如此美丽,一切都如此温馨甜蜜,你的心会得到放松和安慰。

  我会给你描述春天,如果我认为这会说服你现在就回来,但是每个花蕾,每只鸟儿都只能让你痛苦,让你在那里不开心,所以一个字也别提知更鸟,也别说花朵,不然它会让城市更显得暗淡,让你的故乡更加让人眷恋。

  但是一切都没有忘记你,艾米莉,每一朵花,每只蜜蜂;

因为在最幸福的花朵上，有一种沉思的神情，在最愉快的蜜蜂身上，也笼罩着一种伤感——它们知道你走了，它们知道你多爱它们，它们的小脸上尽是忧郁，它们温柔的眼睛里，都是泪水。但是另一个春天，亲爱的朋友，你必须，一定要回来，没有人能带走你，因为我会把你藏起来，保存起来——如果我紧紧搂着你，谁能把你夺走呢？

你的家看起来很安静——我努力想些可笑的事情，走近你家的时候就转到别的路上，望见它当然会让我心情沉重，让我的眼睛黯淡。我多想再听到你家里的声音，看到你在月光下坐在门口——等树叶落下，蟋蟀开始鸣叫的时候，我就会看到你，不是吗？

你一定不要想不开心的事情，亲爱的艾米莉。我担心你会这样，从你亲切的信上可以看出，你离得这么遥远真让我心碎，我的安慰无法抵达你。

我知道，一切都会好起来，一切都会幸福的，我多么希望在你身边，以便让我的朋友相信这点。我想知道福德先生如何。我希望你会告诉我，因为好多个星期没有听到他的任何音讯了。你们任何一个夏天都可以来，我多么希望他能来——我会为他，为你祈祷，也为你们的家祈祷，那仅次于天堂。

你非常诚挚的艾米莉

谢谢你的信，在我的路上开放的一朵珍贵的小小的"勿忘我"。但是一朵小花很孤单——请给它一个蓝眼睛的同伴，那样它就不孤单了。母亲父亲还有我和维妮都问候你……

50

致亨利·埃蒙斯，约1854年

朋友：

我查看我的首饰盒发现一颗珍珠不见了——我怕你是想要欺骗我。[1]

请不要忘记你的许诺，支付"我自己的，还有利息"。

谢谢你的《希帕蒂娅》[2]，请问是什么意思？

你最近收到你的朋友，贾金斯[3]小姐的信了吗？我想给她写信，但没有地址，请你告诉约翰尼[4]一封短信不会让你的信太重。

你的朋友艾米莉

51

致亚比亚·鲁特，约1854年7月25日

我亲爱的孩子：

谢谢你快乐的信，很早我就收到了，谢谢你邀请我来访，谢

---

[1] 此句可能是在提醒埃蒙斯还没有归还狄金森借给他的书（见第45封信）。
[2] 希帕蒂娅（Hypatia），英国圣公会牧师、教授、历史学家和小说家查尔斯·金斯利（Charles Kingsley,1819—1875）1853年出版的小说。
[3] 伊丽莎·玛利亚·贾金斯（Eliza Maria Judkins）于1841年至1842年在阿默斯特学院教授绘画和书法，可能是狄金森的老师之一。
[4] 约翰尼·贝斯通（Johnny Beston）是一个年轻的杂务工。

谢你爱我，很久以前是，现在仍然是，也感谢所有的甜蜜，所有的温柔，所有你对我亲切的记忆——你的古怪而老派的朋友。

我很想早些给你写信，我频频努力，可直到现在都是徒然，我今天夜里写信，也是匆匆忙忙，担心还有什么会让我耽搁。你知道，我亲爱的亚比亚，夏天一直很暖和，在这个愉快的季节，我们少了一个女孩子，以往在这时我们是有很多同伴的——于是，这个犹豫不决的身体有时便拒绝工作，愤愤不平的房客只能保持和平——这些你都知道，因为我经常告诉你，我又说起它来，如果这可以让你相信我的确是爱你的，没有忽略过你。我们亲爱的朋友苏，已经病了好几个星期了，我尽可能地多些时间陪着她，这让我本就不多的时间更加紧张了。苏现在好多了，但是前几个星期很痛苦，伤寒迅速消耗了她的体力。她有一个出色的护士，一个忠实的医生，她的姐姐也一直不知疲倦地陪护着她，最后，还有一直爱怜有加的上帝，所以为了回报大家，可怜的苏开始吃力地行走——星期六，只能走到花园那么远，摘了几朵花，所以我去看她的时候，啊，一束绚烂的花插在壁炉架上，苏靠在安乐椅上，插花让她很虚弱——我啰唆了这么多，但我知道你关心苏——亚比亚，我想她的不幸和好运都会让你感兴趣。

我想那是在六月，我收到你的信，我抓紧时间去看了你的朋友。我是黄昏去的，而且是星期六晚上，所以亚比亚，你看我有多关心——从她对我说的话里我看出她非常可爱，我想象她的脸也很可爱，尽管温柔的黄昏拉紧了她的窗帘，我看不清她。我们谈得最多的是你——当然是我们喜爱的话题，或许我们并没有特意谈论它。我愿意再次见到她——愿意和她待得久一些。

请代我问她好。你让我来看你——我必须提到那件事。谢谢你,亚比亚,不过我不能离开家,除非紧急情况,我很固执,如果可能,我就会缩回去。如果我真的能离开家,我会非常开心接受你的邀请,不过那是不可能的;这之前,我只能最温暖地感谢你,我亲爱的亚比亚,不要盼着我。我这么守旧,亲爱的,你所有的朋友都会盯着看。我要带上我的针线包,我的大眼镜,还有我差点儿忘了我的孙子孙女们,我的针垫,还有猫——为什么要认真呢,亚比亚——你认为我有责任离开吗?你会再给我写信吗?母亲和维妮问候你,还有我的吻。

晚安,艾米莉

52

致亨利·埃蒙斯,1854 年 8 月

  我的心充满快乐,朋友——如果我的客厅不是很拥挤,我今天早上会请你来。但是一定要在更安静的时辰,我们才能谈起她。不过我必须见你,我非常想,如果你方便的话,今天下午去骑一小会儿马——否则就别来,请告诉小帕特你愿意什么时候去,如果你还觉得有可能的话——关于她,我不能写,我感谢上帝把她给你,迫不及待想要和你说话——请不要考虑骑马的事,除非你方便——

  我的手在抖。

忠实而热情的艾米莉

53

致约翰·格雷夫斯，1854年8月15日

亲爱的约翰：

你好吗？在你离开之前，为什么不告诉我你很开心？为什么那个愉快漫长的夜晚我们坐在一起交谈的时候，我没有问你？

很多次我想问你，我想你会告诉我，但是有人会来，别的事会发生，让我忙乱起来——不过，今晚，约翰，如此安静，月光如此柔和，我相信如果你坐在这里，你会对我说。你知道我的意思，不是吗？如果你快乐，在睡觉前，我会跪下，为此感谢上帝。

那么你和你原来的大学校友又和解了——他告诉我了，幸福的泪水在我眼里闪耀。像耶稣一样彼此宽恕——我们。

我经常盼望这个结局，约翰，当你熟睡，我的眼睛更快合上，现在一切都和平了。我喜欢你们两个都做我的朋友，彼此友好，你们两个为敌让我伤心了很久——现在都安全了。约翰，没有你是孤独的——我们非常想念你，我想我们将会更加想念你，当明年到来，蟋蟀开始歌唱。

当朋友离开，多么悲伤，当所有人都离开，坐在窗前沉思，回忆他们，多么伤感，可我不会忘记他们——请不要忘记我们，约翰，在你长长的假期里——我们会经常想念你，希望能够见到你。玛丽还和我们在一起。伊莱扎昨天早上走了。我想念她体贴的眼神，如果不是玛丽快乐的眼神还和我们同在，日子会过于漫长；但是玛丽抚摸阳光，哄骗它，把阴影赶走——她就像一只蜜蜂,置身于更古老的昆虫中!她让我向你致敬,真诚地感谢你的"社会能力",她忘记做的,还有很多。晚安,祝你有温柔的梦,约翰——我的笔不好用,不能再写了。维妮问候你。

请代我问候海蒂①,还有你母亲。如果你今晚在这里,约翰,我就能和你聊天了——你不在,我只能写信——我"祝你圣诞节快乐",假期像漫长的夏天一样快乐——

爱你的艾米莉

54

致亨利·埃蒙斯,1854 年 8 月 18 日

我找到了它,朋友——我读了它——我停下来为它而感谢你,好像世界静止了——为所有这一切感谢你——珍珠,缟玛瑙,还有翡翠②。

我的皇冠,的确!我不害怕国王,披戴这样的辉煌。

请再寄宝石给我——我有一朵花。它就像宝石一样,为了它同样的明亮,收下它。

祝你旅途愉快,无论是回家的路,还是更远的路——那时,"金色早晨坦率的风,把树木摇得鞠躬絮语,在幸福诗篇的吟唱中"——

---

① 海蒂,约翰·格雷夫斯的妹妹。
② 在离开阿默斯特之前,埃蒙斯送给狄金森一份告别礼物,有可能是爱伦·坡的一本诗集。信中的"珍珠,缟玛瑙,还有翡翠",其英文"pearl, onyx, and emerald"中三种宝石的首字母拼起来便是 poe,即爱伦·坡的姓。

我让你信服了吗，朋友？

快乐的艾米莉

55

致苏珊·吉尔伯特（狄金森），约1854年

苏——你或走或留——只有一个选择——我们最近经常意见不一，这肯定是最后一次了。

你不必担心离开我，我就会孤单，因为我经常要离开我以为我热爱的东西——有时候是去往坟墓，有时候是去往比死亡更加痛苦的遗忘——我的心经常流血，所以我不在意大出血，我只不过给原来的痛苦又增加了一分，在最后的时候注意到——一个气泡破了！

当我还是个孩子的时候，这样的事件让我伤心，也许我会哭泣，当小脚在我的脚边变得僵硬，静静地立在棺材里，但眼睛有时候却变得干干的，心变得脆脆的，成了煤渣，情愿烧掉。

苏——我就是靠这个活着。这是我曾经梦想的天堂不灭的象征，尽管如果它被拿走，我会孤单一人，尽管在那最后一天，你爱的耶稣基督，说他不认识我——有一个更黑暗的神灵不会不认它的孩子的。

我得到的人很少，如果我爱他们，爱到崇拜的程度，他们就从我身边被夺走了——我只是低声说，"走了"，巨浪消失在无边的蓝色大海，除了我，没有人知道，今天一个人沉落了。我们曾经愉快地漫步——也许，这在这里，我们分道扬镳——然后苏，继续唱着歌走，而我，向着远山出发。

我有一只春鸟
只为我自己歌唱——
春天正在设下圈套。
当夏天临近——
当玫瑰出现,
知更鸟不见了。

可我并不抱怨
知道我的鸟儿
虽然飞走了——
却在大海那边
为我学习新的曲调
然后回来。

在更加安全的手中
在更加真实的国度
他们还是我的——
虽然现在已分离,
告诉我疑惑的心
他们还是你的。

在更加静谧的空中
在更加灿烂的金光里
我看到
每个小小的疑惑和恐惧
每个小小的不和谐
都被消除。

那么我将不再抱怨,

知道我的鸟儿

虽然飞走了

将在远方的树上

为我学习欢快的曲调

然后回来。

艾

56

致霍兰医生和太太,约1854年11月26日

亲爱的朋友们:

我想我又该写信了。我给你们写了很多信,用看不见的笔。你们收到了吗?

今天一整天都在想念你们,昨天夜里梦见了你们。

今天早上父亲敲门叫我的时候,我还在最美妙的花园里和你们一起散步,帮你们采——玫瑰,虽然我们用尽力气,篮子却总是装不满。所以一整天我都在祈祷,可以和你们散步,再去采玫瑰,随着夜幕降临,我高兴起来,不耐烦地数着我和黑暗之间还有多少小时,才能抵达关于你们和玫瑰的梦,还有那只永远装不满的篮子。

上帝允许篮子装不满,直到有一天,我们用更纯洁更白皙的手,采集金色的花朵,装在珍珠做成的篮子里;在更高——

更高的天上！似乎我们很久没有收到你们的信了——很久没有小安妮，或者你们任何人的消息了——自从那次农牧展览会，已经很久了，那时，霍兰先生还和我们在一起。啊，似乎总是隔很久才能见到你们，甚至在你们家的时候，夜晚似乎也更加漫长，因为你们不在这里。我多想知道我的朋友们在斯普林菲尔德那亲切的小房子里是否一切安好——如果健康，是否快乐，如果快乐——有多快乐，为什么，是什么让你们快乐？还有很多别的问题，一遍又一遍地问，回答总是那么愉快，他们爱我们吗——记得我们吗——希望我们有时在那里吗？啊，朋友们——亲爱的朋友们——也许我的询问让你们厌倦，但是我真的渴望知道答案。

今天的牧师，不是我们自己的牧师，讲了死亡和审判，以及那些人结果会如何，我是说奥斯汀和我，我们这些行为不当的人——布道有点让我害怕，父亲和维妮看起来非常严肃，好像一切都是真的，我绝对不能让他们知道这让我不安，但是我渴望去你们那里，告诉你们这一切，并学会如何做得好些。他的布道讲得很可怕，以至我不太敢想在末日审判之前我还能再见到你们，按照他的说法，那时你们不会和我说话。毁灭这个话题似乎让他开心，不知为什么。对我而言，它是非常严肃的话题。下次见到你们的时候，我会告诉你们详情。

我想知道你们今天在做什么——是否去了礼拜？今天天气晴好，天空沉静、湛蓝。今晚红色的孩子们在西方玩耍，明天将会转冷。如果能见到你们多好，和你们谈谈这些！请尽快给我们写信。去年九月和你们在一起的日子仿佛很久远了，再见你们会多么开心。我相信过不了多久我们就能坐在一起了。

那么我将不再苦恼，知道我的鸟儿，虽然飞走了——却在大海的那一边，为我学习新的曲调，然后回来。

爱你们的艾米莉

57

致苏珊·吉尔伯特（狄金森），1854年11月27日到12月3日

苏——说孤独是很简单的事情——任何人都能说，但是要几个星期地忍受孤独，当你睡去，当你醒来，总在想念着什么，这一切，都无以言表，这让我感到困惑。如果我有画布，我会画一幅让人流泪的肖像，背景就是——孤独，还有人物——孤独——还有光和影，都是孤独的。我可以把孤独的风景填满整个房间，人们会在那里停留和哭泣；然后感恩地匆忙回家，因为有一个挚爱的人在那里。今天一直很晴朗，天空宁静，湛蓝。今晚，红色的孩子们在西方玩耍，明天将会转冷。总之，一切都让我想起你。我要在白日的每个小时都想念你。你在说什么——做什么——我想要和你一起散步，看那些尚未见过的东西。你说你独自散步，做针线。我也独自散步，做针线。我没怎么看见维妮——她大多时候在打扫楼梯！

我们很少出门——一个月一两次，我们都用丝绸做的帆航行——停靠在主要地点，然后再入港——维妮巡游一番，处理业务，但是我能做的顶多是抛锚停泊。德怀特先生和夫人是我的阳光，黑夜也无法遮蔽，我仍然每周去他们那里一次，让奥斯汀和妹妹都很生气。

我听说,"迫害引起愤怒"——我想,我是被激怒了!他们温和亲切,亲爱的苏,还有,他们总是问起你。星期天下午,我把你留在笔墨中很久了——我的心在继续。我被叫走去陪伴客人——我担心我去得勉强,我相信行为也有所表现。高大苍白的暴风雪巨人昂首阔步穿过田野,在我的窗前鞠躬——不要让这个家伙进来!

我整日在教堂,穿着普通的裙子和靴子。我们聆听德怀特先生珍贵的布道。一场是关于无信仰的,另一场是关于以扫的。关于无信仰的布道总是吸引我。上星期全州都在庆祝感恩节!相信吗,我们有一只火鸡,还有两种馅饼。其他的没有变化。父亲是感恩节晚上走的。奥斯汀明天走,除非被暴风雪挡住。他会去看你,亲爱的!那是我做不到的。啊,但愿我能去看你!我们没有参加感恩节"聚会"——因为我们刚和父亲分开,很伤感。你姐姐会告诉你细节。亚比亚好多了——每天骑马,直到下雪才停止,现在和其他女孩子一样逛街——亚比亚似乎比原来更温柔,更亲切了。

厄姆·凯洛格想知道为什么她没有收到你的信。我把你的信息给她,同样带给你信息。厄姆和亨利还在一起,尽管没有外在关系维系他们。爱德华·希区柯克和婴儿,还有玛丽,在这里过感恩节。我去看了玛丽——她看起来很恬静,安逸,小宝宝很适应她。他们都很喜爱宝宝。玛丽热情地询问了你的事,要我写信时代她问候。苏——你一直以来——都好吧——都好吧!我必须停笔了,姐姐。情况改变了,亲爱的苏,情况一直在改变。"孩子们,彼此相爱吧。"生并非生的全部,死也不是死的全部。

苏——我们都爱你——母亲——维妮——我。非常爱你!你姐姐哈丽特是我们最亲密的朋友。这个学期的最后一晚,约翰向你问好。我几个月没有收到玛蒂的信了。"他们说缺席者征服一切。"它已经打败我了。母亲和维妮问你好。奥斯汀一定会带去他的爱。

58

致苏珊·吉尔伯特(狄金森),1855年2月28日,华盛顿

亲爱的,天气就像夏天一样可爱,温和,枫树开花了,阳光照到的地方草也绿了——很难相信这还是冬天;我心中的青草也萌发出来,每只红雀都在歌唱,想着你已经回来了。

亲爱的孩子们——玛蒂——苏——为了看一下你们,为了你们温柔的声音,我愿意付出一切。这些浮华——庭院——礼节——都属于尘世——不会进入天堂。

你会给我写信吗——为什么之前没有写呢?寻找你让我感觉如此疲倦,可是你还是没有来。你爱我,快点儿来吧——你知道,我们有限的人生不可能永远。你愿意我像过去那样给你写信——我现在正在这里写,还是宁可我在那里爱你?

也许我会告诉你两种都要——但是,"最后的将成为最初的,最初的将成为最后的。"我在家里爱你——我每小时都去你家门口。醒着的时候我想,如果你和我在一起多好,和你交谈时坠入梦乡,那会更加甜蜜。

我认为我不能再等了,当我记起你们,那是经常的事,孩

子们。我会为这种牺牲而更加爱你们。

　　昨天晚上我收到奥斯汀的信——我想他以为我们看不到家里的东西了——告诉他不是这样的,孩子们——奥斯汀弄错了。他说我们忘了"马、猫和天竺葵"——没有想起帕特——建议卖掉农场,和母亲搬到西部去——把我的植物做成花束,送给他的朋友们——穿着他的晨衣,来华盛顿,让我和维妮难堪。我们会乐于见到他,即使穿着"便服",保证任何时候都能认出他来。我承认,那些猫没有怎么吸引我的注意力,因为它们适合在家里,不过我还是记着它们,怀着温柔的情感;至于我可爱的花,我不在家时生出的每片叶子和每个花蕾,我都会知道。告诉奥斯汀,永远不要担心!我的思想从来不会闲散,甚至在家里也关心着世界上的琐事,可这里拥挤不堪——仓促,混乱,有时给家里写信时无法描述细节,尽管我很想。有天晚上,维妮在这儿的客厅里遇到一位萨克斯顿先生,向她问起他阿默斯顿的表姐妹的情况。维妮开心地把自己知道的关于你们的一切,都告诉他了,另一天晚上,还带我去见了他。我们在大厅里散步了很长时间,谈到你们,我的孩子们,竞相赞美我们爱着的人们。我和他说了你们俩,他似乎很高兴知道这么多你们的事儿。昨天早上他离开了华盛顿。我来这里后身体一直不好,让我失去了一些快乐,尽管如此,我还是比以前开心。维妮今天早上在睡觉——她和这里的一些女士外出散步,很累。她说了你很多事——很想见你。问候你姐姐——替我吻德怀特——见到阿比和厄姆,代我问候她们,还有亲爱的德怀特夫妇——告诉母亲和奥斯汀,让他们不必得意,我们正在把他们忘掉——他们不久就会发现自己错了。我们以为我们下周会去费城，但父亲还没有决定。伊莱扎每天写得最多，似乎对我们不耐烦。我不知道我们还要在那里待多久，在纽约待多久。父亲还没有决定。收到信后你会写回信吗？

爱你的 E

59

致霍兰夫人，1855 年 3 月 18 日，费城

亲爱的霍兰夫人和明妮，还有霍兰医生——我从客人那里偷跑回来，给你们写信；对你们说我依然爱着你们。

我不在家——到今天，我已经离开家五个星期了，还不会很快回到马萨诸塞州。维妮和我一起，我们两个人探索了不少新路。

我们在华盛顿待了三周，和父亲一起，两周在费城。我们度过了很多愉快的时光，见识了很多美妙的东西，听到很多精彩的事情——很多可爱的女士和高贵的绅士拉着我们的手，对我们愉快地微笑——因为我们长路迢迢，太阳也一直在更明亮地闪耀。

我不会告诉你们我看到了什么——优雅，盛大；你们不会在意我的主人和太太戴的珠宝的价值，但是如果你们没有去过可爱的弗农山，那就让我来告诉你们，在一个温和的春日，我们怎样乘着画舫沿波托马克河顺流而下，跳上岸——我们怎样手拉手，悄悄沿着小路蜿蜒而上，直抵乔治·华盛顿将军的墓

地,我们怎样在那里驻足,谁都没说一句话,只是手拉手站着,然后继续走,那大理石上的故事没有让我们变聪明,也没有让我们更忧伤;我们怎样进门——拉起他上次回家时拉起过的门闩——感谢那些"光中之人",因为他已穿过更明亮的门!啊,我能够一整天给你们讲弗农山,如果那不会让你们厌倦的话——我会的,如果有生之年我们能够再次相见,上帝会保佑我们的!

我想知道你们是否全然忘记了我们,我们分开了这么久。我希望你们没有——我离开家时非常想给你们写信,可是当时太匆忙,时光就这样飞走了。我确信一定会有不那么忙碌的时候。我应该请求你们的原谅,你们不原谅我的事还从未发生过。现在太晚了吗?即使你们生气,我也要继续祈求,直到你们疲惫了,就会接受我。我似乎觉得,我们离开斯普林菲尔德已经很久了,对明妮和"哑铃"的印象也模糊了——如此模糊;有时我想那是不是曾经做过的梦——是不是我现在正在做梦,是不是我一直都在做梦,这个世界并不存在,这些亲爱的朋友并不存在,为了他们,我不会认为献出生命是太大的牺牲。感谢上帝有那样一个世界,我们爱的人永远在那里,永远在天上的房间里。我担心我变得格格不入,但是见到我的朋友让我如此开心,以至我忘记了时间,失去了理智,等等。

现在,我珍视的朋友们,如果你们在我回家之前不忘记我们,我能变得理智些,我会再给你们写信,且会更为妥当。为什么我前面没有问,你们是否健康快乐?

健忘的艾米莉

60

致约翰·格雷夫斯，1856年4月末

今天是星期天——约翰——现在——大家都去教堂了——马车都过去了，我走到新鲜的草地上，听圣歌。

三四只母鸡跟着我，我们挨着坐下来——它们咯咯叫或者悄悄低语，我要告诉你我今天看见了什么，还有你在这里会看见什么——

你记得那段把我们和斯威斯特先生家隔开的破围墙吧——那些就要倒掉的榆木和常青树——还有其他破败的东西——那个春天，在渐渐褪色，它们只在十二月绽放出它们的光华——啊——它们都在这里，天空仿佛比意大利还要晴朗，湛蓝的眼睛俯视大地——抬头看！——离此三英里，就是去天堂的路！还有知更鸟们——刚刚回家——忘乎所以的乌鸦——还有松鸡——相信我——我发誓，这里还有一只黄蜂——不是夏天常见的那种——约翰——真的，不是那种强壮的蜜蜂，而是有点儿伦敦东区人的样子，穿着俏皮花哨的衣服。很多开心的景象——我想让你看，如果你在这里，约翰，在四月的草地上——也有一些悲惨的景象——偶尔有一半已成灰烬的翅膀，去年还在欢快地扑打——一根腐烂的羽毛，一座空房子，有一只鸟儿栖息在里面。去年的苍蝇，曾在那里营营逐逐，去年的蟋蟀都已掉落！我们也是，飞翔——消逝，约翰——还有"在这里安息"的歌，很快，也会被爱我们的人——唱出然后结束。

活着，死去，然后在凯旋的身体里上升，然后是下一次，试图进入更高的天空——这绝对不是男生的话题!

认为我们可以永生真是个令人欣慰的想法——当天空和大地充满逝去的完结的生命——这许诺的复活,真是自以为是的事情!祝贺我吧——约翰——小伙子——"这里祝你健康"——我们都有双重的生命,无须节省"现在这个"——

哈哈——如果有人能支付得起——给我们一支回旋曲!

谢谢你的信,约翰——收到你的信,我很高兴——如果两封信都收到了,更是高兴,真是高兴看到——如果在你心中,有另一封信存在,有一天注定会寄给我——在你要关心的大事中,"昔日"依然有其自己的位置——那个角落和裂缝依然记得它们熟悉的客人。当更忙碌的事务,更灰暗的日子,和蜘蛛网一起,更频繁地——遮住那离去的事物,依然,仿佛哼起一支歌谣,然后消失,请记起早年的朋友,洒下一滴眼泪,如果一个行吟诗人碰巧唱起那支曲调。

我很高兴你有一所学校可以教书[①]——而且很喜欢你的工作——觉得你新朋友的牧师般的端庄很有趣——我知道,他们总会为你的成功开心和骄傲。我还在弹奏那些古怪的旧曲子,过去它们常常在劳作之余掠过你的耳际——吵醒亲爱的苏,它们的忧伤与可笑让我发疯——那个春天似乎离我们很遥远了——那些凯旋的日子——我们的四月[②]先行抵达了天堂——但愿我们能在那里遇见她——在"天父的右边"。记住,尽管你漂

[①] 约翰·格雷夫斯此时已经毕业,在新罕布什尔奥福德学院任校长,且与学校创建人的女儿缔结了婚约。
[②] 这里提及的"我们的四月"可能是对两年前的春天的回忆,那时家人在华盛顿,约翰、艾米莉和苏珊·吉尔伯特一起待在家里。

泊异乡——约翰——那些没有在外漂泊的人会记得你。苏和玛蒂的问候，还有维妮的，就在这里，如你愿意，再给我们写信。

61

致霍兰夫人，1856年8月初？

亲爱的霍兰夫人，不要告诉别人，虽然我这么顽皮，有时也读读《圣经》，今天就读了，我发现了一首这样的诗，朋友们"不必再出去"，那里没有"眼泪"，我希望我今天晚上坐下来，我们就在那里——而不是这里——那个美妙的世界已经出现，它充满了许诺，我宁可不是给你写信，而是坐在你身边，"十四万四千人"在愉快交谈，也不会打扰我们。那个好人描写的乐园引诱得我几乎想去占有一个席位了，从现在开始，永恒显得如此美妙。我对天堂唯一的素描，轮廓是一片巨大的蓝天，比我在六月见到的还要蓝，还要广阔，我们的朋友们都在那里——所有的——每一个都在——那些现在和我在一起的，那些在路上"离开"我们，"被带到天上去的"。[①]

如果玫瑰还没有凋谢，霜冻还没有降临，没有人在这里或那里倒下，我无法唤醒，那就不需要另一个天堂，除了这个人间天堂——如果上帝这个夏天在这里，见到我所见到的一切——我猜他会认为他的乐园是多余的。不要告诉他，因为世

---

① 此段几处引文分别见《圣经》启示录3: 12、21: 4 和 14: 3，及路加福音24: 51。

界毕竟是他描述的样子,我想要看到他在给我们建造什么,不用锤子和石头,也没有建筑工人。亲爱的霍兰夫人,我爱你们,今晚——我爱你和霍兰先生,还有"时间和理智"——还有终将枯萎的事物,和不会枯萎的事物。

我真庆幸你不是一朵花,因为我花园里的花都凋谢了,然后"名叫死神的收获者"[1]就会出现,摘几朵,给自己扎一束花环,所以我高兴你不是一朵玫瑰——我也欣慰你不是一只蜜蜂,因为它们在夏天结束的时候不知所终,只有百里香知道,也不希望你是一只知更鸟,当西风吹起,你会冷冷地对我眨眨眼,然后在某个清晨,飞走!

我想我最爱你了,"小小的霍兰夫人",相信那娇小的女士可以住在我们住的地方,当我们惊奇地寻找新的国土,她留恋的脸颊,和我们的脸一起,会最后一次望向群山,并向我们的家园——投以最初的目光!

霍兰夫人,在这个疯狂的世界里,原谅我的清醒,如果你愿意,就爱我,因为我宁愿被爱,也不愿意被叫作尘世之王,或者天堂的主宰。

感谢你温柔的信——牧师们都好。这样只言片语地提到他们,会让我显得很好。为你和霍兰先生,我在这里吻我的信笺——但愿它换成脸颊。

爱你们的艾米莉

又及:食米鸟已经消失。

---

[1] 引文来自朗费罗《收获者与鲜花》的首句。

62

收信人不详,约1858年

亲爱的老师①:

我病了,但是更难过的是你病了,为了能够告诉你这些,我让我较强壮的手工作了很久。我以为也许你在天堂了,然后你又说话了,一切似乎都十分温柔,美妙,让我无比惊异——我希望你健康。

希望我所爱的人,都不再虚弱。紫罗兰就在我身边,知更鸟也很近,还有"春天"——他们说,她是谁——正从门口经过——

的确,这是上帝的殿堂——这些是天堂的大门,天使们来来去去,带着他们漂亮的左马驭者——我希望我能像米开朗琪罗先生一样伟大,可以给你画画。你问我,我的花说了什么——它们不听话——我给它们提供信息。它们说当夕阳西斜,西方双唇所说的话,黎明也同样这样说。

老师,请再听我说,我没有告诉你今天是安息日。

每个海上漂泊的日子,都让我数着安息日,直到我们在岸上相遇——山峰是否像水手说的那样蓝。我今晚(现在)不能再说了(不能再停留了),因为痛苦让我无法继续。

虚弱时想起从前有多么强壮,爱别人有多么容易。你会告诉我吗,请你身体一好就告诉我。

---

① 狄金森可能在心里把查尔斯·沃兹沃思当成了"老师"。

63

致塞缪尔·鲍尔斯先生和夫人,约 1858 年 6 月

亲爱的朋友们:

我很难过你们来了,因为你们又走了。

因此,我不再摘玫瑰,担心它会凋谢或者扎到我。

我真想你们住在这里。尽管几乎是晚上九点钟了,天空还是金光灿烂,有一两只紫色的小船,一个朋友可以乘船而来。今夜仿佛就是耶路撒冷。我认为耶路撒冷一定像苏的客厅,当我们在那里又说又笑,你和鲍尔斯夫人就在旁边。我希望我们都可以行为端正,足以抵达耶路撒冷。你们今天心情如何?我们感觉很好。我希望你们旅途愉快,让鲍尔斯夫人开心起来。也许追忆会在某个早晨把你们召唤回来。

你们将发现我们都在门口,如果你们一百年后再来,我们也和那天站在那里一样。

如果一切提前变成"碧玉",你们不会反对,这样我们就仍会靠在那里,照看着你们。

今天早上我和奥斯汀去骑马了。

他给我看摩云的群山,小溪像食米鸟儿一样歌唱。他是不是很好?我要把它们给你,因为它们是我的,"一切都是我的",除了"矶法和亚波罗"[①],我对他们没感觉。

[①] 语出《圣经》哥林多前书 3:21—22,"所以无论谁,都不可拿人夸口,因为万有全是你们的。或保罗,或亚波罗,或矶法,或世界,或生,或死,或现今的事,或将来的事,全是你们的。"

维妮的问候盖过了我的。

请接受　艾米莉

64

致塞缪尔·鲍尔斯，1858年8月末？

亲爱的鲍尔斯先生：

我收到了小册子。我想是你寄给我的，尽管不熟悉你的笔迹——我可能弄错。

如果是你寄的，我要谢你，如果不是，也要感谢你，既然在这里，我找到很好的借口问你今晚可好，并问候其他四位身体健康，大小玛丽，萨莉和萨姆，请代我温柔致意。我希望你的杯子是满的。我希望你的美酒佳酿还无人碰过。在这样陶瓷般脆弱的生活中，人愿意确信一切安好，以免偶然在一堆破罐子里发现自己的希望。

我的朋友们就是我的"房产"。原谅我积攒朋友的贪婪！他们告诉我那些早年贫困的人，对金子有不同的看法。我不知道缘由何在。上帝不像我们这样谨慎，不然他就不会赐给我们朋友了，以免我们忘记他！我担心，荆棘里的天堂魅力偶尔会被手中的天堂取代。自从你到来，夏天停止了。没有人注意到她——也就是说，无论男人还是女人。无疑，田野被娇小的痛苦租用了，还有"哀悼者"在林中漫游。但这不是因为我们。我们高贵的复活，的确是十足的生意！我判断，这是牧师所说的特殊礼仪！对于"自然的人",大黄蜂会是一种改进,再以小鸟增添趣味,但是指责这般庄重的品位,却远不是我的事情。我们的牧师说我们是"虫子"。那怎么能够接受？"自负——罪恶的虫子"很可能是另一个物种。

你认为我们会"看到上帝"吗？想想看,"亚伯拉罕"正在和他一起亲切地漫步！

人们在割第二茬干草。公鸡比原来的小一些,也更漂亮。

我要酿一杯美酒,给我所有的朋友,祝她不再有烦忧,在小河旁,或烧成的林间空地,或荒野上！

晚安,鲍尔斯先生！那些早上回来的人就这样说,也是放弃的嘴唇上的结束语。对黎明的信心让黄昏有所缓和。

祝福鲍尔斯夫人,亲吻孩子们的唇。我们想要见你,鲍尔斯先生,不过你可以不用参加"熟悉的真理"的彩排。

晚安,艾米莉

65

致霍兰先生和太太,约1858年11月6日

亲爱的霍兰夫妇：

晚安！我不能再在这个死亡的世界里待下去了。奥斯汀发烧了。上星期我埋葬了我的花园——我们的马夫迪克,因为猩红热失去了一个小女儿。我想也许你也死掉了,不知道教堂司事的地址,那就询问维菊吧。啊！挑剔的——挑剔的死神！啊！讲究民主的死神！从我紫色的花园攫取最骄傲的鱼尾菊——然

后放在胸前,呼唤农奴的孩子!

你说,他是无处不在吗?我要把自己的东西藏在哪里呢?谁是活着的?森林死了。霍兰夫人活着吗?安妮和凯蒂——她们在下面,还是被带到不知什么地方去了?

我不会说时间多么短暂,因为刚一说出就有封上的嘴唇告诉我,张开的嘴敬畏闭上的嘴。你夏天不在这里。夏天?我的记忆翻飞——我有过吗——有过夏天吗?你应该见过田野变得快乐——小昆虫学!迅捷的小昆虫学!舞者,地板,还有节奏,都离开了,而我,一个幽灵,对你是一个幽灵,在排演故事!一个有羽毛的演说家对着一个有绒毛的观众——还有哑剧的喝彩。"像出剧一样好",真的!

告诉霍兰夫人她是我的。问她是否也是我的?我的请求只是贼的请求——"今天记住我。"这就是"羔羊生命册"①上的明亮笔迹。晚安!我的船入港了!——我的窗户俯视着码头!一艘油轮,一艘军舰,两条双桅船和一条纵帆船。"沿中桅降下去了!留住她,留住!"

66

致塞缪尔·鲍尔斯夫人,约 1858 年 12 月

亲爱的鲍尔斯夫人:

因为我没有可爱的花朵给你,只好附上我的心;一颗小小

---

① 《圣经》启示录的最后一幕景象,世人站在白色的大宝座前,按着羔羊的生命册,接受神的审判。

的被晒伤的心,有时候一半已经破碎,但是像西班牙猎犬一样与自己的朋友亲密贴近。你的花来自天堂,如果我能去那里,我会给你采摘棕榈枝。

我想要感谢你的时候,我的语言就遥不可及了,所以收下这银色的泪吧,它们来自我盈满的眼睛。你要经常记起我。

我的领土很小——比我聪明的人,会用奇珍异宝回报你的礼物。愿天使将艾米莉的手装得满满的!

67

致塞缪尔·鲍尔斯,1859年4月初

朋友,先生:

我没有看见你。我很难过。我是留着酒等你再来,还是让"迪克"带去?它现在就放在书房门后,还有一朵没有人要的花。我没想到你这么快就走了——唉,我迟缓的脚!

你不会再来了吗?朋友是珍宝——罕见稀少。波托西①是一个牵挂,先生。我虔诚地守护它,因为曾经富有,我已不再能忍受穷困。我希望斯普林菲尔德的心不像它们过去那么沉重——上帝保佑斯普林菲尔德的心!

很高兴你有了一匹"马"。我希望你会变得健壮,未来很多年都能来看我们。

---

① 波托西(Potosi),玻利维亚南部城市,盛产白银,因其4090米的海拔而成为世界上海拔最高的城市。

我只认识两个人,"活跃的和死掉的"——我想要多一些人。我经常给你写信,感到很惭愧。

我的声音不够响亮,无法穿越这么广阔的田野,如果你愿意,田野会为我的铅笔道歉。请将我的爱带给鲍尔斯夫人,我每天都在想念她。

艾米莉

维妮从睡帽的世界呼叫,"别忘了她的问候!"

68

致凯瑟琳·斯科特·特纳(安东),1859年底?

凯蒂:

去年这个时候我没有想念你,不过情况变了,迄今我一直在坚强神圣的记忆中忍受你的黑色,相信我的颜色对于你来说暗示着些许的爱。你真的不再讲话了,在分离和破碎的事物中这是个普遍的惯例,但是亲爱的,我可以把这归之为特例,像往常一样把你推向善良的主?——当我们能够用信仰穿越海洋,我们就荣耀了它,尽管大多数人愿意乘船。

今年你怎么样?黄昏开始点燃炉火的时候我想起你,在奥斯汀家,没有穿黑衣的女仆,凯蒂,没有穿黑衣的女仆。那些夜晚是不自然的——天堂是不自然的——我想知道,多少年会在它们上面长出青苔,在我们再次结合之前,它也许会有些改变,它会长大一些,但仍像太阳一样,在我们的生命和损失之间照耀,还有紫罗兰,不是最后这些年的,而是有着母亲眼睛的。

你家里的食物丰富吗?饥饿让人不快——

已经太晚了,没有"青蛙"了,或者让我更满意的东西,亲爱的——还不够早!池塘里一瞬间都是你的形象,但是那瞬间被吹走了,给我们留下了很多根茎,只有很少的叶子!这里的男士们有办法采摘树梢上的部分,每年把田野搬到地窖里,味道糟糕极了,如果他们不这样做,我全年都有好的蔬菜和植物,从来不担心冬季。疯狂对于清醒者来说似乎大可不必——但是我只是一个人,他们是"四十四人",数量上压倒我简直是小事一桩。除了这些,亲爱的凯蒂,拜访阿默斯特的诱惑和过去一样——我愉快地处在深海,但是如果爱的手足够强大,她会把你划到终点,不要等我靠岸,我会在另一边上岸。

艾米莉

69

致塞缪尔·鲍尔斯,约 1860 年

我无法解释它,鲍尔斯先生。

> 两个游泳者争夺桅杆
> 直到早上太阳升起,
> 一个微笑着,转向陆地——

啊，上帝！那另一个！

迷失的船只——经过，窥见一张脸

漂浮在水面上，

眼睛，在死亡中，仍在祈求，

双手举起——恳求——抛掉！

70

致塞缪尔·鲍尔斯，约 1860 年 8 月初

亲爱的鲍尔斯先生：

我很惭愧。我今晚表现不好。我真想坐在尘土中。我担心我不再是你的小朋友了，而是吉姆·克罗①夫人。

我后悔对女人们微笑。

的确，我敬畏那些神圣的人，比如弗赖伊夫人和南丁格尔小姐。我永远不会再轻浮了。原谅我：尊敬的林肯的小鲍勃！

我朋友很少。屈指可数——而且手指还有空余。

见到你很开心——因为你很少来，不然就是我太沉重了。

晚安，上帝会宽恕我——也请你尝试宽恕我好吗？

艾米莉

---

① 吉姆·克罗（Jim Crow）是对黑人的蔑称，指"黑人隔离法"。

71

收信人不详，约 1861 年

老师：

如果你看见子弹打中了一只鸟——小鸟告诉你他没被射中——你可能为他的谦恭有礼而哭泣，但是你肯定会怀疑他的话。

染红你雏菊胸脯的伤口又落下一滴血——然后你会相信吗？托马斯对解剖学的信仰，比他对信仰的信仰还强烈。上帝造了我——老师——我却没有成为——我自己。我不知道怎么回事。他在我里面造了那颗心——渐渐地它长得我都容不下——就像一个小母亲——怀着大孩子——怀着他真让我疲倦。我听说有一种东西叫作"救赎"——让男人和女人都得到安慰。你记得我曾为此请求过你——你却给了我别的。我忘记了"救赎"（在得到救赎的人身上——我很久都没有告诉你，可我知道你改变了我）——我不再——疲倦——（这个陌生人变成了原来的样子，或者是我的呼吸——二者必居其一——我已经微笑着把这个家伙抛弃了）。今晚，我长大了——老师——但是爱没有变——圆月和新月也没有变。如果这是上帝的意志，让我在你呼吸的地方呼吸——找到这个地方——我自己——在夜里——如果我永远忘不了我不是和你在一起——忧伤和寒霜比我离你更近——如果我用无法约束的力量希望——处于女王的位置——对金雀花王朝的爱就是我唯一的辩白——要比内殿还近——比裁缝做的新衣服更贴身——在神圣的节日里——心和心的恶作剧——在我是禁忌——你让我说它结束了——我担心你见笑——

在我看不见的时候——但是"希永"①并不可笑。你的胸膛里可有心——先生——位置和我的一样——有点偏左——它会不会不安——如果它夜里醒来——偶尔——它面对自己——它是否像一面铃鼓——自己奏一支曲调?

这些事很神圣,先生,我虔敬地触摸它们,神圣地,但是祈祷的人们——竟敢说我们的"父"!你说我没有告诉你一切——雏菊承认——这无法否认。

维苏威火山不说话——艾特纳火山——也不说话——一千年前——其中之一——只说了一个音节——庞贝听见了,就永远隐藏起来——我想,那以后她就无法正视世界了——羞怯的庞贝!"把想要的东西告诉你"——你知道水蛭是什么,对吧——记住,雏菊的胳膊纤细——你已经摸到了地平线是吧——难道大海——从没有近到让你跳舞吗?

我不知道你能为此做些什么——谢谢你,老师——但如果我脸上有胡须——像你一样——而你——有雏菊的花瓣——并且你如此在乎我——你会怎么办?你会在战斗或逃遁中——或者在异国的土地上把我忘记?难道我们,卡洛,你和我不能在草地上散步一小时——没有人在意,除了食米鸟儿——还有他的——银色的顾虑?我常想当我死后——我可以见到你——那我就尽快死去——但是"团体"也要去天堂,永恒就不会被隔绝——现在绝不会——说我可以等你——说我需要去未经尝试的(国家)羊栏,没有陌生人同行——我已等了很久——老师——我还可以继续等——直到我褐发斑驳——你拄着拐杖——那时我可以

---

① 希永(Chillon),瑞士一古堡,位于蒙特勒,建在日内瓦湖中的一块巨石上,有廊桥与湖岸相通。

看看表——如果还有时间——我们就可以趁机进天堂——如果我穿着"白衣"而来,你会拿我怎么办?你的小胸怀可放得进大活人?

我还想见你——先生——超越这世上的一切——而这企望——有了些许变化——是我对上天唯一的企望。

你能来新英格兰吗——(今年夏天——你能来)你会来阿默斯特吗——你愿意来吗,老师?

(这有什么害处吗——况且我们都害怕上帝)——雏菊让你失望吗——不——她不会——先生——那是永远的安慰——只要望着你的脸,你也望着我——那样我就可以在森林中玩到天黑——直到你带我到夕阳找不到我们的地方——真实不断出现——直到充满小镇。(请告诉我你是否愿意?)

我原本不想告诉你,你没有穿着"白衣"来到我身边,也从来没有告诉我原因。

不是玫瑰,可我依然感觉自己在盛开,

不是小鸟,却依然在天空翱翔。

72

致苏珊·吉尔伯特·狄金森,1861年夏

> 安息在雪花石膏的房间里,
> 不受早晨的干扰
> 不受午后的干扰,
> 躺在顺从的复活者中间,
> 绸缎做房椽

石头做顶。

光芒嘲笑微风
在他们上面的城堡里，
蜜蜂对着冷漠的耳朵喋喋不休，
可爱的鸟儿唱着无知的曲调，——
啊，什么样的睿智都在这里消亡！

〔上面是早期的版本，艾米莉·狄金森1861年夏天寄给了苏。苏似乎不赞成第二节，因为狄金森又给她寄了下面的版本：〕

安息在雪花石膏的房间里，
不受早晨的干扰——
不受午后的干扰——
躺在顺从的复活者中间——
绸缎做房椽——石头做顶——

在新月的光辉中——岁月盛装走远——
世界夺走他们的天穹——
星空——排列——
王冠掉落——总督屈服——
白雪的圆盘上——点一样无声——

也许这首诗会更让你高兴——苏——

艾米莉

[新版本立刻引起了回应：]

  我对第二段不太满意，亲爱的艾米莉——南方天空的连锁闪电让我们在炎热的晚上什么都看不见，这非常出色，但不像第一版那样与第一节中的神秘微光和谐一致——我感觉第一节本身已经完整了，不需要别的什么了，也无法配成对——奇异的事情总是单独的——就像只有一个天使加百利和一个太阳——你无法给它找到对等的文字，我想你的王国里没有——想到这点，我总是要走到炉火边取暖，可我不能再这样做了——花朵柔美，明丽，仿佛要亲吻你——啊，她们期待一只蜂鸟——当然要为这些花感谢你——不只是感谢，还有赞誉——你有没有想过一切多么神奇——"上帝但愿我能见到光明"——
  苏珊给她的鸟儿做围嘴累了——她的斑尾林鸽——当我老的时候，它会在我的脸颊上印上吻作为回报。

苏
小马快递

[艾米莉·狄金森回复如下：]

这样是否更冷淡？

春天——摇动窗棂——

但是——回音——凝固——

窗户白茫茫一片——

门也麻木不仁——

日食的部落——在大理石的帐篷里——

年代的回形钉在那里弯曲——

亲爱的苏：

你的赞扬对我很有好处——因为我知道它知道——而且我想我知道它意味什么——

我能否将来让你和奥斯汀骄傲——还有很长的路要走——让我飘飘然——

这里是给斑尾林鸽的面包屑——还有一根小树枝给它做巢——刚刚摘的——苏。

艾米莉

73

收信人不详，1862 年初？

啊，我冒犯它了吗——（难道不是它让我说出事实）雏菊——是雏菊冒犯了它——每天把卑微的生命屈服于他（它）更温顺的生命——她只要求一份任务——为了爱它做点什么——她无法想象如何让那位老师开心——

如此强烈的爱从她弱小的心中涌出，让她惊恐——把血液推向一边，让她在狂风的怀抱里眩晕苍白——

雏菊——从来没有退缩，经受住了那可怕的分离，只是紧紧包裹她的生命，不让他看见伤口——她会用她幼稚的怀抱（心）给他庇护——它只是不够大，无法容纳这么大的客人——这个雏菊——让她的主悲哀——但是她经常犯下大错——也许她伤害了他的品味——也许她的古怪——边远落后的生活方式戏弄了他细腻的天性。雏菊知道那一切——但是她不能受到宽恕吗——教导她，施以导师的恩惠——教导她庄严——对贵族的事情表现麻木——甚至她巢上的鹪鹩都比雏菊知道得多——

在曾经支撑她高贵无言地休息的膝边，雏菊现在是俯伏跪拜的罪人——告诉她她的错误何在——老师——如果它还没有严重到用她的生命也无法勾销，她就心满意足了——惩罚她，不要放逐她——把她关进监狱，先生——只要你发誓你会原谅——在某个时候——甚至在坟墓前，雏菊也不会介意——醒来她将与你相似。

好奇比蜜蜂刺得我更痛——它从来没有蜇过我——而是用

尽全力在我所到之处发出快乐的音乐——好奇让我消瘦,你说过我不能再瘦了——

你让水漫过我棕色眼睛的堤坝——

我的咳嗽大得像顶针——可我并不在意——印第安战斧劈到了我的腰,可没有怎么让我受伤。她的老师才把她戳得更厉害——

他难道不会来到她身边吗——或者让她寻找他,不论路途多么漫长,只要最终能到他身边。

啊,水手是多么费力,当他的船装满——啊,垂死挣扎,直到天使降临。老师——敞开你的生命,把我永远地接纳,我将永不疲惫——如果你想要安静,我决不会吵闹。我将开心地做你的小女孩——除了你,谁都看不见我——那就够了——我不奢求更多——只有天堂才会让我失望——因为它不像你这么亲切。

73a

[查尔斯·沃兹沃思给艾米莉·狄金森的回信]

我亲爱的狄金森小姐:

收到你的信我深感忧虑,特别是这个时刻——我只能想象你经受或者正在经受的痛苦。

相信我,无论如何,我会给予你所有的同情,还有不断的、热切的祈祷。

我非常非常渴望更确切地了解你所受的折磨——尽管我没有权利打扰你的悲伤,不过我还是请求你给我写信,哪怕只是一个字。

匆此。你诚挚非常的爱你的。

74

致塞缪尔·鲍尔斯，1862年初

亲爱的朋友：

如果我让你的善良吃惊——我的爱是我唯一的辩白。对于"希永"的人们来说——这就够了。我没有遇到其他人。你能不能——向你的女王少提一些要求——鲍尔斯先生？

那么——我错了——我的尺度——对（？）这是常态——收到了赠予，却未附礼拜日的款项——是我的辩护——

原谅渴望空气的鳃——如果呼吸——有害！

应该"感谢你"——这想法让我羞愧！

    如果你只能在海上沉落

    在我目力所及之处

    或者注定躺在

    太阳旁边死去

    或者敲击天堂——却无人听到

    我会烦扰上帝

    直到他让你进去！

艾米莉

75

致塞缪尔·鲍尔斯，1862年初

神圣的头衔是我的！
我是没有标志的妻子！
强大的学位授给了我

通向受难地的快车！
高贵——几乎就是王冠！
订婚——没有昏厥
上帝给我们派来女人
当你——把石榴石与石榴石合在一起
把金子——和金子合在一起
出生——穿上嫁衣——穿上寿衣——
一天之间——
"我的丈夫"——女人们说——
敲击着旋律——
就是——这条路吗？

这是我必须告诉你的——
不要告诉别人好吗
荣誉——是它自己的人质——

76

致塞缪尔·鲍尔斯，1862 年初

亲爱的朋友：

　　如果你怀疑我的白雪——哪怕是片刻——你就永远不会再怀疑——我知道——

　　因为我不能说出——我把它安置在诗里——让你读——当你的思想，为了我这样的脚步而动摇——

　　　　穿过痛苦的海峡——
　　　　烈士们——也要——跋涉。
　　　　他们的脚——践踏诱惑——
　　　　他们的脸——朝向上帝——

　　　　一份庄严的赦免——同伴——
　　　　抽搐——尽情游戏——
　　　　无害——如股股流星——
　　　　依赖行星的纽带——

　　　　他们的信仰——永恒的婚约——
　　　　他们的期待——相当合理——
　　　　指针——朝向北纬的刻度
　　　　跋涉——穿过极地的空气！

77

致托马斯·希金森，1862年4月15日

希金森先生：

你是不是太忙了，无暇告诉我，我的诗是否是活的？

心灵如此接近它自己——以至无法看清——我又没有人可以问——

如果你认为它有呼吸——如果你有余暇告诉我，我会感激不尽——

如果我弄错了——请你大胆地告诉我——那将让我对你怀有更诚挚的敬意——

随信附上我的名字①——先生，请你——告诉我什么是真实的？

你不会出卖我——这无须请求——既然荣誉是它自己的人质。

---

① 这是狄金森写给希金森的第一封信，信尾没有落款，而是把自己的名字写在一张卡片上，单独装一个信封，再附在信中。随信附了四首诗，即《安息在雪花石膏的房间里》《最近的梦不为人知地消退了》《我们团弄面团》《我要告诉你太阳如何升起》。

78

致托马斯·希金森,1862年4月25日

希金森先生:

　　我应该早些对你的善意表示感谢——但是我生病了——今天是靠在枕头上给你写信。

　　感谢你的手术——不像我想得那么痛苦。我带给你其他一些——如你所请——尽管可能没有什么差别——

　　当我的思想裸裎时——我可以区分它们,但当我给它们穿上衣服——它们看起来彼此相似,而且发愣。

　　你问我多大?我没有写过诗——只有一两首——直到这个冬天——先生——

　　从九月以来,我一直有一种恐惧——我无法告诉别人——所以我唱歌,就像男孩从墓地旁经过一样——因为我害怕——你问我读过什么书——诗人——我读过济慈——还有勃朗宁夫妇。散文有拉斯金先生的——托马斯·布朗尼爵士——还有启示录。我上过学——不过用你的方式理解——是没有受过教育。还是小姑娘的时候,我有一个朋友,让我认识了永恒[①]——但是他自己冒险前进,离它太近——以致再没有回来——不久以后,我的导师,死了——很多年,我的词典是我唯一的同伴——然后我又找到一个人——可他不满意我做他的学生——所以他离开了这片土地。

[①] 此处教狄金森"认识了永恒"的朋友一般认为是本雅明·富兰克林·牛顿。

先生，你问及我的伙伴——它们是群山——还有日落——以及一只狗——和我自己一样大——是我父亲给我买的——它们比人类更好——因为它们知道——但不说——中午池塘里的喧闹——超过了我的钢琴声。我有一个哥哥一个妹妹——我母亲不关心思想——父亲则忙于他的辩护状——不会在意我们做什么——他给我买了很多书——但是又求我不要读——因为他担心书会动摇心灵。他们都信教——只有我除外——每天早上对着日食说话——称之为他们的"父"。但是我怕我的故事会让你厌倦——我愿意学习——请告诉我如何成长——或许这是难以言说的——就像旋律——或是魔法？

你说到惠特曼先生——我从来没有读过他的书——但是听说他不太光彩——

我读普雷斯科特小姐的《境遇》，但是它在黑暗中跟随我——我只好避开她——

两位杂志编辑今年冬天到我父亲家——向我索取我的心灵——当我问他们为什么，他们说我吝啬——他们，要用它为世界服务——

我无法衡量我自己——我自己的分量——

我感到自己很渺小——我读了你刊登在《大西洋月刊》上的文章——对你心生敬意——我相信你不会拒绝一个诚实的问题——

先生——这就是你想要我告诉你的吗？

你的朋友艾米莉·狄金森

79

致托马斯·希金森，1862 年 6 月 7 日

亲爱的朋友：

　　你的信没有把我灌醉，因为我之前尝过朗姆酒——多明戈只来过一次——我很少有像你的意见所带来的那么深沉的喜悦，如果我试图感谢你，眼泪会阻挡我的舌头——

　　我的导师临终前告诉我，他想要活到我成为一个诗人，但是我无法对付死神这个暴徒——然后——很久以后——果园里突然一道亮光，或者风中的一种新样式让我迷惑——我感到一阵麻痹——诗歌恰恰可以使之缓解——

　　你的第二封信让我惊异，一时间动荡不安——出乎我的意料。你的第一封信——没有任何让人蒙羞之处，因为真实——不会让人蒙羞——感谢你的公正——但是无法丢下那些铃铛，铃声让我的跋涉变得凉爽——也许膏油更好，因为你让我流血在先。

　　你建议我推迟"发表"，我不禁微笑了——我的思想对此很陌生，就像天空之于鱼鳍——

　　如果荣誉属于我，我无法逃避——如果不属于我，竟日追逐也无济于事——我的狗也宁可抛弃我——还是我这赤脚阶层更好——

　　你认为我的步态"痉挛"——我是遇到了危险——先生——

　　你认为我"缺乏控制"——我是没有裁判。

　　你有没有时间做你认为我需要的"朋友"？我身材很小——

不会让你的桌子变得拥挤——也不会像老鼠一样喧闹,咬坏你的藏品——

如果我可以寄给你我写的东西——不至于频繁到给你添麻烦——向你请教我的表达是否清楚——那对我来说就是控制——

水手无法看到北方——但是知道指针可以——

"你在黑暗中伸向我的手",我把我的手放进去,然后转过脸去——我现在没有撒克逊[①]——

> 正如我要求普通的施舍,
> 可在我惊奇的手中
> 一个陌生人塞进一个王国,
> 我伫立,满心疑惑——
> 仿佛我要求东方
> 只给我一个早晨——
> 它却抬起紫色的岩脉
> 用黎明把我粉碎!

但是,你会做我的导师吗,希金森先生?

你的朋友艾米莉·狄金森

[①] 意为"语言让我失望"。

80

致托马斯·希金森，1862 年 7 月

　　你能信任我吗——没有？现在，我没有肖像，我很瘦小，就像一只鹪鹩，我的头发鲁莽，就像栗子的毛刺——我的眼睛，像客人留在杯中的雪利酒——这样可以了吗？

　　这经常让父亲惊恐——他说死神可能会降临，他有所有人的"模子"——就是没有我的，我注意到用不了几天这些东西就会迅速磨损，这让我预先防止了丢脸——你不会认为我任性吧——

　　你提到"黑暗"。我认识蝴蝶——还有蜥蜴——还有兰花——那些不都是你的同胞吗？

　　我很高兴做你的学生，我将不会辜负你的善意，但我无以回报。

　　如果你真的同意，我现在就要说明——

　　你会像对自己一样坦诚地指出我的错误吗，因为我宁愿畏缩，也不想死。人不会叫外科医生来赞扬骨头——而是要固定它，先生，而且里面的断裂更加关键。为此，导师，我将献给你——顺从——我花园的花朵，还有所有的感恩。也许你会笑我。我不会因此停步——我的事业是周缘——一种无知，非关习惯，可是如果被黎明抓住——或者被夕阳发现——我会成为美人中唯一的袋鼠，先生，这会让我痛苦，如果你愿意，我想，你的指导会把它解除。

　　因为除了我的成长，你还有很多事务——你自己定时间，我可以多久来一次——才不会给你带来不便。任何时候——如果你后悔接纳了我，或者证明我不是你想要的材料——你一定要把我驱逐——

当我声称自己是诗的代表——这指的不是我，而是一个假设的人物。关于"完美"，你的话是正确的。

今天，让昨天显得平庸。

你说到《皮帕走过》[①]——我以前从来没有听人说过《皮帕走过》。

你看我真的愚昧无知。

对你的感激之情让我心生惶惑。你是不是超级强大？如果我有一种你没有的快乐，我会高兴地送给你。

你的学生

81

致霍兰医生和夫人，1862年夏？

亲爱的朋友：

我给你们写信。我没有收到回信。

我说："他们让我的信任显得崇高。"我没有怀疑。我又去写信了，红衣主教不愿意。伦敦东区人不愿意，可我无法停止

---

① 《皮帕走过》是罗伯特·勃朗宁1841年发表的一部诗剧，是《钟与石榴》系列的第一部。

在钟声敲响的世界高视阔步。听镇上的来访者说,"霍兰夫人身体欠佳。"我心里的小孔雀,告诉我不要再询问了。然后我想起我的小朋友——她多么简洁——多么亲切,孔雀就要消失了。现在,你不需要说话,也许你很疲惫,"希律王"[①]要索取你所有的思想,可如果你身体还好——让安妮给我画一朵挺拔的小花;如果你病了,就让她把花画得稍微倒向一边!

那样我就会明白,你不需要停下来给我写信。也许你会嘲笑我!也许全美国都在嘲笑我!我不能因此停步!我的事业就是爱。我今天早上发现一只鸟儿——落在花园尽头的一丛小灌木上,我说,既然没有人听,为什么还要唱歌?

喉咙中的一声哽咽,胸脯的一下颤抖——"我的事业是歌唱"——接着她就飞走了!我怎么知道,不会有小天使们,曾经耐心地倾听,称赞她被忽视的赞美诗?

艾米莉

82

致托马斯·希金森,1862年8月

亲爱的朋友:

这些更有条理吗?谢谢你告诉我真理——

我的生活中没有帝王,无法统治自己,当我试图整理一番——我小小的力量就会爆发——给我留下一片光秃焦土——

我想你说我"固执任性"。你愿意帮助我改进吗?

[①] "希律王"是对疾病困扰的形象说法。

我以为让人在森林中心屏住呼吸的骄傲并不属于我们自身——

你说我承认小错，而忽略大错——因为我能看见拼字法——可是那看不见的无知——是我的导师的责任——

关于"回避男人和女人"——他们大声谈论神圣的事物——让我的狗尴尬——它和我不反对他们，如果他们坚持自己的立场。我想卡洛会让你开心——它沉默而勇敢——我想你会喜欢我散步时碰到的栗子树。我突然注意到它——我以为天空开了花——

还有果园里无声的喧闹——我曾让人去听——你在一封信里告诉我，"现在"你不能来看我，我没有回答，不是因为我无话可说，而是认为自己不值得你远道而来——

我不要求这么大的快乐，以免你会拒绝我——

你说"超出你的认识"。你不是和我开玩笑，因为我相信你——但是导师——你不会是认真的吧？所有的男人都对我说"什么"，但是我想这是一种时尚用语——

还是小女孩时，很多时候在树林里，人们告诉我蛇会咬我，我可能会摘到一朵毒花，小精灵会把我绑架，但是我一路走来，什么人都没遇到，除了天使，他们对我的胆怯远胜过我对他们的胆怯，所以很多人的花招并不能让我相信。

我会研究你的准则——尽管我并不是总能理解。

我在一首诗里标出了一行——因为我写过之后才在别处遇见它——从未有意识地触碰由另一个人调配的颜料——

我不放它走，因为它是我的。

你有勃朗宁夫人的肖像吗？有人送了我三张——如果你没有，你想要我的吗？

你的学生

83

致塞缪尔·鲍尔斯，1862 年 12 月底

亲爱的朋友：

我不需要小蝙蝠来强化你的记忆——因为那可以独自立起来，就像最好的织锦——但是你回忆中的我遥远而病弱——原谅我珍惜恩典胜于预兆。因为我看不见你，维妮和奥斯汀，责备了我——他们不知道，是因为我放弃了我的部分，他们才拥有更多——但是预言家在他紧邻的城镇没有声誉——我的心带领其他一切——我想那是我们所知道的——我们可以忍受人们的怀疑，直到他们的信仰更加成熟。所以，我亲爱的朋友，你理解我，我不用和你争辩——

难道我不想见你吗？月神不想来吗？啊，他们这些小信之人！我说过我很开心你活着——还要重复吗？一些词语精美得不会褪色——光线只不过让它们更加鲜明——很少有人缺席会像你缺席一样让我们茫然——是脸颊太大——还是我们画布太小——我们不需要知道——现在你已经来了——

我们常常希望能见到你——我们的贫乏——给我们权利——朋友本身就是国家——可以取代地球——

如果你安好，我们会很开心——我们愿意牺牲自己让你健康——那将是地位之争——我们过去常常告诉彼此，当你离开美国——在战斗中更容易失败——你在这里——我不会告诉你更多——

现在也许你厌倦了——在疲惫的绳索上——一个小重物是

让人讨厌的——但如果你遭到流放,黯然失色——或者面临会让所有其他朋友消失的巨大危险——那我很愿意留下——

让他人——表现萨里①的慈悲吧

我自己——帮他抬起他的十字架。

艾米莉

84

致托马斯·希金森,1863年2月

亲爱的朋友:

我认为不是行星的力量消失了——而是遭受了领土交换或世界的损害——

在你变得不可能之前,我很想见你。战争对我来说是一个倾斜的地方——如果再有几个夏天,你也许会来吧?

我偶然发现你走了,就像我发现系统,或一年的四季,同样没有缘由——但是假设这是对进步的一种背叛——它在进行中会逐渐消融。卡洛还在——我告诉他——

最好的收获——必须有丧失的考验

把它们组合起来——就是收获

---

① 萨里伯爵(Earl of Surrey, 1517—1547),即亨利·霍华德,英国贵族,第一位素体诗作者,被指控犯有叛国罪,遭处斩。

我毛发蓬乱的同盟表示赞成——

也许死神——让我们为了朋友而心生敬畏——它突然提早降临,更让人吃惊,而不是安宁——因为我从此对他们怀着——一份脆弱的爱。我相信你会越过战争的极限,尽管不是在祈祷之后——当教堂为我们的军队举行弥撒时,我就把你包括在内——我也有一座"岛"——"玫瑰和木兰"还未成熟,它的"黑霉"刚刚发出刺激的气息,但就像你所说,它是绝对"奇异"的国度。我今天在想——我注意到,"超然"只是显露的自然——

等待的——不是"启示"
而是我们没有武装的眼睛——

不过我担心我耽搁了你——

如果在收到此信之前,你进入了永恒,谁能告诉我这种交换呢?你能否光荣地回避死神,我乞求你——先生——它会夺走你的格言——

我相信"花朵的队列"不是一种预兆。

85

致托马斯·希金森,1864年6月初,剑桥

亲爱的朋友:

你有危险吗——

我不知道你受伤了①。可以多告诉我一些情况吗?霍桑②先生去世了。

我从九月就病了,四月以来在波士顿接受治疗——医生不让我走,我在我的监狱里工作,为我自己寻找些客人——

卡洛没有来,因为他会死在监狱和山里,我现在支持不住了,所以我只带着神灵——

我比生病以前更想见到你——告诉我你的身体好吗?

收到你的短信后我很吃惊,又很担心——

> 我唯一知道的消息
> 是来自永恒的
> 全日公报。

你能认出我的铅笔字吗?

医生把我的钢笔拿走了。

---

① 希金森于1863年7月受伤,1864年5月离开军队;11月,希金森家定居于罗得岛的纽波特。
② 纳撒尼尔·霍桑(Nathaniel Hawthorne, 1804—1864),美国作家,1864年5月19日逝世。

随信附上的地址来自另一封信,以免我的字迹潦草——你康复的消息——比我的康复更重要。

艾米莉·狄金森

86

致苏珊·吉尔伯特·狄金森,1864年9月,剑桥

在大海的中心——

我很开心格特鲁德①还活着——我相信她会的——那些值得活下去的是奇迹,因为生命就是奇迹,而死亡,像蜜蜂一样无害,除了对于那些逃跑的人——

能见到你真是再好不过了——看到草地,听见风吹着果园里宽宽的路,这些都有好处——苹果熟了吗——野天鹅飞过了吗——你留了睡莲的种子了吗?

问玛蒂、约翰和外国人好——替我吻小内德②的脖子,整个都是我的——

医生很好心——

我没有发现敌人——直到四点钟响五下,露会留下,她说。姐姐,不要停。如果漫长的夜晚我能上床睡觉,我会轻声念叨"苏"。

艾米莉

---

① 苏珊的朋友格特鲁德·范德比尔特(Gertrude Vanderbilt)于1864年3月20日意外受枪伤。
② 苏珊的妹妹玛莎·吉尔伯特·史密斯于1864年9月8日生下一个女儿。

87

致苏珊·吉尔伯特·狄金森，1865年3月

亲爱的苏：

> 被爱的人不能死去——
> 因为爱是永恒——
> 不——它是神明——①

艾米莉

88

致苏珊·吉尔伯特·狄金森，1865年3月左右

你必须让我先走，苏，因为我一直住在海底，并且认识路。

为了不让你沉没，亲爱的，我情愿溺水两次，但愿我能蒙上你的眼睛，不让你看到水。②

---

① 苏珊的妹妹哈丽特·吉尔伯特·卡特勒于1865年3月18日去世。
② 这一时期经常出现的水的比喻是因为狄金森正在治疗眼疾。

89

致霍兰夫人，1865年11月初

亲爱的姐姐：

父亲来过，说我们的杆秤不准，比诚实者的数值多了一盎司。他一直在卖燕麦。尽管已经过了几个小时，我还是不禁莞尔，我们的杆秤竟然也会说谎。

除了帮玛格丽特擦盘子，我现在也负责洗碗，而她则成了劳勒夫人，还要做先前四个孩子的代理爸爸。难道她不是一个称职的新娘吗？

我对她的损失[①]感到畏惧，因为我已经习惯了她，甚至新的擀面杖也让人尴尬，不过除了痛苦，心情很快就适应了一切。

又是十一月了。正午更短了，日落更坚决，直布罗陀海峡的灯光让村庄显得陌生。十一月对我来说始终像挪威的一年。苏珊还和她的姐姐在一起，上星期一早上，她姐姐把她的孩子放在冰巢里了。可怕的上帝！我注意到死神介入的地方，他就会经常光顾，让人想要预先阻止他的脚步。

从报纸上得知一个朋友在航行，却不知道在哪片水域，这是很难接受的。只是偶尔能知道他将靠岸。这一切都没有音讯吗？今天的爱到哪里去了？

[①] 指玛莎·吉尔伯特·史密斯的一个男婴死于1861年。1865年11月3日，两岁的女儿也夭亡。

告诉亲爱的医生，我们用外国的语言[1]提到他，他已经到我们不知道的广阔世界纵情享受去了。我们也没有忽略为我们的小姐姐屏住呼吸。比垂死要激烈的是为了垂死者的死亡。

在方便或可能的情况下，这些消息会让人安慰。

艾米莉

90

致托马斯·希金森，1866年1月底

卡洛死了——

艾米莉·狄金森

你现在可以指导我吗？

91

致霍兰夫人，1866年3月初

……干枯的。

二月像溜冰一样过去了，我知道三月也会如此。这就是陌生人说的"不在陆地和海上"的光。我自己可以抓住它，但是

---

[1] 可能暗指霍兰医生的《亚伯拉罕·林肯的一生》当时正在被翻译成德文。

我们不会让他悔恨。内德病了一周了,明白我们所有的表情。尽管脸色苍白,他今天骑了他的木马。

他妈妈刚刚叫,说他在毛衣上留下了印记。

彼得表哥①告诉我,医生会在毕业典礼上讲话。相信这会让你们都能来参加爸爸的庆祝会,我便资助了彼得。

我们并不总是知道微笑的缘由,它涌到我们脸上。内德说钟表喵喵叫,小猫嘀嗒嘀嗒。他遗传了他艾米莉叔叔说谎的热情。

我的花近在咫尺却很陌生,我只需穿过地板就能站在香料群岛上。

今天微风宜人,松鸡像蓝色的小鬣狗一样叫着。我要告诉你我看见了什么。精灵的风景需要一片肺叶,而不是舌头。拥抱你们,我仅有的所爱的人,直到我的心像二月一样红,像三月一样紫。

和医生握手致意。

艾米莉

92

致托马斯·希金森,1866年初

亲爱的朋友:

我的小狗都明白的人,不可能令人费解。②

---

① 狄金森的表哥佩雷斯·考恩(Perez Cowan)是阿默斯特学院毕业班学生。
② 希金森写信想要见狄金森,并显然称她"令人费解",狄金森于是复信,开头一句中的"人"指的是她自己。

我会很开心见到你，不过我想那是一种精神的快乐——不会实现。我不确定要不要去波士顿。

我答应五月份花几天时间去看医生，可是父亲反对，因为他已经习惯了我待在家里。

你来阿默斯特是不是要远得多？

你会发现一个小主人的慷慨欢迎——

唯恐你遇到我的"蛇"[①]并胡乱推测，我谎称它是从我这里被夺走的——第三行也因为标点而失效了。第三行和第四行本是一行——我告诉过你，我没有印出来——我担心你会认为我是假装的。如果我继续恳求你教我，你会很不快吗？

我会保持耐心——坚持不懈，永不拒绝你的刀，如果我的迟钝激怒了你，你比我自己更知道：

> 除了体形较小的
> 没有什么生命是圆的——
> 它们——匆忙来到一个天体
> 出现，而后终结——
>
> 越大——长得越慢
> 在枝头悬挂得也越久——
> 金苹果园的夏天
> 多么悠长。

狄金森

[①] 狄金森的诗《草丛中一个细长的家伙》以《蛇》为题于1866年2月17日在《斯普林菲尔德共和报》发表。

93

致托马斯·希金森，1866年6月9日

亲爱的朋友：

请代我感谢夫人。她的关切很是温柔体贴。

我必须忽略波士顿。父亲宁可如此。他喜欢我和他一起旅行，但是反对我独自出行。①

我可以请你到阿默斯特客栈来做客吗？等我见到你之后，修改作品会更让人高兴，因为我将知道错在哪里。

你的看法给我一种严肃的感觉。我想要成为你希望的样子。

谢谢你，我为卡洛祈愿。

> 时间是烦恼的考验
> 而不是一种补救——
> 如果证明能治，那也证明
> 根本没有疾病。

我还有小山，我的直布罗陀的残余。

我感觉，自然似乎在独自玩耍，没有朋友。

你提到永恒。

那就是洪水主题。有人告诉我，对于无鳍的心灵，河岸是

---

① 希金森再次敦促狄金森去波士顿，这是她第二次拒绝。在此信中，她第一次邀请希金森来阿默斯特做客。

最安全的地方。自从我的同盟沉默以来,我已很少探索,但是"无限的美"——正如你所说,因为太近而无法追寻。

要逃避魔法,你必须一直飞跑。

天堂是可以选择的。

尽管有亚当和废除令,任何人都可以在伊甸园拥有一席之地。

狄金森

94

致托马斯·希金森,1869年6月

亲爱的朋友:

一封信总让我感觉像永恒,因为它是孤独的心,没有有形的朋友。我们受惠于谈话中的态度和语气,似乎思想中有一种独立行走的幽灵般的力量——我要感谢你的好意,但永远不会试图举起我拿不动的词语。

如果你来阿默斯特,那将是我的成功,尽管感激是一无所有者的羞涩的财富。我相信你说的是事实,因为高贵的人都这样,可是你的信总是让我吃惊。我的生活太简单,太刻板,不会让任何人感到尴尬。

"看见天使"几乎不是我的责任。

在一个这么美丽的地方很难做到不去虚构,但是考验的严酷修正是完全可行的。

还是个小姑娘的时候,我记得曾经倾听杰出的篇章,很喜欢那种"力量"，尽管当时不知道"王国"和"荣耀"也包括在内。

你注意到我一个人独居——对于一个移民，国家是闲置的，除非是他自己的。你好心地说到要来见我。如果你方便来阿默斯特这么远的地方，我会非常高兴，不过我不会越过父亲的土地，去任何一座房子或城镇。

对我们最伟大的行为我们是无知的——

你没有意识到你拯救了我的生命。从那时起，当面感谢你，是我为数不多的要求之一。问我要花的孩子，他说"可以吗"——"可以吗"——我也这样请求我想要的东西，我不知道别的方式。

你可否原谅我说的每一句话，因为没有别人教我？

狄金森

94a

[托马斯·希金森的回信]

有时我拿出你的信和诗歌，亲爱的朋友，当我感觉到它们奇异的力量时，就不奇怪我发现很难写回信，于是漫长的几个月就过去了。我极其渴望见到你，总是感觉一旦我能拉着你的手，我就可能让你感觉到我的重要；但是你仍然只是把自己包裹在炽热的迷雾中，我无法接近你，只能为稀有的闪光深感欣喜。每一年，我都想设法去阿默斯特看你，但是这很困难，因为我经常被迫去各处讲座，很少外出游玩。我愿意任何可能的时间去波士顿见你。我对你始终如一,从来没有对你寄给我的文字失去兴趣。我想要经常收到你的信,但又总是感到胆怯,担心我写的信目的不恰当,错过了你能承受的思想的界限。我担心我会很轻易失去你。不过你明白,我在努力。我想,如果我能见到你,知道你是真实存在的,我会表现得更好。知道你真的有一个叔叔,都让你更靠近我一些,尽管我无法想象你和他有任何相似之处。但是我好几年没有见到他了,不过我见过一位女士,她曾经认识你,但是她也没有告诉我多少信息。

我很难理解你如何能如此孤单地生活,却有如此深刻的思想,甚至连小狗的陪伴都没有了。但是,超越常规界线进行思考,或是具有你这样的灿烂闪光的人,在任何地方都会与外界隔绝——所以,在什么地方也许并没有太大差别。

有时你一定会来波士顿吧?所有女士们都来。我不知道是否可以吸引你来参加萨金特夫人家的聚会,栗子街十三号,每个月第三个星期一的上午十点——有人会读一篇文章,其他人或讨论或倾听。下周一,由爱默生先生朗读,下午三点半,在特里蒙特三号女士俱乐部有一个聚会,我会读一篇关于希腊女神的文章。那个时间很适合你来,尽管我更想让你在我不那么忙的时候来——因为我的目的更在于见你,而不是招待你。纪念周,六月二十五至二十八日,我也在波士顿——或许六月份的音乐节会吸引你过来。你明白我是认真的。难道你夏天不想吹吹海风吗?写散文或诗歌给我,告诉我点事情,将来我就不会那么苛刻了,我愿意写些笨拙的东西,总比没有要好。

你永远的朋友
(签名剪掉了)

95

致佩雷斯·考恩，1869年10月

  这些小阳春的日子以独特的平和让我想起那些没有人可以打扰的最寂静的事物，知道你不在家，又失去了一个妹妹，我愿意尽力帮助你。你难道不需要帮助吗？
  你说话的语气如此确信，这种确信只能让人相信，这让我感觉很迷惘，仿佛我的英国朋友突然说意大利语了。
  你这么期待地说到死亡，真让我伤感。我知道没有任何痛苦比得上失去我们深爱的人，也没有任何空白像他们那样留在身后永远封存，但死亡是一个狂野之夜和一条新路。
  我想我们都在思考永恒，有时甚至兴奋得无法入睡。秘密是有趣的，但也是庄严的——竭力推测也无法确定。
  我相信随着时间的推移，你妹妹留下的是和平，而不是剧痛——尽管学习节制是严厉的要求。这个话题让我伤心，我要把它放下，因为它也让你伤心。
  比之写信，我们谈话时对彼此的伤害要更少些，因为安静的语气有助于缓和本身过于生硬的词语。
  彼得，你记得医生对麦克白说的话吗？"那种伤必须自愈。"
  我高兴你在工作。其他都是止痛剂。你记得克拉拉[①]吧。
  婚礼规模很小，但是很可爱，姐妹们都去了。我让你看看

[①] 克拉拉·纽曼（Clara Newman）于1869年10月14日与悉德尼·特纳（Sidney Turner）成婚。

苏和奥斯汀为她们摆放的花。

有时间和心情的时候,多给我们讲讲你自己的近况。

艾米莉

96

致约瑟夫·斯威斯特夫人,1870年2月末

我可爱的凯蒂姑妈:

当我最伤感的时候,我宁愿大家都别和我说话,所以我远离你们,但是今天我想,如果我悄悄地来,不大声吵闹,你可能想见我。但是当我极难过的时候,我会说不出话来,所以只能亲吻你,然后远远地走开。谁能像你的小侄女一样为你心疼——谁知道心有多深,能够承受多少?

我知道我们会见到我们深爱的人。想到他们在死神身边很安全,我们感到欣慰,我们都要经过死神,才能见到他们的面。

没有死者,亲爱的凯蒂,坟墓不过是我们为他们发出的呻吟。

> 如果这就是结束
> 无限又当如何
> 我们深信不疑的
> 是我们终会相见。

亨利①进过监狱。很可能他的救世主知道他如何渴望自由——我们为那些最珍惜的人们带来惊喜,在他睡眠的时候带给他赎金。

艾米莉

97

致露易丝和弗朗西斯·诺克罗斯,1870 年初春

亲爱的孩子们:

我想蓝鸟的工作和我完全一样。它们就这样飞来飞去,用小小的脚躲躲闪闪,显得非常不安。我真的喜欢它们,感觉它们很可靠。

淤泥很深——没到了马车车厢——杨梅树披上粉色盛装,一切都生机勃勃。

甚至母鸡也带有波旁风格,让我这样的共和党人感觉奇怪地成了局外人。

母亲去散步,披肩上带着一棵牛蒡回来,所以我们知道雪已经从大地上消失了。诺亚会喜欢母亲的。

我很高兴你和伊莱扎在一起。②知道我们所爱的人们在炎热的日子能享受凉爽,仅次于自己待在阴凉处。

把我的爱带给——先生。你们不需要灰浆桶。克拉拉③经常

---

① 凯蒂姑妈的大儿子亨利·爱德华兹,记者,1870 年 2 月 17 日去世,享年 33 岁。
② 1870 年初春,诺克罗斯姐妹去了威斯康星州的密尔沃基,与她们残疾的表妹伊莱扎·达德利在一起。
③ 可能指克拉拉·纽曼·特纳。

写信，充满快乐和自由。我想情况是和平的……

猫在刨花桶里生了一个女儿。

父亲拿引火柴的时候脚步像克伦威尔。

斯威斯特夫人更胖了，滚下小路去教堂就像一块可敬的大理石。你们知道小霍兰夫人在柏林治疗眼睛吗？

你们知道J夫人的事吗——她装上了古老的翅膀。这就是说，"她生活中没有什么像她的离去一样更显示她的风格。"①

> 寂静的大街向前延伸
> 直到城镇尽头的邻居——
> 这里没有通告——没有异教，
> 没有宇宙——没有法律——
>
> 钟表说是早上——而远处
> 敲响的钟声在呼唤夜晚——
> 但是新纪元在这里没有根基，
> 因为一个周期已经蒸发。

艾米莉

---

① 语出莎士比亚《麦克佩斯》第一幕第四场。

98

致托马斯·希金森,1870 年 8 月 16 日

亲爱的朋友:

我会在家,高兴你来。

我想你是说十五号。不可思议的事情从来不让我们惊异,因为它就是不可思议。

艾米莉·狄金森

98a

[托马斯·希金森拜访狄金森的当晚,在阿默斯特写给自己妻子的信,标明日期为星期二晚上十点]

今晚我无法整夜不睡,给你描述关于艾米莉·狄金森的一切,最亲爱的,不过如果你读过斯托达德夫人的小说,你就会明白这样一个家庭,每个成员都忙着自己的事情,而我只看到她。

一座宽敞的乡村律师的大宅,棕色砖瓦,高大的树木和花园——我送上我的名片。客厅阴暗,凉爽,相当拘谨,一些书和几幅雕刻,一架打开的钢琴——《莫尔伯恩》[①] 和《户外》报夹杂在其他书中间。

[①] 《莫尔伯恩》(*Malbone*)是希金森的一部小说。

门口一阵小孩样的细碎脚步声，滑进来一个相貌平平的小个子女人，梳着两条光滑的红色发辫，脸长得有点儿像贝尔·德芙；同样普通——没有特别之处——一身极其素净整洁的白色凹凸布衣服，一条网状精纺的蓝毛披肩。她拿着两枝萱草，像小孩子一样放到我手中说，"这些是我的介绍"，声音轻柔而惶恐，喘吁吁的，带着孩子气——又低声补充说，如果我受惊了，请原谅她；她从来没有见过陌生人，几乎不知道该说什么——不过她很快就持续地说起来——而且很谦恭——有时停下来让我说，而不是她一个人说——但很愿意从头再说。言谈举止介乎安吉·蒂尔顿和奥尔科特先生之间——但极其坦率而单纯，这是他们不具备的，她说了很多事情，你会认为愚蠢，而我觉得聪明——有些你会喜欢。我补充了一些在附页上。

这是一个可爱的地方，至少到处都能看到小山，几乎没有高山。我看见了学院院长斯特恩斯博士——但是找不到看门人带我进大楼，我明天可能再去看看。我拜访了班菲尔德夫人，见到了她的五个孩子——她看起来很像生病时候的 H.H.，和蔼友善。晚安，亲爱的，我很困了，给你写了这么多，真不错。我属于你。

我两点到达，九点离开。艾米莉·狄金森整晚都梦见你（而不是我），第二天我收到了预计到达这里的信！她只是通过我给夏洛特·霍斯的通知中提到才知道你的。

"女人谈话；男人沉默；因此我害怕女人。我父亲只有星期天才读东西——他读孤僻和严谨枯燥的书。"

"如果我读一本书,它让我浑身冰冷,炉火也不能让我暖和,我知道那就是诗歌。如果我切身感觉我的天灵盖仿佛都被掀掉了,我知道那就是诗歌。这些是我唯一认识诗歌的方式。还有其他的方式吗。"

"大多数人怎么能没有思想地活着呢。世界上有很多人(你一定在街上注意到了)。他们是怎么活着的。他们怎么有气力在早上穿上衣服的?"

"当我无法用眼睛时,想到真正的书这么少,很容易找到一个人给我全部读完,这是件欣慰的事情。"

"真理是很稀有的东西,把它说出来很让人开心。"

"我在生存中发现狂喜——只是活着的感觉就足够快乐了。"

我问她是否从来没感觉到需要工作,从来不想出门,从来不想见任何来访者——"我从来没有想到,在所有将来的时间,我会设想出一点儿满足这种需要的办法。"(然后补充说)"我感觉我对自己的表达还不够强烈。"

她做各种各样的面包,因为她的父亲只喜欢她做的面包,她说"人们必须吃布丁",这近乎梦话,仿佛它们是彗星似的——所以她就做布丁。

[那天晚上希金森在他的日记里写了这些话:]

两点到阿默斯特,见到斯特恩斯院长、班菲尔德夫人和狄金森小姐(两次),一次难忘的经历,和我期望的差不多。一所愉快的乡镇,夏日的午后安静得难以言表。

[第二天他又给妻子写信,附上了关于艾米莉·狄金森的更进一步的记述。他注明的写信时间是周三中午]

98b

我在白河口停下来吃饭,亲爱的,过几个小时,我就到利特尔顿了,然后从那儿去伯利恒。今天早上九点我离开了阿默斯特,昨晚给你寄了一封信。我会在利特尔顿寄这封信,附上我手提箱中另一页有关艾米莉·狄金森的文字。

分手时她对我说,"感激是唯一不能自我揭示的秘密。"

我和阿默斯特的斯特恩斯院长谈起她——发现他是一个很愉快的旅伴。今天出发前,我去参观了几家博物馆,很是喜欢;看见了一块陨石,几乎和我的胳膊一样长,重436磅!一大条来自别的什么行星的石头。它坠落在科罗拉多。收藏的石头上有灭绝鸟类的印迹,美妙,独一无二,还有其他奇异的东西。我今天早上看见了狄金森先生——瘦弱,干枯,话不多——我明白她的生活是什么样子了。斯博士说她妹妹以她为骄傲。

我真想偷一块摇动的陨石回来,亲爱的,可它们都在玻璃罩下面。

我刚刚在火车上遇到布拉德夫人及其先生和儿子——我将和她同车而行。

瞥见一些山,不过都很焦干,我从没见过河水像布拉特尔伯勒这么低的。

我有没有说过在波士顿我住在萨金特家,她依然希望去纽波特。

这张勃朗宁夫人坟墓的图片来自艾米莉·狄金森,是"蒂莫西·泰特科姆"(霍兰博士)给她的。

我想我会在这里寄信,因为只有时间写这么多。我想念你,我的小女人,希望你也在这里,可你又讨厌旅行。

永远属于你的

还是关于艾米莉·狄金森。

"你能告诉我家是什么吗?"

"我从来没有母亲。我想母亲就是你有麻烦就会赶紧去找的那个人。"

"我到十五岁才知道看表。父亲认为他已经教过我了,但我并不明白,也不敢说我不懂,更不敢问别人,担心他会知道。"

我认为她父亲并不严厉,但是很疏远。除了《圣经》,他不希望他们读任何东西,有一天,他哥哥带回家一本《卡瓦纳》,藏在钢琴盖下,给她做暗号,他们一起读。最后还是被父亲发现,他很生气。也许是因为在这之前,他的一个学生惊异于他们从未听说过(莉迪亚·玛利亚)蔡尔德夫人,便经常给他们带书,藏在门口的灌木丛里。当时他们还是小孩子,穿着短裙,脚搭在椅子横档上。读了第一本书后,她兴奋地想,"那么这就是书了!肯定还有很多别的书!"

"当事物从我们头脑经过,是遗忘还是吸收?"

亨特少校是她见过的男人中最让她感兴趣的人。她记得他说过的两件事——她的大狗"明白万有引力",他说他会再来,"一年以后。如果我说的时间较短,实际上就会更长。"

当我说我过一段时间再来,她说,"说很久以后吧,那样会近一些。过一段时间就是什么都没有。"

长时间不滥用眼睛之后,她读了莎士比亚,认为其他书都不需要了。

我和任何人在一起都没有感到这么耗费精力。还没有接近她，她就已经退缩了。我很庆幸没有住在她附近。她常常认为我累了，似乎很能体贴人。

[希金森在8月21日星期日写给他妹妹的一封信的附言中，加上了这样的话：]

当然，我很享受这次旅行。在阿默斯特我与我卓尔不凡的诗人信友度过了一个美好的下午和晚上，还参观了学院出色的展览馆。

[二十年后回忆这次会见，希金森在《大西洋月刊》第68卷中（1891年10月）写道：]

她给我的印象无疑是一种极度的紧张，一种反常的生活。也许到时候我会超越那种有点儿过度紧张的关系的，这种关系不是我的意愿，而是她的需要，强加在我们身上的。当然我会很高兴把这种关系降低到简单事实和日常伙伴关系的水平；但绝不是那么容易。她完全是一个难解之谜，我在一个小时的会面中不可能解开的谜，直觉告诉我，任何直接盘问的最微小的尝试也会让她缩回自己的壳里；我只能静静地坐着，观察，就像在森林里一样；我必须像爱默生建议的那样，呼唤鸟儿的名字时不能带枪。

99

致霍兰夫人，1870年10月初

　　我想我不会现在寄那封短信，因为心灵是一个崭新的地方，昨天夜里感觉已经废弃了。

　　亲爱的姐姐，也许你认为我想要和你私奔，却畏惧一个严厉的父亲。

　　情况完全不是那样。

　　报上说，医生很可能在纽约，那么谁给你读报呢？无疑是沙普曼先生，或者白金汉先生！医生美好的回信让我自惭形秽。

　　生命是最精致的秘密。

　　只要继续存在，我们都必须轻声细语。

　　除了那个庄严的例外，我没有其他秘密。

　　很高兴见到你，希望还有机会再见。这些亲切的事件必须要变得更频繁。

　　九月已过，可是我的花却像六月一样勇敢无畏。阿默斯特已经成了伊甸园。

　　闭上眼睛就是旅行。

　　季节明白这个道理。

　　做一件物品多么孤单！我是说——没有灵魂。

　　一只苹果坠落在夜里，一辆马车停下。

　　我推测马车吃了苹果，然后继续上路了。

　　能交谈多好。

　　新闻是怎样的奇迹啊！

不是俾斯麦①，而是我们自己。

> 我们拥有的生命非常伟大。
> 我们将会见到的生命
> 却超越它之上，我们知道，因为
> 它是无限的。
> 但当见识过所有的空间
> 观赏完所有的领地
> 最渺小的人类心灵的广度
> 都会让一切缩减成虚无。

请把我的爱带给医生和女孩子们。
内德可能不认识我了。

艾米莉

100

致霍兰夫人，1871 年 1 月初

我担心我没有为你好意赠送的糖果致谢。
你可以说我感谢过了，来好心地消除我的担心吗？
慷慨的小姐姐！

---

① 此处提到普鲁士首相俾斯麦，狄金森是在暗指当时的要闻，即 1870 年的普法战争。

我会保护好针箍直到它安全到家——

即使针箍也有自己的巢!

我试图悄悄带走的分离结果却带来一大帮乌合之众![1] 篱笆是唯一的庇护所。没有人入侵,因为没有人怀疑它。

为何小偷的组成成分伴有所有的美妙,达尔文没有告诉我们。

每个失效的秘密都留下一个后裔,仍然让人分心。

我们未完成的会见像梦的桌布,让其他的针织品贬值。

最好的拥有是最少的拥有。

巨大的运输费只不过是因为他值得——

我们要为此出卖他吗?那是他所有的考验。

不要冒犯眼睛——

小暴君的统治最糟糕。

维妮周一离开我[2]——在我独自与生命和时间搏斗时,对你的回忆让我宽心。

艾米莉

101

致托马斯·希金森,1871 年 11 月

我没有读米勒[3]先生,因为我可能不太在乎他——

---

[1] 此处暗指霍兰夫人来访,分手时她和狄金森曾试图单独谈话,但是被打断了。
[2] 1 月初,维妮去纽约拜访希尔斯一家。霍兰夫人在最近的一次拜访中,将她的针箍忘在了狄金森家里,她请狄金森托人给她捎去。
[3] 华金·米勒(Joaquin Miller, 1839—1913),其《山脉之歌》于 1871 年出版。

不用急着寄来——

亨特夫人①的诗歌比勃朗宁夫人以后的任何女人写的诗歌都更强烈深刻，刘易斯夫人诗歌的例外——但是真理仿佛祖先的织锦可以单独立着——你说到《男人和女人》。那是一本粗俗的书——《钟与石榴》我从没见过，但是得到了勃朗宁夫人的认可。莎士比亚证明文学是坚实的。

昆虫不能带着阿喀琉斯的脑袋跑掉。感谢你写了"大西洋论文"。它们精致而愉快——拥有值得祝贺的因素让祝贺显得多余。

亲爱的朋友，我相信你，因为你问——是否越过了允许的界限，原谅这种荒凉的单调，除了北方不知道有其他的导师。你会指导我吗？

狄金森

102

致霍兰夫人，1871年11月末

亲爱的姐姐：

丧亲之痛让你的信仰成为第二位的了。我们无法听到你的声音的确很内疚——

---

① 海伦·亨特·杰克逊（Helen Hunt Jackson, 1830—1885），多产的女作家，主要以同情印第安人、维护印第安人利益的作品为人们所喜爱，其《诗集》出版于1870年。

"他爱的人,他会惩罚",这是一种可疑的安慰,在较低级的心灵中找到尖刻的回应。

我会珍惜臂章,尽管遗憾于你最后的行为是很公正的。知道法律对他无效能给罪犯稍许安慰。

请求眼科医生减你的刑,你也可以减我的刑。无疑他没有朋友,缩短圣餐仪式是他唯一的选择。

这个过渡性的恶意无疑将会消失——把新的你给我们,把我们给你。

我很高兴姜饼成功了。

让我通过某个小动物知道你的状况,即便对爱一无所知,对机械装置却很在行。

蒸汽机车有自己的专员,[①]尽管他的替补还没有让上帝暴露。

艾米莉

103

致露易丝和弗朗西斯·诺克罗斯,1873 年 4 月末

……教堂里有一种叫作"觉醒"的东西,我不知道有什么比见到斯威斯特夫人每天早上穿着黑绉纱滚动着出去更开心的了,我想是去恐吓反基督教者;至少对我有这样的作用。这让

[①] 霍兰夫妇的朋友阿尔伯特·布里格斯(Albert D. Briggs)于 11 月 22 日被任命为麻省铁路专员。

我想起堂吉诃德要求风车投降,还有史蒂芬·托普利夫特爵士和亚历山大·科伯恩爵士。[①]

春天是一种幸福,美丽,独一无二,出乎意料,我不知道该拿自己的心怎么办。我不敢带着它,也不敢把它留下——你有什么建议?

生命是一个魔咒,如此精美,以致一切都要合谋打破它。

"我觉得《米德尔马契》怎么样?"我对荣耀是怎么想的——除了少数几种情况,这个"凡人已经披上了永恒"。[②]

乔治·艾略特是一个。人类本性的神秘超越"救赎的神秘",[③]因为我们只能想象无限,我们看到的是有限……我周三要送走维妮;需要麦琪、天意和我的合力,无论维妮在自然和艺术取得了怎样的进步,她都没有把分离简化为一门科学……

爱你的艾米莉

104

致霍兰夫人,1873年初夏

我在想着要感谢你对维妮的款待。

她没有父亲和母亲,只有我,而我没有父母只有她。

---

① 亚历山大·科伯恩爵士(Sir Alexander Cockburn, 1802—1880)从 1859 年直至去世一直是英格兰首席法官,此处是作为令人敬畏的缩影。史蒂芬·托普利夫特爵士出处不明,可能是狄金森与诺克罗斯姐妹熟悉的小说中的时髦人物。

② 该处引文改写自《圣经》哥林多前书 15:53,"这必死的总要变成不死的。"

③ 此处引文令人想起《圣经》马太福音 13:11,"因为天国的奥秘,只叫你们知道,却不叫他们知道。"

她非常开心,带着安定的情绪回来。

请接受我的谢意。

你要记住,感觉不到的东西没有外表。

维妮说你辉煌显赫,住在乐园里。我从来不相信后者是一个超人的地方。

伊甸园,总是合意的,这个正午尤其如此。如果你看到草地和阳光多么亲近,你会开心的。此外——

> 我见过的最喜气洋洋的鸟儿
> 今天落在一根嫩枝上
> 我忍饥挨饿,直到天国疆域落成
> 只为见识如此显赫的景象
> 不为可以了解的东西歌唱
> 而是为亲密的愉悦。
> 撤退,回到它转让的土地
> 何等珍贵的意外
> 配得上这最高贵的荣誉!

当牧师告诉父亲和维妮,"这易朽的会披上不朽"——它已经这样完成了,他们上当了。

艾米莉

105

致约瑟夫·斯威斯特夫人，1874年1月末

我亲爱的姑妈，有时候，什么都不说却说得最多。

> 死神的拦截并不是
> 对时光最狡猾的偷窃
> 一个更疯狂的强盗在掠夺，
> 沉默——是他的名——
> 没有侵犯，没有威胁
> 预示他将来的暴行。
> 但是从生命至高的枝叶——
> 他挤走了慰藉的香膏。①

艾米莉

---

① 约瑟夫·斯威斯特于1874年1月21日傍晚走出他在纽约的寓所，随后失踪。许多报纸报道了这一事件，《斯普林菲尔德共和报》1月29日记载了此事。

106

致霍兰夫人，1874年5月

小姐姐：

我希望你安全而出色。后者和前者一样吗？经验无法给我答案。

自然开始工作，我有时间的时候就帮助她一点儿。

为这样一位高贵的人儿工作是很愉快的。

父亲不在时，维妮和"帕特"也帮忙做农场上的活计。虽然效果不是很好，计划还算胜利。帕特像单峰驼一样想要放弃，恐怕他的命运会独一无二。

当你在这里的时候——鲜花怒放，现在也有花，不过那是黄昏的花束，而这些——是黎明的花束——

显然有人一直在睡觉！

《瑞普·凡·温克》[①]有同样的遭遇！

维妮说麦琪在"清扫房间"。我不应该怀疑，不过《圣经》明确表示"左手"欺骗右手！

我们要有另一场"马戏"，来自阿尔及尔的队列会再次经过窗前。

今年的小玩偶都很相似，但是大的很不同。

[①] 《瑞普·凡·温克》(*Rip van Winkle*)，美国小说家华盛顿·欧文的短篇小说，书名也是主角的名字。讲的是樵夫瑞普酒醉后一睡就是二十年，醒来后世界已物是人非。

每个话题的角度和范围都劝诫我离开它。

不论如何,爱你自己。小时候,从圣礼上跑出来,我可以听见牧师说"所有深爱主耶稣基督的人——都要留下——"

我的逃跑与这些话合了拍。

艾米莉

107

致托马斯·希金森,1874年5月末

我想作为一首诗,一个人的自我妨碍了写诗,可是要意识到错误。那就像是回家,是为了再次看到你美丽的思想,现在早就禁止这样做了——当爱国者说他的"祖国",他指的是智力吗?我本该害怕对你"引用"你"最珍视的"。

你体验过神圣。

我却未曾尝试。

> 拥有生命——
> 从生命中汲取——
> 但绝不可碰蓄水池——

谢谢你问及我的花和书——我最近读书很少——生存已经压倒了书籍。今天,我杀了一只蘑菇——

我感觉草地似乎很高兴
让它暂时停止。
这夏天小心翼翼的
鬼鬼祟祟的幼枝。

最宽的词语也如此狭窄,我们可轻松越过——但是有的水比没有桥的水还要深。我哥哥和妹妹想要见你。两次你都走了——老师——

你愿意再来一次呢。

108

致塞缪尔·鲍尔斯,1874 年 6 月末

我原以为你自己的信不会很多,因为你的信如此高贵,让人害怕——尽管你的赞许很亲切——人们还是诚惶诚恐——担心你的深奥会给我们定罪。

你迫使我们每个人都记住,当水停止上涨——它就开始回落。这是洪水的规律。上次见到你的那一天是我生命中最新鲜最古老的一天。

复活只能有一次——首先——降临同一座房子。感谢你以此引导我们。

亲爱的朋友,要经常来,但是要避免离开。你说过不喜欢被遗忘。即便你愿意,你能做到吗?你从来不会背信。

艾米莉

109

致托马斯·希金森，1874 年 7 月

父亲生前的最后一个下午，尽管没有预兆——我却想要陪着他，我替母亲编了一个不在的借口，维妮在睡觉。他似乎特别高兴，因为我通常是一个人独处，当下午快要过去的时候，他说"真希望永远不要结束"。

他的快乐几乎让我尴尬，然后哥哥来了——我建议他们去散步。第二天早上我叫醒他去赶火车——此后再也没有看见他。

他的心是纯净的，可怕的，我想不会有第二个他这样的人。

我很欣慰有永恒——但我愿意亲自体验——在我把他托付给它以前。

鲍尔斯先生和我们一起——除他之外，我没有见到别人。自从父亲去世，我曾希望你来，如果你能分出一个小时，那几乎都是无价的。感谢你所有的好意。

我的哥哥和妹妹感谢你记挂着他们。

你美丽的赞美诗，难道不是预言吗？它帮助我度过了我称之为"父亲"的空间停顿的时刻。

110

致霍兰夫人，1875 年 1 月末

姐姐：

　　这个严峻的下午，更适合爱国者而不是朋友是唯一的国度的人。

　　没有风或鸟儿来打破钢铁的魔咒。

　　大自然曾经挥霍爱情的地方——现在——她在那里挥霍着严厉。

　　她也许在惩罚——但最终会接纳。

　　我的房子是冰雪的房子——真实——悲哀——稀少。

　　母亲在书房睡着——维妮——在餐厅——父亲——在遮住的床上——在灰泥的房子里。

> 他的监狱多么舒服
> 阴沉的栏杆多么惬意
> 没有暴君——只有冥王
> 创造了那种恬静！

　　当我想到他坚定的光——莫名其妙地熄灭，它在消耗那些闪光的价值。真的是"尘归尘，土归土"——可那奇异审判的最后条款——是谁提出的？

　　"我对你说。"父亲常常在祈祷的时候说，语气强硬得让人震惊。

原谅我，如果我过多留恋这座房子里最初的神秘。

那是一种特别的神秘——每颗心都体验过——只存在于这个世界。父亲是第一道明确的精神法令。

奥斯汀的家人去了日内瓦，奥斯汀和我们住了四个星期。这似乎很特别——可怜的——大洪水以前的事了。他和我们一起的时候，我们想念他，他离开的时候我们也想念他。

一切都那么奇异。

为那个"新年"感谢你——第一个带骨折的新年。我相信对你来说它是完整和健壮的。

"金斯利"和"阿齐默"再次会合[①]——

感谢你的关心。它能帮助我夜里上楼梯，当我经过父亲的房门——我过去认为是安全的。我寻找摘三叶草的手[②]——我是艾米莉。

111

致塞缪尔·鲍尔斯，约1875年

见到你真是让人开心——一颗早于季节的桃子，让所有季节变得可能，而地域的区分则变成了——任性。

我们指责《一千零一夜》不真实，避免了对它们做出陈腐

[①] 阿齐默是金斯利第一部小说《酵母》中的女主人公。金斯利死于1875年1月23日。

[②] 狄金森从来没有去过父亲的坟上，霍兰夫人从那里采来一束三叶草，带给狄金森。

判断，推测它们是假的。

我们怀念你从努米底亚古国带来的生动表情和咄咄逼人的语气。

你的到来让生活奇怪的小装饰物重新结合成整体，我们每个人都佩戴，可又不属于任何人，你的磷光让我们惊异于它的永恒。请安于众人皆有的生活，因为珍宝会逃匿——

用你自己的漂亮话说，声音是我们所有人的殿堂，"切近，又遥远"。

艾米莉

如果我们死了，你会为我们而来吗，就像你为父亲而来一样？你自己"不是为死而生的"，你必须彻底改变我们所有人。

112

致托马斯·希金森，1875 年 6 月中旬

亲爱的朋友：

母亲星期二瘫痪了，距离父亲死去的那晚整整一年。我想你也许想知道——

你的学生

113

致托马斯·希金森，1875 年 7 月

亲爱的朋友：

　　母亲一度病得很重，现在好些了，医生认为过些日子，她可能部分康复。她当时对自己的病一无所知，手脚都不能动了，当她问我她患了什么病——我第一次欺骗了她。她经常问起父亲，觉得他不来是很不礼貌的——恳求我夜里不要走，唯恐没有人接待他。我很欣慰让我们这么悲伤的事情——不再让他伤心了。成为永恒超越了这一切。谢谢你的同情。

　　我认为听见你的声音很有意义，尽管隔着这么远的距离——自从我父亲去世后，家已远非家的模样。

　　给我哥哥和妹妹的问候我已转达，他们也问你好，希望那些见到你的人平安。

你的学生

114

致海伦·亨特·杰克逊，1875 年 10 月末

　　我说的话是不是都很让人愉快？

E. 狄金森

逃离春天的人

春天报复地投向

厄运的香膏——①

114a

[海伦·亨特·杰克逊的回信]

尽管你说你会,但是你没有把信寄回来。

这是个意外,还是你最近收回了你的许诺?

记住,那是我的——不是你的——要诚实。

感谢你没有因我鲁莽地要求解释而生气。

不过,我真的希望知道"厄运"是什么意思!

一个很聪明的人——我所见过的最聪明的人之一——密尔沃基的达德利先生,上星期和我们盘桓了一天,我们谈到你。甚至在网的最边缘,也是线条交错。

我希望有一天,在某个地方,我能找到我们可以彼此了解的交点。我非常希望你偶尔给我写信,如果不让你厌倦的话。我有一小卷手稿,里面有你的几首诗——我经常读——你是一个伟大的诗人——如果你不大声歌唱,是对你所生活的时代的

---

① 1875年10月22日海伦·亨特与威廉·杰克逊结婚,狄金森得知后写了这份贺信。海伦不解信中三行诗的含义,便在信的空白处写道,"这是我的,记住,你必须把它寄还给我,否则你就是个强盗。"然后把信退回,要求狄金森解释那三行诗,狄金森收到信后,没做解释,也未还信。

不公正。当你进入人们所说的死亡,你会后悔自己如此吝啬。

忠实于你的海伦·杰克逊

115

致托马斯·希金森,1876年2月

即使最圣洁的人类生活中也有那么多可怜的世俗成分——也许这是本能,并非蓄意,让我们离开它。

> 一个重音的背叛
> 可把狂喜转变——
> 抹除她的深奥
> 绝没有补偿——

能寄给你此书我很高兴。谢谢你接受,请不要买《丹尼尔·德龙达》,我读完后会送给你。你问我是否见过什么人——洛德法官十月份在我这儿待了一周,我和父亲的牧师谈了一次话,和鲍尔斯先生也谈了一次。很少的——外出行走——构成了我的"追求"——还有晚上读一小会儿书——在其他人休息之后。坦白——我的导师——是唯一的欺骗。① 不是你自己在《莫

---

① "坦白是唯一的欺骗",是狄金森对希金森的一个思想的简明改述,在他的小说《莫尔伯恩》的《序曲》中,希金森说,"随着年纪渐长,一个人领悟到,与简单的真理比起来,没有任何虚构能够显得如此奇异,如此不可能……"

尔伯恩》的《序曲》中这么教我的吗？你曾告诉我，"只印几首诗"。我希望这意味着你还有更多的——

你会给我看——一首吗？你问我是否喜欢寒冷——但是现在很温暖。正飘着温柔的细雨。

到四月东西才会成熟——二月的檐滴多么诱惑人！它让我们的思想带有粉红色——

它比知更鸟还早——预先夺走二月的叶子——

谢谢你的善言。

我常常想到你便回家去。

你的学生

116

致托马斯·希金森，1876 年春

只有两个人对我提到"春天"——你和启示录。"我——耶稣——差遣我的使者。"[1]

我从关于洛威尔和爱默生的文章中推断出你的格调——每个心灵本身都很精致，像是一只独特的鸟——

我很孤单，在那美丽的"我会去阿默斯特"里有一个"或者"，尽管我为它的原因而伤心。我希望你的朋友[2]有我的力量，

---

[1] 语出《圣经》启示录 22:16。
[2] 希金森夫人，其病情加重，无法陪同希金森旅行。

因为我不介意漂泊——她可能会,尽管留给你的只有旅行——要避开《丹尼尔·德龙达》是很难的——你愿意避开实在让人感激。我愿意等待,但是"苏"偷偷把它塞在我枕头下面,醒来发现它近在咫尺,真让我无法忍受——我很高兴《永恒》让你满意。我相信它会的。我甚至想上帝本人也无法克制——当我想起父亲孤单的生活,和他更加孤单的死,就有了这种补偿——

拿走一切——
唯一值得盗窃的
永恒——留下了——

我最早的朋友[①]在他死前一个星期给我写信,"如果我活着,我会去阿默斯特——如果我死了,我一定会去。"
你的房子更遥远吗?

你的学生

117

致托马斯·希金森,1876年春

能让你的朋友高兴,我也很开心,即便是偶然的,我也奢望如此美好的特权可以继续。我希望你旅途愉快,身心放松。

[①] 此处最有可能是指本雅明·牛顿。

劳作也许令人疲惫，可它是行动中的休息。

>有些事我们认为应该做
>可做的却是其他的事
>可是那些特别的工作
>还从来没有开始——
>
>有些国度我们认为应该寻求
>宽广得足以纵横驰骋
>是推测将它割让
>交给了推测的后人——
>
>我们希望在天堂逗留
>当磨炼完成的时候
>不符合逻辑
>却可能就是唯一——

我高兴你记得"草地"。
那预先阻止了虚构。
我总是被告知推测超越了发现，但这一定是讽刺性的说法，因为它不真实——

>青蛙的长叹
>在夏日的一天
>让过路的人

为之陶醉。

但是他消退的浪潮

证实了一种和平

让紊乱的耳朵

得到肉身的解脱——

请予指导。

你的学生

117a

致托马斯·希金森，1876 年

大自然是一座幽灵出没的房子——而艺术——是一座呼唤幽灵出没的房子。

118

致塞缪尔·鲍尔斯，约 1877 年

亲爱的朋友：

你的脸是来自天堂最欢欣的脸——很可能是因为你一直在那里，而不是最终——

我们用甜美的嘲笑埋葬了自己
尘世的通道一旦抵达——
就会让宗教的香膏失效
那疑惑——和信仰一样强烈。

艾米莉

119

致萨莉·詹金斯,约1877年

送我蝴蝶的可爱的孩子,她自己也来自同样飘逸非凡的世界,可愿意接受一个来自乡间的吻,我们相信,它带有三叶草的气息?

120

致塞缪尔·鲍尔斯,约1877年

亲爱的朋友:

维妮无意中提到你在"西奥菲勒斯"和"朱尼厄斯"之间徘徊。①

你能否给予我们恩惠,同样接受那个说法,在你再来的时候?

---

① 此处的两个名字分别意为"神爱的"和"青春的"。

你一离开我就回到房间，去确认你的存在——回想诗篇作者给上帝的十四行诗，开头是这样的——

> 我只有此生——
> 要在这里度过——
> 死神也不能——但以防万一
> 从那里被驱逐——
>
> 与尘世无关——
> 也没有新的行动
> 除了通过这种极限
> 对你的爱。

很奇怪，最难以理解的东西最有黏性。

你的"无赖"①

我清洗了"形容词"。

---

① 狄金森约鲍尔斯来家做客，鲍尔斯来了之后她却躲在楼上避而不见，鲍尔斯就对楼上喊："艾米莉，你这可怜虫！这简直是胡闹！我从斯普林菲尔德一路来看你。马上下楼来。"此信的落款表明鲍尔斯曾说过"你这该死的无赖"。

121

致塞缪尔·鲍尔斯夫人，1878年初

我急着告诉你，玛丽，因为当一颗心破碎，是片刻也不能耽搁的，尽管它久已破碎，每次都比上一次更新，因为它真的破碎了。你如此慷慨，愿意和我说话，亲爱的。

悲伤几乎怨恨爱，它是如此炽热。

如果这些断续的话语能对你有益，我会欣慰。我没有奢望，说出它们让我感到如此软弱无力，想着你的巨大痛苦。爱让我们不费任何气力就变得"神圣"。这比救世主更容易——它不是遥不可及，召唤我们去远方；它开始到处低声说，"到我这里来。"它只有一个错误，就是告诉我们它是"安息"——也许它的苦工就是安息，但是我们不了解的，我们会再次去了解，我们为这神圣的"再次"而屏住呼吸。

很高兴你在"工作"。工作是一个惨淡的救赎者，不过它的确可以拯救；它让肉体疲倦，这样它就无法戏弄精神了。

这些隆冬的日子，亲爱的"萨姆先生"[1]离我们很近。当下午的紫色出现在佩勒姆，我们就说"这是鲍尔斯先生的颜色"。我曾经对他谈到他的宝石篇章[2]，他美丽的眼睛抬起，直到超过我的目光所及，望向某种神圣的深处。

---

[1] 塞缪尔·鲍尔斯死于1878年1月16日。
[2] 此处的宝石篇章可能指《圣经》启示录的第21章，也是狄金森特别喜爱的一章。

不是因为他走了——我们才更爱他

他停留，是为了引领我们。

超越尘世道路的边界，

他一边移动，一边创造。

母亲胆怯虚弱，但是我们让她和我们在一起。她说谢谢你记得她，她从来没有忘记你……你温柔地说"把我一个人留下"，这话让你的唇变得神圣。

艾米莉

122

致玛丽亚·惠特尼[①]，1878年初

亲爱的朋友：

自从黑暗降临，我经常想到你——尽管我们无助于另一个人的夜晚。我希望你获得救赎。他经常授予人永恒，赋予它突然的魔力，他自己也接受了永恒……

我希望你拥有希望的力量，我们所知道的或想象的一切福祉都将随时降临到你。

艾米莉·狄金森

---

① 狄金森知道鲍尔斯的死让惠特尼深感悲痛，故而写下此信。

123

致霍兰夫人，约 1878 年 3 月

亲爱的姐姐：

我拿勃朗宁夫人的小篮子①带给你这封信——当你发现不是她，你会失望，但是在我们到达天堂之前还有很多纪律——你的短笺像通常那样被保护起来，"时间的鞭子"感觉还在远处。

你的小小的旅行还在耽搁着，这不全因为你是个娇小女子嘛——就像一只小红雀！

维妮对你的无赖行为很开心。她觉得你和塔列朗一样鬼鬼祟祟——

我们在报上获悉你和你的新房子的消息，据说会有一幅肖像②——"那么三天后我就会看见它了"，尽管我宁愿看到它生气勃勃的主人。

我把你的话读给内德听——他鞠了个躬，似乎很得意——

宝贝现在可以跑腿当差了——我附上一份通知，说明他的要求。

看到小传教士带着篮子出发，让最冷酷的心都会温暖起来。

---

① "勃朗宁夫人的小篮子"可能指狄金森把信叠在一份通知里，或是夹在勃朗宁夫人的《早期诗选》的包装纸中，此书 1878 年 3 月首次在美国出版。
② 这里的"肖像"指的是《斯普林菲尔德共和报》7 月 24 日将刊登一篇文章，描述霍兰的新家。

我知道你会满足我的要求,[①] 故此只有感谢,不再赘言。

爱你的艾米莉

124

致奥蒂斯·洛德,约 1878 年

我可爱的萨勒姆对我微笑,我时常寻找他的面容——但是我已经丢弃伪装。

我承认我爱他——我庆幸我爱他——我感谢天地的创造者——把他赐予我,让我爱他——狂喜淹没了我。我无法找到渠道——想到你——小溪就朝向大海——

你会惩罚我吗?"非自愿的破产",那怎么能是罪过?

把我幽禁在你里面——玫瑰色的刑罚——和你一起穿过这可爱的迷宫,它不是生命,也不是死亡——尽管它有死亡的莫测,和生命的奔涌——为你醒来,让日子充满魔力,在我睡去之前——多么美妙的措辞——我们睡去,仿佛它是一个国家——让我们创造一个国家——我们原本能创造一个国家,我的祖国——我亲爱的,现在就来吧,啊,做一个爱国者——现在爱是一个爱国者,为了祖国献出生命,现在这是没有意义的——啊,灵魂的国度,你现在获得自由了。

[①] 此句显然是要霍兰夫人转寄什么东西,很可能是给沃兹沃思的一封信。

125

致奥蒂斯·洛德，约1878年

　　内德和我谈论上帝，内德说,"艾米莉姑妈——洛德法官属于教会吗？"

　　"我认为，内德，严格来说不是。"

　　"为什么，我以为他像那些波士顿人一样，认为信教是可敬的事情。""我想他不做什么表面的事——内德。""嗯——我爸爸说，如果共和国再有一个像他这样的法官，执法就会有成效了。"我告诉他我认为这很有可能——但我回想起我从未在你面前审过案，除了我自己的案子，而且是在你温柔地帮助下——我毫无怨言。

　　为这些热诚的话我想要爱抚一下这个孩子——但要加以区分。难道你不知道你已经剥夺了我的意志吗，我"不知道你把它放到哪里了"？我是否应该早点儿制止你？"省了麻烦，却宠坏了孩子？"

　　啊，我的最爱，从可能毁灭我们两人的偶像崇拜中把我拯救出来吧——

　　"大海——是我航行的终极目标"——

126

致奥蒂斯·洛德，约1878年

去乞求一封已经写成的信，足以使人破产，但是信还没写就去乞求，而亲爱的赠予者还在漫步，对它的价值漫不经心，那就是破产。

亲爱的——让这明亮的一周变得有毒，它曾经是如此快乐，你可有十足的理由？还有，我的小淘气，天使般的小淘气，谁能够审判你呢？当然不是我迷醉的心。现在，我开心的诡辩家，你能让"不"变成"是"——尽管忘记了我告诉过你是这样。

也许，你罪孽深重？尽管有能力让毁灭变得神圣，又有谁能够惩罚你呢？

127

致奥蒂斯·洛德，约1878年

难道你不知道，当我有所保留和拒绝的时候，你是最幸福的——难道你不知道，"不"是我们交给语言的最狂野的词吗？

你知道的，因为你什么都知道……躺在离你的渴望如此之近的地方——我经过的时候摸摸它，因为我不过是一个睡不安宁的人，经常从你的怀里游离，穿过幸福的暗夜，但是你会把我拖回去，是吧，因为我只想在那里——我说，如果我渴望靠得更近——超过我们亲切的过去，也许我不能拒绝给它祝福，而是必须这么做,因为这才是正确的。

"台阶"是上帝的——亲爱的——为你而设——不是为我——我不会让你通过——但是它全部属于你,在适当的时候,我会抬起栏杆,让你躺在青苔上——你给我看过这个词。

我希望我的手指创造它的时候,它没有别的伪装。我长久地向你隐瞒了伤痛,为了让你饥渴地离开我,但是你要的是神圣的面包皮,那注定会毁了面包。

那无人问津的花

装饰你——(理应如此)。

我在读一本小书——因为它使我心碎,我也想让它使你心碎——你觉得那样公平吗?我经常读这本书,自从爱上你以后——我发现这有差别——这使一切都不同了。甚至男孩子深夜经过时吹出的口哨,或者一只鸟的低鸣——撒旦——但是我没有听见的是那悦耳的大多数——《圣经》非常调皮地说,"徒步旅行的男人,尽管是个傻瓜——也不一定出错。""旅行的"女人就一定出错吗?问问你悸动的经书吧。

我提到上帝可能让你吃惊——我对他所知甚少,不过丘比特教导很多无知的心认识耶和华——魔法比我们更聪明。

128

致奥蒂斯·洛德,约1878年

星期二是极其压抑的一天——离你亲切的信不远,还不足以让另一个胚胎成型,可是时间又是怎样的飞逝啊——所以我温柔地死去,摒弃鸟儿(春天),摒弃太阳——带着可怜的(沮丧的)恶意——但是当太阳开始转向星期二晚上的拐角——一切都焕然一新——柔和的精神振奋一直持续到星期天晚上,我所有的生命(脸颊)都因为靠近你愉快的话语而灼烧——(泛起涟漪的话语)。

129

致托马斯·希金森,1879年2月

亲爱的朋友:

祝贺获救者也许是虚浮的,因为拯救没有给尘世留下补充的空间——推测你在家里,这是甜蜜而严肃的,留下的就只有我无法表达的崇敬了——我在启示录中读到了家——"不再渴"——

你非常愉快地谈到陌生人——

我相信那名为"燕子"的幽灵的爱——比孩子还轻柔地拥抱她——

"她写的小书"①的名字,我辨认不清——"——和大草原"?如果你能告诉我,我认为我可以由此看见她的脸——很遗憾没有看到你的"霍桑",自从父亲去世,我对文学了解甚少——加上鲍尔斯先生的去世,母亲无望的疾病,占用了我所有的时间,

---

① 希金森1879年2月的第一周与玛丽·波特·撒切尔成婚,他提到的她写的小书是1877年出版的《海岸与大草原》。

尽管你和莎士比亚的篇章，像俄斐[①]一样——留存下来——
去看你似乎不太可能，但是牧师说我将会见到我父亲——
地下世界仍然存在。

130

致海伦·亨特·杰克逊，约 1879 年 4 月中旬

摒弃蛮勇——
受难地的轻率——
客西马尼园的放荡
知道我们属于你——

130a

［海伦·亨特·杰克逊的回信］

我亲爱的朋友：

我记得你的《青鸟》——比任何一首我自己的诗都更加熟悉——

我还要征得你的同意，把它发给希金森上校读一读。这两件事是我对它的出色所做的褒奖。

我们这里也有青鸟——我可能有过自己写它的想法，但是

[①] 俄斐（Ophir），《圣经》列王记中盛产黄金和宝石之地。

我始终没有动笔：现在我永远做不到了。为此我要嫉妒你，甚至可能憎恨你。

"和我同居的人"（我推测你是想用那个奇怪而直接的词语指我丈夫）在纽约——我现在一人独居——我本应觉得难以接受，除非我在浴室上盖房子，或者把我的房子恢复正常。忙碌是我知道的最好的办法，对所有苦恼都有帮助。

你觉得试着写写黄莺怎么样？它很快就要来了。

永远属于你的海伦·杰克逊

又及，写信告诉我，是否我可以把《青鸟》交给上校？

131

致托马斯·希金森，1880年春

亲爱的朋友：

我们大多数时刻都是序言的时刻——"七周"是漫长的一生——如果活得充分的话——

小回忆录[1]很感人。我很遗憾她不愿意留下来——

这样一个小小分数的飞逝把我们所有的数字都带回了家——

"多一个人的空间"[2]是对天堂的祈求——

---

[1] 希金森把三月份夭亡的婴儿的回忆录寄给过狄金森。
[2] 《多一个人的空间》是玛丽·撒切尔·希金森于1879年发表的一篇儿童故事。

我误会了——天堂一定是对这种出身的唯一的交换——

这些和永恒的突然亲近,是扩张——不是和平——就像我们脚下的闪电,让我们看到一个异国风景。谢谢你的肖像——很漂亮,不过有些让人害怕——我会更加秘密地采集"五月的花朵",感受对"月光"的新的敬畏。

你的小逃亡者的途径必定是一个温柔的奇迹——然而

> 坟墓里的酒窝
> 让那残忍的空间
> 变成家园——

你的学生

132

致霍兰夫人,1880 年 7 月

亲爱的朋友:

当小男孩在庆祝他们国家的耶稣降临节时,我收到"格莱格姑妈"[①]的信,说"夏天几乎过去了",所以我想,我今天下午要摘几粒种子,向你告别,因为你要去冬天了。我想人们在

[①] 格莱格姑妈是乔治·艾略特《弗罗斯河上的磨坊》中的人物,无论她在场还是缺席,总是给家人带来阴影。狄金森心里想的是她的姑妈伊丽莎白·柯丽尔。

这个时候不说"夏天停止了",除非他们自己也寒冷。

我希望你和温度计谈谈这个——我不想负这个责。

也许你从未收到我的信,不然你就会回答里面的小问题了?

它无关乎"许诺的救世主——"

天气像非洲,花像亚洲,你的"小朋友"的努米底亚之心,既不迟钝也不寒冷——

> 通往天堂的路很平坦,
> 却无法容纳一个人。
> 不是它不够坚实
> 而是我们推测
> 有坑洼的路
> 更为可信。
> 天堂的美人很少——
> 不是我——也不是你——
> 而是不受怀疑的东西——
> 地雷没有翅膀。

7月15日

你看我被耽搁了——但是我们将从中断的地方开始——

奥斯汀和我一天晚上谈论死后意识的延伸,母亲后来告诉维妮,她认为这"很不恰当"。

她忘记了我们已过了"使人归正"的阶段——

我不知道她会怎么想,如果她知道奥斯汀私下告诉我"没有以利亚这样的人"。

我想医生在捉鳟鱼,并逐渐康复,希望我可以在早餐时见到他和鱼——祝我的小姐姐有一个甜蜜安静的夜晚——

133

致小塞缪尔·鲍尔斯,1880年8月初

亲爱的朋友:

今天,我们的朋友,你的父亲被人美好而亲切地回忆着,仿佛他并没有经历死亡的秘密——一个和我们一起生活了很长时间并经常为他开门的仆人,昨天问我"天才"怎么拼——我告诉了她,她没再说什么——今天,她问我"天才"是什么意思?我说没有人知道——

她说她在一份天主教报纸上读到,鲍尔斯先生是"汉普郡的天才",认为应该是那位故去的绅士——任何见过他的人都不可能忘掉他,因为他的相貌是"因为我活着,你也就活着"。

为他的不朽祝贺你,这是对我家人的不断地激励——还有你所拥有的他珍重的"共和党"的高贵不朽。

请记得向你母亲致以我们亲切的问候。

荣幸的艾米莉·狄金森

134

致托马斯·希金森，1880年8月

亲爱的朋友：

今天早上，厨房门口有一个印第安女人，带着鲜艳的篮子和灿烂的婴儿，让我感动地想起你的小路易莎——她的小男孩"死过一次"，她说，死神把他赶回了她身边——我问她婴儿喜欢什么，她说"走路"。门前的草地上满是带花的干草，洋溢着欢乐，我带她进去——她和小鸟辩论——她靠在三叶草的围墙上，围墙倒了，她也倒了——莫名其妙的话，比铃声还悦耳，她抓住毛茛——和它们一起沉没，毛茛是最重的——日子有多么甜蜜的用途啊！

这样的景象显然会让沃恩[①]谦卑地说，"我最美好的日子也是暗淡而古老的——"

我认为是沃恩——

这也让我想起了"小安妮"[②]，你害怕对她说错话，你说"肩扛武器"去"有色军团"——但那是虚构的孩子，虚构或事实的孩子，她"到我身边来"，是为了父亲还是孩子，当孩子领先的时候？

[①] 亨利·沃恩（Henry Vaughan, 1622—1695），英国诗人，出生于威尔士，与约翰·多恩、乔治·赫伯特一起被称为玄学派诗人。

[②] "小安妮"是希金森《在一个黑人军团里的部队生活》（1870）中的婴儿。

135

致霍兰夫人，约 1880 年 9 月

亲爱的姐姐：

　　悲怆的责任几乎超过了关心的责任。母亲永远无法走路了。她仍要由一个强壮男人扶着从床到椅子之间进行她小小的旅行——很可能那就是一切了。

　　她可怜的耐心已经迷了路，我们要把它领回来——她的侄女们写信问她的情况，我昨天告诉她们，我给她念书——给她扇扇子——告诉她，"明天就会恢复健康了"，让伪装显得和真的一样——解释为什么"蚱蜢是一个负担"，因为它已不是过去的那个新蚱蜢了——就这样说下去，我几乎刚说过，"早上好，妈妈"，就听到自己说，"妈妈，——晚安——"

　　时间短暂而充实，就像一件因为长大而穿不下的连衣裙——

　　感谢你允许我再次问"那个问题"，不过重新审视自己之后，我发现自己缺乏那种蛮勇——

　　那些没有感觉的夜晚我想起你岩石中的花园——也许它也有"守护者"，就像维妮的花园一样——

　　我希望医生的健康情况在好转——我的意思是——他其他方面的完善，排除了这个建议的必要性，也祝愿我的小姐姐可爱而健壮——

　　维妮比总统候选人还要忙碌——我相信还有更卓越的方式，因为他们只关注联邦，而维妮关心的是整个宇宙——

接受我和维妮的爱。

艾米莉

136

致托马斯·希金森，1880年11月

亲爱的朋友：

你曾经好心地说你会给我建议——我现在可以这样要求吗？

我答应给一个慈善机构写三首赞美诗，但是没有你的认可我不能给他们——

它们很短，我可以写得十分简单明了，方便的话请告诉我它们是否诚实，我会很感激的，如果公共事业让你太过疲劳，就请拒绝。

你的学生

137

致托马斯·希金森，1880年11月

亲爱的朋友：

你的幸福也让我心里充满温柔的喜悦——为那私语感谢你——

如果我敢把自己的爱献给圣母玛利亚——

我无法接受的关怀是我的一个安慰——感谢好意,我附上你许可的那些诗,增加了第四首,以防你认为某一首亵渎了神灵——

它们是《耶稣降生日》——《丘比特的布道》——《一只蜂鸟》——《我国家的行头》——

把它们当你自己的文字一样批评——

惩罚它们会让我开心,因为我坚信有这样一位真诚的朋友。

你的学生

138

致托马斯·希金森,1880年11月

亲爱的朋友:

谢谢你的建议——我会绝对按照你所说的去做——

我从来没有见过问我要诗歌的人——

他曾说到"一个慈善机构"——我拒绝了,但没有细问——他再次热切地敦促,说这样我就可以"帮助不幸的孩子们"——提到"孩子"引发了我的兴趣,我开始犹豫了——选择我最简单的诗,因为没有标准,我求助于你——你几乎无法估量你的意见对一个完全没有方向的人有多么重要——

再次感谢。

你的学生

139

致霍兰夫人，1881年1月初

戈尔孔达妹妹一定光彩照人，戴着她的圣诞礼物，《圣经》禁止的羞涩的宝石，"一颗柔和谦卑的心"，一定要不为人知——但是一个人必须认真穿戴，以符合《圣经》的情趣，一位非常朴素的老绅士，很少花费。

你美好轻松的态度透露的信息比语言更多，那就是医生的身体好些了——可以推断出的情况——再清楚不过了，祝贺你——也不要忽略祝贺我们自己——

"现在的生活"多么愉快，要离开它需要多么坚强——当我们所爱的人离开，我们留在后头需要更加坚强。

几天前，一个小男孩从阿默斯特跑掉了，当问及他要去哪里，他回答，"佛蒙特或者亚洲。"我们很多人走得更远。我可怜的克鲁索。

维妮得到四只小猫作为圣诞节礼物——加上原来来自她的上帝的两只，总共六只，为它们找刺客是我隐秘的目的——母亲，我们觉得还是没有变化——维妮理想的"熨斗"在理想的"火"里面，而我，在中间跳跃——一种体操似的命运。

堪察加半岛的面纱让玫瑰黯然失色——在我的清教徒花园里，而且还有更深的刺激，几天前的一个早上我看到了日食，但每一块黑绉纱都中了魔法。

我知道一只小鸟在分崩离析中也会坚定地歌唱，就像在它父亲的巢里一样——

凤凰，还是知更鸟？

我留给你去猜，现在我要给母亲端茶去了。

艾米莉

140

致霍兰夫人，1881年春

亲爱的姐姐：

我们在做一些简单修理，狄金森家叫作资格和外观——在维妮的篮子里找避雷针，她放错了地方，"霍兰夫人会怎么想？"维妮说。

"我会问问。"我说。

我总能依靠你的小玩笑，评论家将其称作"不朽的小人"。

你知道父亲的"贺拉斯"[①]已经死了吗——阿默斯特的"卡特尔船长"[②]？他一直和我们住在一起，虽然并非意气相投——所以，失去他是对习惯的打击，胜过了情感——我确信你记得他——那个自命不凡地说起他的经历的人，"26年"种的树，"20年"遇到的霜降，如此富有传奇色彩，就像我们的第一个古迹，学院塔楼的死亡——我记得有一次他不愿意收冬天的蔬菜，直到蔬菜都冻了，父亲表示反对时，他回答说，"先生，降霜是上帝的旨意，我不想挡它的道儿。"我希望更仔细地检查那个

[①] 贺拉斯·丘奇（Horace Church），园丁和第一教堂的司事，死于1881年4月7日。
[②] 卡特尔（Cuttle）船长是狄更斯《董贝父子》中的一个人物。

给他留下这么激烈偏见的"旨意"。

维妮有惊人的进步,但是常常抽时间深情地回忆你——母亲还是老样子,尽管我们每天早上都感恩,她仍然和我们在一起,让我相信她的脆弱。

维妮急切想看到乔治·艾略特的样子,医生答应过她的,我预先退缩了,担心不是那么亲切。上帝为他最好的珍宝选择讨厌的背景,不是吗?

无论你说自己什么,对艾米莉和维妮都是珍贵的,尽快说——难道不是谨慎吗——在这么短暂的人生中?

141

致霍兰医生,约 1881 年

亲爱的医生:

你的短笺和蜜糖一样让人开心,让我们所有人都着迷——我送过去给苏看,她拉着内德的胳膊,走过来——我们谈起你和塞缪尔先生,你们两个在关键时刻支持了共和党,我们所有人几乎都要叹息起来——这通常是明智的——我应该说隔壁——苏说她怀念那些"更好的日子",它们的名字是神圣的。

人心多么不可思议——一个音节就能让它像被推撞的树一样颤抖——多么无限——为了你!

愿你坚强,为你的快乐开心,你调皮的信再次让我们相信,除非我们变成一样的无赖,否则就进不了天堂的国度。

艾米莉

142

致霍兰夫人，1881年8月

亲爱的姐姐：

我想今天一切都会成熟，所以明天就是秋天了，如果上天愿意的话，因为这样的炎热从来没有出现过，我把你的森林和大海想成遥远的冰冻果子露。

我们有一片人工的海，看到鸟儿沿着水管找水是很动人的景象。如果我把水递给它们，它们不会接受的——它们跑开，退缩，仿佛要被暗杀似的，可是啊，偷水，就是无比的幸福——我不能说它们的想法不流行。

读晨报时我想看看总统[①]怎么样了，我知道你也在看报，一天一次，我确知你在哪里，这是很亲切的。

朝圣的帝国似乎倾斜了——我希望它不会倒塌——

我们又雇了一个黑人，正在找一个慈善家指导他，因为每次他一出现，我就跑掉，当国家的头退缩，脚就会迷惑——

你在"马萨诸塞州条款"中读到他吃掉了我们，一阵纪念性的喧哗会笼罩这些预赛。

谁写的豪威尔斯先生的故事？肯定不是他。从来没人指控莎士比亚写了培根的作品，但是遭受这种怀疑，是培根生活中最美丽的耻辱——高处的厄运就是更高。

医生和"布兰可"[②]的婚约，我相信你默默地忍受了。母亲

---

① 加菲尔德总统7月2号遭枪击，熬过了夏天，于9月19日去世。
② 霍兰在《斯克里布纳》月刊8月号上发表了一首诗《给我的爱犬布兰可》。

和维妮哭了——我应她们之请给她们读了——

谢谢你从欺骗中幸存下来——谢谢你一直没有停止为我们担心。不让焦虑过度增长,真是美妙。

艾米莉

143

致塞缪尔·鲍尔斯夫人,1881年9月6日

亲爱的玛丽:

这个神秘的早上我要告诉你一个消息,我们要点上灯才能看到彼此的脸,谢谢你信任地把演讲托付给我们。

你说到把孩子的照片寄给我们。因为还没有收到,请原谅我告诉你,以免连最可爱的副本也失踪了;我相信你收到了花,邮差答应会带给你,因为我自己不能去。

关于被"遗忘"的胆怯的错误,我是要爱抚呢,还是责难?没有热烈的"通知",塞缪尔先生的"麻雀"不会"坠落"。①

"你会来看我们,维妮会来吗?"啊,我疑虑不定的玛丽!如果你和你勇敢的儿子在我父亲的房子里,我就需要更大的勇气才能拒绝见你。

我还想要照片吗?寄信请写我的全名,因为便条曾被扣留过和打开过,这样的名字在镇上很常见,尽管只有一个艾米莉

---

① 此处参见哈姆雷特最后的话(《哈姆雷特》第五幕第二场),"一只麻雀的死生,都是命运预先注定的……随时准备着就是了……"

是我。

维妮说,"为我代好,告诉她我很高兴见到她;"还有母亲的问候。

你的脸上不该再有眼泪了,亲爱的,如果我的手可以把它拂去。

艾米莉

144

致霍兰夫人,1881 年 10 月

我们读到那些词句,但是很困惑。我们惊恐不已,又悲哀欲绝。如果那个亲爱的、疲惫的人必须睡去,难道我们就不能先看他一眼吗?①

对于带来天堂的人,天堂离这里只有一步之遥。对他来说,"这一点"已经多么温柔地实现了!

我们的心早已朝你飞去——我们嘶哑的声音随后跟上。我们如何能再等待,要把你整个拥入我们庇护的怀抱?

如果还有新的温柔,那一定是给你的,可心是满满的——再悸动一下就会崩裂——我们也不敢对无法承受这般忧伤的人诉说,但是我们已从某处听到,"一个小孩会引领他们"。

艾米莉

---

① 霍兰医生 1881 年 10 月 12 日死于心脏病。

145

致霍兰夫人，1881年10月

　　气喘吁吁赶去帮助亲爱的人，又不知道如何帮助，唯恐任何声音都会让他们失去那不会再来的爱人的声音，如果我可以让它们停歇，这就是平息——或者挽救，这就是力量。

　　父亲去世的时候，一个只说了"我很难过"的人帮助我最多——事情来得太快，来不及用语言表达。

　　不敢告诉母亲，不知什么人泄露了消息。她伤心地哭着，我们试图安慰她。她只是回答，"我这么爱他。"

　　还有比这更柔情的悼词吗？

艾米莉

146

致奥蒂斯·洛德，1882年4月30日

　　他的那些小"玩具"整个上一周都病得很厉害，如果不是可爱的爸爸向他们保证，他们不会相信——不过，有一种好处，这让虚弱的妈妈不能睡觉，所以她可以醒着梦见爸爸——一句温暖的胡话。

　　给你写信，不知道你在哪里，是一种未完成的快乐——当然比不写信好，因为它毕竟还有一个漫游的目标，那就是你——但是远没有和你在一起,以及我们熟悉的时刻快乐——我强烈地推测,我们不知道的时刻对你是最温柔的时刻。对于它们痛苦的甜蜜,你是唯一的法官,不过我们拥有的时刻也是很美好的——很让人满足。

每天早上知道你在想什么,在说什么,很让人开心——是《共和报》告诉我们的——尽管那些重罪犯可以看到你,我们却看不到,这似乎是一个奇怪的骗局。拥挤的空气让我为你惬意的肺担心,报纸说到"人群"——我们觉得陪审团的"咳嗽"很好笑,你认为不是肺病的问题,当你在旅馆里等待基德的裁决时,陪审团却决定睡大觉,我认为他们是我遇见过的最可爱的陪审团。我相信你"应付自如",尽管我的心拒绝这种暗示,希望一切都是不存在的——除了"不存在"本身。

有人告诉我,你离开我只有两个星期。我却感觉有很多年了。今天是四月的最后一天——四月始终对我意义重大。我去过你的波士顿。我的费城①已经从地球上消失,拉尔夫·瓦尔多·爱默生触及了秘密的春天——他的名字是我父亲的法律学生教给我的。我们在哪个世界?

天堂,一两个星期前尚在——但是它也消失了——

重要的时刻在成熟。我希望一切都坚实可靠。我们怎么能将彼此交托给不受影响的偶然,直到我们再次相见?

---

① 指查尔斯·沃兹沃思死于4月1日。爱默生死于4月27日。

星期一

你昨天的来信我收到了。"寒冷"让我非常郁闷。我怕冷，只好恳求它去委屈别人。所有的生命都要让你烦恼吗？对它温和些——哄哄它——不要驱赶它，否则它会留下不走——我很高兴你"应付自如"。请连同遗嘱附件一起考虑。如果你冷，我就是无家可归。我可爱的"菲尔"骄傲吗？什么时候了？请告诉我好吗？早上有他的片刻闪光……

……你进来后，门也不是门，窗也不是窗了，除了烟囱，如果有人敲草地，草地可以让他们进来。有时，我几乎希望这样——我这样说是带着敬畏的。那是一个漫长而美好的故事——"小菲尔"读信的次数，不是很多，爸爸给他读，但是我为谎言做好了准备。

对我们一无所知的话题，或者我应该说存在——"菲尔"是"存在"还是"主题"，我们都相信，又都一小时不相信一百次，这能让相信保持灵活。

但是怎么能"菲尔"有一个观点，爸爸有另一个观点呢——我认为无赖们是分不开的——"但是又是那里"，就像纽·贝德福德·艾略特先生常说的，"我可能是错的。"

爸爸还有很多密室，爱从来没有搜查过。我真的——我真的需要你的温柔。空气就像意大利一样柔和，但是当它触摸我，我叹息着拒绝了它，因为它不是你。昨天夜里流浪汉们来了——奥斯汀说他们像浆果一样呈褐色，像金花鼠一样喧闹，他感觉他的孤独遭到了侵犯，据我所知是这样。私掠船中这些隐私的混乱让我觉得很好笑，但是"心知道自己的"奇思异想——在天堂他们既不求爱，也不向爱屈服——多么不完美的地方！

斯特恩斯医生的太太来拜访，想知道我们是否感到很震惊，因为本杰明·布特勒"把自己比作救世主"，可我们认为达尔文已经把"救世主"抛到了一边。请原谅我漫无边际的文字。失眠让我的笔跌跌撞撞。情感也让它阻塞。我们共同的生活，在你而言，是对我长久的宽容。我朴素的爱对你的白釉王国的侵犯，只有一位君王才能宽恕——我从未向别人屈膝——从来没有两个相似的心灵，而是每一次——都是另一个更加神圣。啊，但愿我能早些找到它！温柔没有定期——它到来——淹没。

上次它很——淘气，那么为什么要承认它？在将来所有的时间里，是它取消了时间。

147

致奥蒂斯·洛德，1882年5月14日

为了提醒你，我对你归来的狂喜，还有几乎从"未发现的国度"折回的挚爱的脚步，我附上匆匆写下的便条，唯恐你的生命已经消失，这恐惧新鲜又暗淡，就像从梦中逃出的可怕的怪物。

为我的信而高兴，维妮带来了去赶火车的奥斯汀的信息，没有一丝恐惧的萌蘖。她问，"艾米莉，你在报纸上读到我们关心的事情了吗？""没有啊，维妮，怎么了？""洛德先生病得很厉害。"我抓住旁边的一把椅子。我的眼前一片模糊，只觉得浑身僵冷。我最后的微笑还僵在脸上,这时我听见门铃响了,一个陌生的声音说,"我先想到的是你。"随着话音,汤姆(凯利)进来了,我奔向他的蓝夹克,让我的心在那里破碎——那是最温暖的地方。"他会好起来的。别哭了,艾米莉小姐。我看不了你哭。"

随后维妮走出来,说,"奇克林教授想我们可能要拍电报。他愿意帮我们代发。"

"要我写电报吗?"我向电线询问你的情况,还附上了我的名字。

教授拿去了,我将记住阿比勇敢而让人振奋的回复。

147a

[华盛顿·格拉登的回信①,1882年5月27日]

亲爱的朋友:

"真的有永生吗?"我相信是真的——几乎是唯一的现实;比必死的命运还要真实一千倍,死亡不过是外表。我相信美德是不朽的;上帝是美德的源泉,给予她"持续不断的光辉,不会消亡";人类的灵魂,和美德是一体的,无法毁灭。我相信生命永恒,因为耶稣基督这样教导过。说说你对他的真实想法,没有人能否认,他对人类灵魂及其本质、规则以及命运的理解,

---

① 这封回信表明,狄金森写信向格拉登询问永生的问题时,她心中想的是沃兹沃思的死和洛德法官的重病。

超过了地球上的任何人；而且他证明了，在这个主题上，他的证词比在其他主题上要清晰，也更确定，那就是，生命超越了坟墓。

"我的父家有很多大厦：如果不是这样我就会告诉你了。"

这个真理不可能有绝对的证明；但是一千条证据链向它汇聚；我相信它。我能说的就是这些。上帝禁止我讨好一个濒死的人，给他虚幻的希望；但是这希望不是虚幻的。愿上帝的精神温柔地将这希望引入你朋友的心灵，在那里安家，这样，在最后的日子，它将会成为灵魂的港湾，可靠而坚实。

你的朋友华盛顿·格拉登

148

致苏珊·吉尔伯特·狄金森，约1882年

亲爱的苏：

除了莎士比亚，你比任何人给我的知识都更多——这样诚恳的话是奇怪的赞美。

149

致詹姆斯·克拉克，1882 年

亲爱的朋友：

也许情感总是还有一个问题忘记了问。

我原以为你可能会告诉我，是否我们失去的人有兄弟姐妹。

我知道他曾经有妈妈，因为他第一次来看我的时候，他帽子上戴着黑纱。"有人去世了。"我说。他说"是的"——"是他妈妈。"①

"你爱他吗？"我问。他嗓音低沉地说，"是的。"我感觉也许你，或者你信任地称作"我们的查理"的人，会知道是否他的孩子们最后在他身边，是否他们为失去那最神圣的生命而悲伤。你知道他们和他像吗？我希望"威利"会和他像，他非常依恋这个孩子。如果一个如此珍贵的天性无法不朽，那将是多么难以挽回的损失！请原谅我的询问，希望没有让你厌倦，丧亲之痛总是让人疲惫不堪。

分享哀伤不会让它减轻，但是当一份慰藉离开，生长在附近的植物会显出忧郁，而你是珍视我的朋友的。我妹妹问候你。我们希望你更坚强。

艾米莉·狄金森

---

① 沃兹沃思的母亲死于 1859 年 10 月 1 日。

150

致玛丽亚·惠特尼，1882 年 11 月 14 日

最亲爱的朋友：

　　我们的母亲去世了——

　　当我们抬着她宝贵的遗体穿过荒野，我相信你一定会在我们身边。

艾米莉

151

致霍兰夫人，1882 年 11 月

　　无法走路的亲爱的母亲，已经飞走了。我们从来没想到虽然她的脚不能动，可她却有翅膀——所以她就像一只被召唤的鸟儿，意外地从我们身边高飞远鹜——自从患了重感冒，她只活了几周，虽然我们也都感冒了，可我们都明显地康复了，而她却迟迟不见好转——但是她信任的医生始终在她身边，多少次她想要离开，他又把她归还给我们，而且他并没有感到担忧——等她的咳嗽好了，她开始遭受剧烈的神经痛的折磨，据我们所知，是它铸下了最后的错误——在她生命的最后一天，她似乎明显好转，喝了柠檬汁，吃了牛肉茶，还有蛋奶糕，狼吞虎咽的，让我们很是开心。她一夜都没有睡安稳，一直抱怨疲惫得很，早晨，我们比平时早一些把她从床上搬到椅子上，随着几下气促的呼吸，说

了句"别离开我,维妮",她慈爱的生命就结束了——那个我们温柔珍爱了这么久的生命,没有经过我们简单地"商议",就去了那伟大的永恒,这显得可怕而陌生,但是我们希望我们的麻雀不会坠落,尽管起初我们什么都不相信——

谢谢你的爱——我相信,无论何时,我失去了自己,我都能找到你的手——

你从父亲坟上给我采来的三叶草,春天时会种到母亲的坟上——她手持紫罗兰,给自己勇气。

代我向你的安妮和凯特问好。告诉她们,我嫉妒她们有母亲。"母亲"!怎样的称呼啊!

艾米莉

152

致托马斯·奈尔斯,1883年3月中旬

亲爱的朋友:

我给你带来一个寒冷的礼物——我的蟋蟀和雪。一份卑微的回报,为了你推荐的那本愉快的书①,不过这是一份真诚的回报。

感谢你,艾米莉·狄金森

---

① 狄金森此前曾向托马斯·奈尔斯询问克罗斯先生的《乔治·艾略特的生活》一书是否出版,奈尔斯于1883年3月13日回信,称不了解此书情况,随后不久,寄给狄金森一本玛蒂尔德·布兰德所写的《乔治·艾略特的生活》。此信是狄金森给奈尔斯的回信,附了她的诗《比鸟儿更深地进入夏天》,并单独封装了另一首诗《它从铅做的筛子筛下来》。

152a

[托马斯·奈尔斯给狄金森的信，1883 年 3 月 31 日]

亲爱的狄金森小姐：

收到了《科勒、埃利斯和艾克顿·贝尔斯诗选》[1]，我已经有一本更新的版本了，包括所有这些，还有埃利斯和艾克顿的其他诗歌。

你肯定不是想把这本书送给我——如果你是送给我的，我衷心感谢，但即便如此，我必须补充一句，我绝对不想剥夺你这本珍贵的书，这是个很好的版本。

如果我可以这样说，我会接受一本你的诗歌手稿，也就是说，如果你愿意通过出版，把它交给世界。[2]

忠实的托马斯·奈尔斯

我把这本珍贵的书寄还给你。

---

[1] 狄金森将她自己的勃朗特姐妹诗选寄给了奈尔斯，进一步表明了她对勃朗特姐妹的欣赏。
[2] 狄金森没有回复出版她诗集的请求。

153

致玛丽亚·惠特尼，1883年春

亲爱的朋友：

给你寄了那封短信①让我如此内疚，几乎不敢读回信，拖延又使我的心几乎窒息，你肯定不会再接纳我们了。突然让我们感觉，我们自己也不能接受自己，是一个严酷的回答。

希望你原谅我们。

自从我们的母亲故去，一切真的都黯然无光了，随着她的力量的丧失，她的温柔增加了，尽管对她的命运的不解和忧伤让冬天变得很短，每晚当我寻求它的意义，都发现我的肺更加透不过气来。

> 她飞向明亮的东方
> 天堂的兄弟们
> 把她带回家，
> 无须更换翅膀，
> 或爱的种种便利，
> 诱使爱到达。
>
> 塑造她现在的样子
> 想象她过去的样子

---

① 初春的某个时候，玛丽亚·惠特尼来家拜访，狄金森托人带话说不能接待她。

> 我们相信我们在做梦——
> 由此消融了岁月
> 误入歧途的存在
> 在家又无家可归。

今天早上,阳光几乎会说话,加重了分离之感,而保罗的话变得形象起来,"荣耀的重压"①。

我很高兴你有一个小时的时间看书,那是些迷人的朋友,永恒的存在,也许每一个都会预先接待你。"我观看,见天开了。"②

我希望没有什么让你痛苦,除了生命的剧痛,忍受比忽略更甜蜜。

满怀爱和惊奇的艾米莉

154

致查尔斯·克拉克,1883 年 6 月初

亲爱的朋友,我真切希望能在你哥哥告别人生前见到他,抑或是我们所知道的人生,对这个希望的最后否决,让我感到无以言表的剧痛。

---

① 语出《圣经》哥林多后书 4: 17,"我们这至暂至轻的苦楚,要为我们成就极重大无比永远的荣耀。"
② 《圣经》启示录 19: 11。

他罕见的神圣的善良让他显得奇异而亲切,不在他远离之前去感谢他,我的内心无法安然。我只见过你哥哥一次。

那是非常难忘的一次会面。哪怕是再多见他一次,几乎就像是和他热爱并了解的我的"天父"会面一样。我希望他在弥留之际能和你说话。他飞走时一句鼓励的话都会让你的心坚强。我迫切想要知道你能告诉我的有关他最后日子的一切。我们每天早上在心里寻找他,但是担心大声询问会干扰到你。我希望你不要为"爱的劳烦"而过多消耗自己。

可能的时候,认识你会让我们深感安慰,我们想要了解他的所有情况。我妹妹和我问候你。

尽管素不相识,看在上帝和你哥哥分上,请接受我们。

E. D.

155

致爱德华(内德)·狄金森,1883年6月19日

再和我们一起过个生日,内德——
"昨日,今日,一直到永远",① 然后,我们就放你走。

艾米莉姑姑

---

① 内德的生日是6月19日。1883年夏天他患了严重的风湿热。引文出自《圣经》希伯来书13:8,"耶稣基督,昨日、今日、一直到永远是一样的。"

156

致玛丽亚·惠特尼，1883年6月末

亲爱的朋友：

你就像上帝一样。我们对他祈祷，他回答，"不。"然后我们对他祈祷撤销这个"不"，他就不再理会我们，但是"寻找，你们就寻见"是信仰的恩惠。

你没有履行和苹果花的约定——山茶树甚至结了一个苹果，为了引你出来，但是能呼唤人心的必须是银铃。

我仍然希望你活着，在意识的国度。

现在是毕业典礼的时候。哀婉动人的词句飞来飞去。

过去不是能搁置一旁的包袱。我看到父亲的眼睛，还有鲍尔斯先生的眼睛——那些孤独的彗星。如果未来和过去一样强大，那会是何种景象？

我的脚严重扭伤，吊了绷带，过去一周及其见证让我想起你，几乎要落泪，因此我寄上这忧郁的话语。

风向标确定风向。

我们认为你在的地方，奥斯汀说你不在。改变一个人的天空是多么奇怪，除非他的星星跟着，但是你的天空留下了一颗星星的尾迹。

维妮握你的手。

永远爱你的艾米莉

157

致奥蒂斯·洛德，约1883年

收回狂喜的燃料但没有收回狂喜本身。

就像抽屉里的粉末，我们祈祷着经过它，它只是蛰伏的雷。

158

致苏珊·吉尔伯特·狄金森，1883年10月初

亲爱的苏：

永生的幻觉已经实现[①]——

对它的理解最终多么简单！是旅客而不是大海，让我们惊异——

吉尔伯特享有这些秘密——

他的生命和它们一起呼吸——带着威胁的光，他叫道，"别说，艾米莉姑姑！"现在，我升天的玩伴一定要指导我。咿咿呀呀的小导师，给我们展示通向你的路！

他没有片刻吝啬的时候——他的生命充满恩惠——托钵僧的玩具也没有他的那么特别——

这个小生灵不是新月——他从满月开始旅行——

如此高翔，从不降落——

[①] 这封感人至深的信写于她八岁的侄儿死于伤寒之后。

我在星星里看见他,所有飞翔的事物都迎合他快乐的迅捷——他的生命就像是号角,迂回消失,他的挽歌是回音——他的安魂曲是沉醉——

黎明和子午线合一。

为此他要等待,只是弄错了夜晚,他把黑夜留给我们——

无须推测,我们的小埃阿斯跨越了一切——

去与你的灵光会合,
只把剧痛留给我们——
我们缓慢地涉过神秘
而你却一跃而过!

艾米莉

159

致霍兰夫人,1883年末

可爱的姐姐:

我过去是这样称呼你吗?

我几乎不记得了,一切都如此不同——

我犹豫用什么词,因为我只能用很少的词语,每一个都必须是最重要的,但是想想,世界上最形象的交流置于一个音节中,不,甚至只是一个眼神——

医生说我有"神经衰弱"。

可能是的——我不知道这些疾病的名称。多年的忧伤造成了危机，让我精疲力竭——就像艾米莉·勃朗特写给她的造物主，我写给我失去的"将在你里面存在的每个生命——"

小小的卡片大大地平息了为你而起的温柔的惊惶，它仿佛用人的声音响亮地说"好了"——

姐姐，请等一下——

"开门，开门，他们在等我"，吉尔伯特在昏迷中轻声吩咐。谁在等他，我们愿意付出所有来获取答案——剧痛终于打开了门，他奔向祖父母旁边的小坟——除了这些，还有更多，可是还有更多吗？比爱与死亡更多？那么就告诉我它的名字！

问候可爱的凯瑟琳，她将玫瑰和花蕾集于一身，还有名声显赫的绅士，安妮和泰德，还有最亲切的问候留给你，但愿他们知道，或将会知道，那是我们的奢望？

真好，你去了"教堂"！

我可以和你一起去"长子的教堂"[①]吗？

艾米莉

[①] 语出《圣经》希伯来书 12：23，"有名录在天上诸长子之会所共聚的总会，有审判众人的神和被成全之义人的灵魂……"

160

致肯达尔·爱默生，1883年圣诞节

亲爱的肯达尔：

今年，伯利恒的圣诞节意义非凡，但圣诞老人还在打听通往吉尔伯特的小朋友们[①]的途径——天堂是一条陌生的路吗？

有时间带着你的雪橇来，谈谈吉尔伯特。

艾米莉姑姑

161

致亨利·希尔斯夫人[②]，1883年圣诞节

圣诞老人带着微笑和眼泪到来。他被抢劫了，不是被强盗而是天使。孩子们会为圣诞老人祈祷吗？

[①] 狄金森对吉尔伯特的玩伴的特殊感情缘于这两个孩子在同一个土洞里玩过，吉尔伯特正是在那里感染上伤寒的。她每年都会记得给肯达尔寄一份圣诞便笺。

[②] 亨利·希尔斯（Henry F. Hills, 1833—1896），阿默斯特的草帽生产商，狄金森家的邻居。

162

致查尔斯·克拉克,1884年初

亲爱的朋友:

十月初以来我一直病得很厉害,无法感谢你神圣的善意,但是每一天都予以珍惜,并催促我最初的脚步和最彻底的感恩。从濒临死亡的孩子那里回来,一直等到他离开我们,我在桌子上发现了它,这信息恰逢其时——我永远无法表达对你的谢意——

那是不可能的。

努力终止于眼泪。

通过某种深刻的意外,你似乎是业已消失的天堂和继续存在的天堂之间唯一的关联。

我希望将带你去你哥哥那里的生翅膀的日子,不会过于缺乏歌声,希望我们能和你谈论有关他和你的一切,还有那离开的三重奏的第三个成员[1]。也许另一个春天会呼唤你来北安普顿,记忆会邀请你来此。

我妹妹问你是否还记得她,相信你一切都好。

深深地祝愿新年快乐。

你的朋友 E. 狄金森

---

[1] 这里可能指的是沃兹沃思。

163

致苏珊·吉尔伯特·狄金森，1884年2月

亲爱的苏：

我很惊异，为什么？难道她不是属于精灵的家族吗？

我知道她美丽——我知道她高贵，但是她被视为神圣，我如何能推测到，自从她深深的蓝眼睛被你抱给她的外祖父之后，我几乎看不到她[①]——感恩？她是一份奇异的希望——我希望她能获得救赎——心理的救赎先于精神的救赎。圣母玛利亚和圣婴从画上降临——而创造则跪在画框前——我将会保守这个秘密。

艾米莉

164

致霍兰夫人，1884年初

风琴在呻吟——铃铛在鞠躬致意，我问维妮几点了，她说是星期天，于是我告诉我的铅笔不要出声，我们会去一个"分手数周"的朋友家，就像董贝先生说的那样——

你和维妮的重聚逗趣而温馨，维妮仍在不停地给满心赞赏

[①] 此信中的"她"系指苏珊的女儿玛莎，亦即狄金森的侄女，这段时间她很少看见她。

的众人讲述,其中就有激动的斯蒂芬和我——我想自从你们会面后,维妮长大了,当然是智力上的,这种增长是我们唯一追求的本质——

你逃离"下水道"的经历,[①]让我想起《弗洛斯河上的磨坊》,尽管玛吉·塔利弗消失无踪,如果她在那里,她的命运可能不会包裹在"浴盆"里,不过,未来跑着迎向她的宝宝,可能也有同样诡秘而甜蜜的命运吧——

一座房子很快就能变得荒凉,你无限地推测那"灵魂的可怜寓所"也会因此失去它的住户,比你想象的还要宽敞,仍然超出我的承受力——

萌发出的暗示何其之少!

我今晚要做葡萄酒果冻,在信里给你一杯,如果信同意的话,这种织物有时很顽固——

你好些了,天气也暖和了,你病的时候,一直很冷——

宝宝的逃离会给吉尔平和里维尔的历史增色——

说不完的爱。

你的艾米莉

[①] 此时霍兰夫人与范瓦格尼一家同住,冬天的一个晚上,下水道堵塞,把地下室淹了,他们被迫离开房子,将婴儿的衣服用浴盆运到附近一家旅馆。

165

致玛丽亚·惠特尼，1884年3月？

亲爱的朋友：

锡兰的小邮包在芳香中安全抵达，卡利班"成球的榛果"[1]不是那么腻人，褐色也没有那么深。

三月的蜂蜜因为不合季节反倒有福了，对蜜蜂构成了很大诱惑，但是最初的滋味不也是一种诱惑吗？

我们会尽力节省我们的甜食，尽管它们的诱惑让我们误入歧途，等过了炎热的一天，这种诱惑也会传给奥斯汀，我们经常这样。

我们有多么感谢你。

亲爱的，柔情的欠款我们永远无法偿还，直到意志的大矿砂最终被筛选出来；而且条金比铸币更有价值，因为没有掺东西。

以更新的爱想念你，就像《圣经》上孩子气的说法，"每个新的早晨和每个新的夜晚。"[2]

艾米莉

---

[1] 莎士比亚《暴风雨》第二幕第二场，卡利班对特林鸠罗说："我要采成球的榛果献给您。"
[2] 《圣经》耶利米哀歌3：22—23，"我们不至消灭，是出于耶和华诸般的慈爱，是因他的怜悯不至断绝。每早晨这都是新的。你的诚实极其广大！"

166

致霍兰夫人，1884年3月

　　当我告诉我可爱的霍兰夫人，我又失去了一个朋友，她就不会讶异我没有写信了，我提起心来，也只能发出一个无力的音节——亲爱的洛德先生离开了我们——他的侄女们告知我们，短暂的昏迷之后，他以微笑结束了睡眠，匆匆地走了，"看见了天使"，我们相信——"他们知道秘密的深度"——"唉，我却不知"——

　　原谅那为少数人流下的眼泪，但是那少数已经是为数太多，因为每一个都是一个世界，不是吗？

　　你上次的话显得坚强了许多，你在微笑地面对最新的伤痛——我希望你自己的家人都在你身边，不会被夺走——我祈愿没有厄运扑向你，或者暗中埋伏——

> 如此空洞，如此安静，
> 知更鸟关闭巢穴，尝试展开翅膀。
> 她不知道路线
> 但是竭尽所能
> 为了传说的春天——
> 她不是要寻求中午——
> 也不是要寻求恩惠，
> 没有面包屑，没有家园
> 她只寻求失去的同伴——

你可记得给我们写信时,你应该"和知更鸟一起写"吗?此刻,它们正在写呢,每棵经过的树都是它们的桌子,但是"伴侣的魔法"听不见它们,让它们的信模糊不清——

等一下——①

维妮描述了整个过程——去拿药,又忘记了回来——多少次我自己去拿药,伴着持久的好处!果冻和粉嘟嘟的脸颊,抓紧她的相框,确保恩惠万无一失,因为恩惠的翅膀太多——维妮无一遗漏,我跟随她到处转,总听不够那些神秘的交谈,难道是因为那改不了的口齿不清?

在小小的蜂巢里
藏着蜂蜜的线索
把现实变成梦想
梦想,变成现实——

艾米莉

167

致露易丝和弗朗西斯·诺克罗斯,1884年3月末

谢谢你们,亲爱的,谢谢你们的同情。我几乎不敢相信我

---

① 霍兰夫人显然曾写信问到维妮是否详细讲过她们上次重逢的细节(第888封信中有所提及),所以狄金森加了下面这段附笔,告诉霍兰夫人维妮确实没有遗漏任何细节。

又失去了一个朋友,但是痛苦已经不言自明了。

> 我们失去的每一个人,都带走了我们的一部分;
> 一弯新月仍在忍受,
> 就像云雾弥漫的夜晚,
> 月亮受到潮汐的召唤。

……我用工作驱除恐惧,而恐惧又驱使我工作。

我差不多选中了番红花,你们如此真诚地提到它们。春天最初的信念是一笔财富,超乎它全部的经验。

我想念你们的最温柔的时刻是在一天结束,卢给小姐妹们放好"黄昏树"的时候。亲爱的范妮经历过很多狂风暴雨般的早晨;……我希望没有冻着她的脚,也没有打湿她的心。我很高兴短暂的来访能让你们放松。休息和水是我们最需要的。

我知道惠特尼小姐的每时每刻都是无限的光耀。"很远很远的地方,"勃朗宁说,"有一个女孩。"但是"夜晚最后的色彩"只对罕有的少数人微笑。

再次感谢你们的同情。我们认为陶醉非关个人,直到第一个朋友去世,我们才发现他就是我们从中啜饮的杯子,但陶醉本身却尚未了解。致以最温柔的爱,吻惠特尼小姐的脸,如果你们再见到她的时候。

艾米莉

168

致玛莎·吉尔伯特·史密斯，约1884年

亲爱的玛蒂：

你的"我们自己的"很甜美——谢谢你的始终如———

冰川用斜体字书写大海——它们没有把它截断，并以古老的方式"向大海深处呼唤"——

企图将说过的东西再说，那是不可能的。没有人给深渊立传——

如果有，那就不是深渊了——把我的爱转达给你的小女孩——尽管现在还是"小女孩"，时间会跨出神圣的步伐。那个小男孩被带走了[①]——

耶稣不可言喻的贪婪，让人联想到一个也许有侵犯性的上帝，"所有这些都是我的"。

艾米莉

[①] 此信表明侄儿吉尔伯特的早夭还在让狄金森悲伤不已。

169

致霍兰夫人，1884年6月初

可爱的朋友：

我希望你带来你的明火，不然在这之前你信任的鼻子就要被冻掉了——

三个炫目的冬夜毁了正在发芽的花园，食米鸟静静地站在草地上，仿佛从来没有舞蹈过——

我希望你的心让你保持温暖——我应该说你的心儿们，因为你毕竟是个银行家——

死神掠夺的速度赶不上热情复苏的一半——

我们还有一个"纪念日"，需要带花去。

——吉尔伯特有山谷里的百合，父亲和母亲有黑紫色的山楂——

轮到我的时候，我想要一朵毛茛——无疑，草会给我一朵，她难道会不尊重她翩翩飞舞的孩子们的奇思妙想？

你所有的孤独中都有我同在，当你飞向空中，灵魂的每一次冲撞都重新勾起失去的东西——甚至一小时的雨后出来的太阳，也会强化他们不在场的感觉——

让某个善良的声音给你读马克·安东尼关于他的玩伴恺撒的演讲——

我从来不曾知道一颗破碎的心能让自己破碎得如此甜蜜——

如果西奥多[①]阻止了教授们，我会很高兴——这些人大多

[①] 西奥多·霍兰于1884年6月从哥伦比亚法学院毕业。

是人体模型,勇敢的解剖学的温柔一击,就能让他们的理由缩回去。

170

致露易丝和弗朗西斯·诺克罗斯,1884年8月初

亲爱的表妹们:

我希望你们听了桑伯恩的讲座。在我醒来之前,我的《共和报》被借走了,一直读到我自己的黎明到来,它相当迟缓,因为我病得厉害,就可以宣称那是不朽的谴责,"兰姆先生,你今天早上下来得很晚。"八个星期前,我和麦吉在做蛋糕,突然眼前一片发黑,然后就失去了知觉,直到深夜。醒来时发现奥斯汀、维妮和一个陌生的医生正弯腰看着我,以为我快要死了,或已经死了,他们都非常善良和仁慈。这是我有生以来第一次晕倒而不省人事。然后我病得很厉害,大家都很惊慌,但是现在稳定了。医生说这是"神经的复仇";可除了死神谁能冤枉它们呢?范妮亲切的信放在那里,整个这个漫长的季节都没能回复,尽管信中写的"晚安,亲爱的"让我暖彻心扉。我有很多话说,可是没有力气;所以我们必须一点一点地说。我很想知道卢的情况,她最喜欢什么,书、音乐还是朋友。

我很高兴家里的一切都井井有条,这是很棘手的一门艺术。麦吉还和我们在一起,温柔,热情,坚强,牲口棚那里还有一个懂礼貌的男孩。我们一直惦记着你们,不是这个就是那个,总有人过来说"我们昨晚梦见范妮和卢了"。于是,那一天我

们就觉得应该收到你们的信了,因为梦就是信使。

我们埋葬的小男孩从未动摇,与他微弱的关联仍是一种陪伴。但是陪伴变得让人沮丧,我必须投入一些。记忆的雾正在升起。

> 离开我们熟悉的世界
> 对一个人仍是个谜
> 就像孩子的厄运
> 他的远景是一座山,
> 山后是魔法
> 还有一切未知的东西
> 但是秘密能否补偿
> 独自登山的孤独?

维妮和麦吉问候你们,当然还有我的。

艾米莉

171

致苏珊·吉尔伯特·狄金森,约1884年

我觉得这不是背叛,亲爱的——到我的矿井里来,把它当成你自己的,只是要更加不遗余力——

我几乎无法相信这本精彩的书终于要写完了,它就像中午已过时对太阳的回忆——

你记得他能快速抓住一个主题,又把它抛开,别人把它捡起来,在他身后迷惑地望着他,这些时候,他眼中欢腾的神色是不可重复的——

> 尽管大海入睡了,
> 它们仍然是深渊,
> 我们不能怀疑——
> 犹豫不决的上帝
> 不会点燃这个住所
> 为了把它熄灭——

我希望能找到沃灵顿的文章,但在我昏沉的这几个星期,我的宝藏被放错了地方,我找不到它们——我想罗宾逊先生被孤零零地留下了,独自品味这个看法,而其他人已经走了——

记住,亲爱的,一个坚决的"是"就是我对你最大问题的唯一答案。

始终如一的艾米莉

172

致弗瑞斯特·爱默生,1884年夏

亲爱的朋友:

我从我的枕头走到你的手边,来感谢它所带来的神圣之物,我要收藏起来，而不是享用，因为我仍很虚弱。

小包裹就放在我旁边，不敢冒险打开，不然维妮就会仁慈地拒绝我，让我不会忘记。

我担心你可能会需要报纸，如果你想要，就马上提出来。

我相信你正和爱默生夫人分享这个最怡人的天气，而不是阿拉伯式的记忆。

请接受维妮的问候和我的感谢。

艾米莉

173

致海伦·亨特·杰克逊，1884年9月

亲爱的朋友：

从你的信推断你已经"认为无法脱离囚禁"。很开心那首战争诗经过了核实。那"被杀害还在微笑"的人，从刀剑那里"偷走了什么东西"，可你偷走了刀剑本身，这要精彩得多——我希望你不再受伤害——我会带着妒忌的感情看着你从拐杖过渡到手杖。而从手杖到你的翅膀，不过一步之遥——就像正在康复的鸟儿那样。

> 然后他放开喉咙
> 随便发出一个音符——
> 偶然听到的宇宙
> 都为之耸然一惊——

我，也是在椅子上度过的夏天，尽管是因为"神经衰弱"，而不是骨折，但现在我已抓住神经的缰绳，我又再次启程了——谢谢你的祝愿。

夏日辽阔而深远，更深远的秋天不过是与拦截的光同时闪现的微光——

在你的转换中追随你，
在其他的尘埃里——
你请求的却是
其他的神话。
棱镜永远抓不住色彩
它只能听见它们的嬉戏——

忠实的艾米莉·狄金森

173a

[海伦·亨特·杰克逊的回信，1884年9月5日]

我亲爱的朋友：

感谢你同情的信。

不是什么"残杀"，只是断了一条腿；不过还是很严重——大骨头凹陷了两英寸——小骨头断了；组成骨折的情况总是多重的！

但是我要感激地说，骨头已经接续并愈合了。我现在使用拐杖——有望过几个星期就能用手杖了——对于一个年过五十、体重170磅的老女人已经是非凡的成功了——

我是从椅子上摔下来的——唯一的奇迹是没有摔断脖子。因为第一个星期我希望摔断的是脖子！这样我就根本不用受苦了——而是要尽享天福——到明天就整整十周了。过去六周我是在阳台的轮椅上度过的——一种不由自主的"修养疗法"，我敢说，我一生都会越来越好——

我相信你也很好——生活愉快——

你一定收获了不少诗歌——

对于你的"时代和人们"，不让它们面世是很残忍的错误——如果我比你活得久，我希望你会让我做你的文学遗产受赠人和执行人。当然，在你所谓的"死"后，你愿意让你留下的可怜的鬼魂们因你的诗歌而欢欣愉悦，不是吗？——你应该这样——我不认为我们有权拒绝将一句话或一个思想献给世界，就像行为一样，那也许能帮助一个灵魂。

你记得汉娜·多拉斯吗？她来看我了！还有一个芝加哥的某位夫人，我忘了她的名字。她都有孙子孙女了。当我意识到有四十年没见到她了，感觉就像玛仕撒拉[①]那么古老。她的眼睛还像从前那样黑——

收到你的信息是一件开心的事。

你忠实的海伦·杰克逊

[①] 《圣经》创世记 5: 21—27，一个活了 969 岁的族长。

174

致霍华德·斯威斯特夫人，1884年秋末

亲爱的内莉：

我几乎不敢和你说，你的家有多么漂亮，以免这会让你离开你现在居住的更为平凡的庄园——每棵树都是一幅印度风景，每片湿地都是地毯。

在如此奇异的环境下，"不要叫我们遇见试探"，难道不是很不情愿的祈求吗？你的便笺像随后的雪花一样轻柔地落在我们身上，一样无边无际，洁白无瑕，一篇来自上天的文字——来自我们未曾去过的地方——我想，这次我们比以往更想念你——

想念能力的扩大，也许是我们成长的一部分，就像树的奇异薄膜，扩展到视野之外。

我希望猫头鹰记得我，还有猫头鹰的漂亮主人，对你们每个人的记忆真的是勇敢的恩赐——我还记得你儿子的歌声，当"隐形合唱团"①在你的树上集结，可以虔诚地和它们媲美——感谢你所有光明的行为，让一个夏天如此美好，现在它已有所回报。

当你写信时，向你的流放者顺致问候，也问候"爱的土著"——我们的珊瑚屋顶，虽然看不见，还要加上它温柔的树叶——

爱你的艾米莉

---

① 《隐形合唱团》系乔治·艾略特的诗，出自其诗集《犹八传奇及其他诗》(1874)。

175

致卢米斯先生和夫人，1884年11月19日

亲爱的朋友：

温馨的会面，如此切近和愉快，我相信，那不是短暂的，而是像以太一样绝对，和我刚收到的精致徽章一样充满温柔的暗示。

为这种美景感谢你们——还有无限和广阔——稀有的，最上等的礼物。

"知道我们所信的是谁"①，便是永恒。

> 啊，这是怎样的恩典，
> 怎样和平的君王，
> 一直享有这份美善
> 继之而起的权利
> 绝不会提前减弱！

忠诚的艾米莉·狄金森

---

① 《圣经》提摩太后书1：12，"……因为知道我所信的是谁，也深信他能保全我所交付他的，直到那日。"

176

致露易丝和弗朗西斯·诺克罗斯,1885年1月14日

如果我们对自己所爱的人说话少了,也许我们应该经常说说话,可我们一旦想要尝试,洪水就会淹没一切,什么都结束了,就像死亡一样。

昨天夜里,维妮梦到范妮,盘算了好几天想要给卢写信——亲爱的,你们两个——我今天早上必须说,一个梦让你们近在咫尺了。我希望你们安好,最后这些迷人的日子让你们神清气爽,我希望可怜的小姑娘也好些了,至少悲伤"休庭"了。

卢问我们现在渴望读"什么书"——我们在像秃鹰一样盯着他妻子的《沃尔特·克罗斯的生活》。一个朋友给我寄了《回访》①。一个恐怖故事,就像可爱的鲍尔斯先生习惯说的,"让我印象深刻"。你记得那张小照片吗,他深沉的脸位于中央,布罗斯州长在一边,科尔法克斯在另一边?这个组合的第三人昨天去世了,所以他们又聚到什么地方去了?

搬到剑桥对我来说就和搬到西敏寺一样,神圣而不可思议,或者就像搬到以弗所,和保罗做邻居。

霍尔姆斯的《爱默生的生活》受到好评,我知道你已经品味过了……可是口哨在叫我了——我还没有开始——所以,带

---

① 《回访》(1883),英国小说家弗里德里克·约翰·法格斯(Frederick John Fargus, 1847—1885)的作品,其真名为休·康韦(Hugh Conway)。

着抱怨，亲吻，更多的许诺，维妮和麦吉的爱，还有半开的康乃馨，西边的天空，我就此停笔。

知道我们暂时是永恒的，让人感觉温暖，尽管我们除此一无所知。

艾米莉

177

致查尔斯·克拉克，1885年1月

亲爱的朋友：

尽管任何新年都不是旧的——却不由自主地祝愿你和你尊敬的父亲有个快乐的新年，我相信我们都会想起让我们永远神圣的那个神圣的过去。

我相信他们未来的年月也是崭新而快乐的，或者整个就是快乐绵延的年份，不分月份，不用公元？我们只有一句赞同的话，一封信是一份尘世的快乐——被神灵拒绝。

我们永恒的群体中，仍能生动地看见你的哥哥，听到北汉普顿的钟声总是会向他致敬。

如果你有我朋友的任何孩子的任何照片[1]，我们都在下面的时候，希望你可以看在他的分上借给我，任何有关他的细节都永远是珍贵的。

---

[1] 狄金森想要的是沃兹沃思的孩子们的照片。

你有花和书吗,那些悲伤的安慰?那些,我也想知道,请接受我对你和令尊永远不会忘却的慰问。

你的朋友艾·狄金森

178

致本杰明·金布尔,1885年2月

亲爱的朋友:

握着我朋友的朋友①的手,即便是虚幻的,也是一种神圣的欢乐。

我想你告诉过我你是他的亲属。

我只是他的朋友——还无法相信那件事

> "充满南山的赫赫威仪
> 有他的一份功绩,
> 他的坟头已芳草萋萋。"

他最后一封信中最后的话是"有人来访"。我猜想是永恒,因为他再也没有回来。

你的工作一定充满热诚——也往往充满痛苦。

完成一个无能为力的朋友的夙愿具有超越坟墓的力量。

---

① 金布尔是洛德法官的遗嘱执行人。

啊，死亡，你的法官在哪里？昨晚，在去往睡眠的路上，我在肖像前停了一会儿。如果我不热爱它，我就会惧怕它的，这张脸带着耶稣升天的神情。

> 走上你伟大的征程！
> 你所遇见的星辰
> 与你自己一样平静——
> 因为星星不过是符号
> 指引人类的生活。

谢谢你高尚的情谊，还有诚挚的信——依赖同一个拐杖的，都是朋友。

心怀感激的艾·狄金森

179

致本杰明·金布尔，1885 年

亲爱的朋友：

即使我知道我要求的是不可能的事，也许我还是会要求，可是地狱就是它本身的辩护。

我曾问他，等他不在了，我应该为他做点什么，半是下意识地提到茫茫无际的苍天——他用阴阳两隔的语气说，"记住我。"我记着他的要求。可你是心理学家，我只是失去了导师的学生。

对于你满怀善意的意见,我受益匪浅。

也许对于他来说,坚定他的信仰是不可能的,如果对他来说都是这样,那对我们就更可想而知了!你对他的描述高尚而充满温情,极其珍贵——我会珍惜的。

他没有告诉过我他为你"唱歌",尽管在他而言,唱歌是情不自禁的事情,胸中充满了音乐,就像甲板上的鸟。

戒除美妙的旋律是导致他死亡的因素。磨难与青春在他的本性中搏斗。

既不畏惧灭绝,也不珍惜救赎,他只有信仰。胜利是他的集结地——

我希望胜利带他回家。

但是我担心我会耽搁你。

我试图感谢你却不知如何表达。

也许你不会轻视这出于信任的努力?

诚惶诚恐的艾·狄金森

180

致玛丽亚·惠特尼,1885年春

亲爱的朋友:

你真是让我大受鼓舞,得知(看到)我们热爱的鲍尔斯先生的一生,秋天就会和我们在一起了,真是如闻天籁,如果他和乔治·艾略特的传记相继问世,真是太合适不过了——

他最后一次从加利福尼亚来的时候,他告诉我们,路上的强盗没有说要钱还是要命,而是让人读《丹尼尔·德龙达》——我希望你已经读过那本智慧而敏感的书了——充满悲哀(崇高的)滋养。

181

致奥斯汀·狄金森和家人,约1885年

亲爱的哥哥,妹妹,内德。
随寄没有南飞的鸟儿。

艾米莉

182

致爱德华(内德)·狄金森,1885年8月

亲爱的小伙子:
在你无言的群山中,我不敢相信自己的声音,所以我用了你妈妈的声音,这样就不会玷污神圣——你在尘世和天堂都看不到背叛。
你永远不会,我的内德——
那是一种个人的折射——我要问你,还是让你的故事自己讲?如果你不予嘲笑,他可能会"一天一天地讲下去"——

你的爱尔兰先生让我捧腹大笑——坚持不懈地寻找虹吸管。

东西不见了真是欢喜,除了约翰·富兰克林[①]爵士!一定要审一审——

我衷心赞赏你和山的亲密——我必须留给你比古希腊艾留辛人更神秘的纽带——神会引导你——我指的不是耶和华——为了隐藏起它的冒失,我用法语拼写这个戴肩章的小上帝。

是什么使你引用我从未听闻的美妙诗句,无论醒来还是睡去,都会不断地重新爱上它?

问玛丽亚珍珠[②]好——还有对我的邻居的红润的记忆。维妮还在铺底土,她会放下铁锹来爱抚你。还有我永远的爱,小家伙——

爱你的艾米莉姑姑

大坝的最新消息——

给托里切利[③]发电报,带一台真空容器来,可他爸爸说他不在家。

[①] 约翰·富兰克林(John Franklin, 1786—1848),英国北极探险家,屡赴北冰洋及哈德逊湾深险。1845年5月19日,再赴北极探寻西北航路,一去不返;两年以后,始觅得其尸体,世称约氏为自大西洋至太平洋西北航路之发现者。

[②] 玛丽亚·惠特尼的外号。

[③] 伊万杰莉丝塔·托里切利(Evangelista Torricelli, 1608—1647),意大利著名物理学家和数学家,内德可能对狄金森提到过,他在大学的科学课本上了解了"托里切利真空"或气压计。此信中提到虹吸器和大坝,应与内德的父亲负责的镇上水利工程的某次事故有关。

183

致托马斯·希金森，1885年8月6日

亲爱的朋友：

在晨报上看到这条消息①，我感到难以言传的震惊——她春天给我写信说无法走路，但是没想到她会死——我相信你理解我的心情。请告诉我这不是真的。

信是多么危险的东西！

当我想到有多少被信凿破和沉没的心，我几乎不敢抬起手，去写一个姓名住址。

相信你可爱的住所里一切平安。

你惊惶不安的学生

184

致威廉·杰克逊，1885年8月中旬

我拉着鲍尔斯先生的手对我悲伤的朋友表示慰问，并请他在可能的情况下，是否愿意告诉我一点儿她临终的情况？她几个月前还在一封信中说，"我非常健康。"

---

① 此信附了从当天《斯普林菲尔德共和报》上剪下来的一则有关海伦·亨特·杰克逊病危的消息，杰克逊于当月12日去世。

接着却传来她的死讯。请原谅我在这么消沉的时刻打扰你。丧亲之痛是我唯一的借口。

满怀忧伤的艾米莉·狄金森

185

致萨拉·科尔顿(吉勒特)①,1885年夏末

玛蒂会把这朵小花藏在她朋友的手里。如果她问是谁给的,就像他们问苔丝是谁杀了她时那样告诉她,"没有人——是我自己。"

186

致萨拉·科尔顿(吉勒特)? 1885年夏末

重音是多么危险!当我想到它凿破或沉没的那些心,我几乎不敢提高声音致敬。

艾米莉·狄金森

---

① 萨拉·科尔顿(Sara Colton)是玛莎·狄金森的朋友,曾于1885年夏天来访。

187

致威廉·杰克逊，1885年夏末

特洛伊的海伦将会死去，但是科罗拉多的海伦，永远不会。亲爱的朋友，你能走路的，这是我写给她的最后的话。亲爱的朋友，我能飞翔——她永恒的（飞翔的）回答。我只见过杰克逊夫人两次，但是那两次会面永生难忘，再多一天我就会被圣化，她给她进入的任何心（房子）留下的印象就是如此。

188

致福里斯特·爱默生，1885年9月末

亲爱的牧师：

我们的孩子死后不久，你在给我哥哥的信中，有一段文字，那是我们当时唯一的桅杆，被我们神圣地保存在记忆里。

如果你方便的话，我们想要确认一下，"我只能相信这样神秘的天意，小吉尔伯特的死，有一种仁慈的目的，它不包含我们现有的幸福。"维妮也希望和你谈谈科罗拉多的海伦，她认为你的朋友，也是她的朋友。

如果她知道任何关于她生命最后的情况，她也许会告诉你，你可以告诉我吗？啊，那是济慈的塞弗恩[①]！

[①] 约瑟夫·赛弗恩（Joseph Severn），约翰·济慈临终时一直陪伴在身旁的朋友，他记录了济慈最后的遗言。

但是我占用了你繁忙的时间。

向艾默森夫人问安,并带去我妹妹的爱。

热切的艾米莉·狄金森

189

致爱德华·塔克曼夫人,1885年10月

亲爱的朋友:

我想到你孤身一人的行旅,神圣的女主角肯定心满意足了,尽管她一言未发——我相信你会平安归来,更紧地抓住剩下的东西,因为死亡会让人更加珍惜所有。

十月是强大的月份,因为小吉尔伯特就是在十月去世。"打开门"是他最后的呼喊——"男孩子们在等我!"

惯于遵守他的命令,她的小姑妈照办了,两年和这么多的日子都过去了,他没有回来。

我的云雀在哪里筑巢?

但是哥林多的号角[①]忘记了鸟群,所以把你珍贵的心覆住,别让它再一次中弹。

温柔的艾米莉

[①] 可能指《圣经》哥林多前书 15:52:"因号筒要响,死人要复活,成为不朽坏的,我们也要改变。"

190

致露易丝和弗朗西斯·诺克罗斯,1886年5月

表妹们:

被召回。[①]

艾米莉

[①] 在1885年写给诺克罗斯的信中(第962封),艾米莉·狄金森提到读过休·康韦的书《回访》。5月的第二个星期,她很可能知道自己时日无多。这显然是她的最后一封信。5月13日,她陷入昏迷。维妮请来奥斯汀和比奇洛医生,每天大部分时间守候着她。她一直没有苏醒,1886年5月15日晚大约6点,狄金森去世。

附录

艾米莉·狄金森年表

1830 12月10日,艾米莉·狄金森出生。

1833 2月28日,艾米莉的妹妹拉维妮娅出生。

1835 9月,艾米莉开始上小学。

1840 9月,艾米莉参与阿默斯特中学课程。

1847 9月,艾米莉进入蒙特·霍利约克女子学院学习。

1850 艾米莉开始写诗。

1852 3月24日,律师本雅明·富兰克林·牛顿去世。他是艾米莉的文学导师和挚友。

1855 2月、3月,艾米莉与拉维妮娅访问费城、华盛顿特区。

1855 11月,狄金森家族重购田产,搬回美因街的家宅。

1860 春天,查尔斯·沃兹沃思到阿默斯特拜访艾米莉。

1860 艾米莉精神激变,原因不详。

1862 4月15日,艾米莉首次写信给托马斯·希金森。

1864 2月至4月,艾米莉几首诗刊登在《斯普林菲尔德共和报》。

1864 4月至11月,艾米莉去波士顿看眼疾。

1870 8月16日,希金森到阿默斯特拜访艾米莉。

1873 12月3日,希金森再度拜访艾米莉。

1874 6月16日,艾米莉之父爱德华·狄金森死于波士顿。

1878 11月20日,狄金森的诗作《成功的滋味最甜》发表。

1879 艾米莉与洛德法官发生恋情。

1880 夏天,沃兹沃思再度拜访艾米莉。

1882 4月1日,查尔斯·沃兹沃思去世。

1882 11月14日,艾米莉之母因中风去世。

1884 3月13日,洛德法官去世。

1886 5月15日,艾米莉·狄金森死于肾脏疾病。

1886 5月19日,艾米莉·狄金森的葬礼举行。

1890 11月12日,《艾米莉·狄金森诗集》(卷1)出版。

1891 11月9日,《艾米莉·狄金森诗集》(卷2)出版。

1894 11月21日,艾米莉·狄金森书信集出版。

1896 9月1日,《艾米莉·狄金森诗集》(卷3)出版。

1924 《艾米莉·狄金森诗选》在伦敦出版,由康拉德·艾肯编选。

1955 《艾米莉·狄金森诗集》三卷本,由托马斯·约翰逊编辑出版,收诗1775首。该版本附有与各种已知手稿作批评对照的异文,是第一个有学术水平的文本。

1958 《艾米莉·狄金森书信集》三卷本,由托马斯·约翰逊和西奥多拉·沃德编辑出版,收书简1049件。

1971 8月28日,美国邮政局发行一枚艾米莉·狄金森邮票,是"美国著名作家"系列邮票中的第二张。

1981 由R. W. 富兰克林编辑的《艾米莉·狄金森手稿集》出版发行。

1984 5月,美国文学界仿效英国,于"美国文学之父"华盛顿·欧文诞辰二百周年之际,在纽约圣约翰教堂开辟"诗人角"。首批进入"诗人角"的两位诗人是艾米莉·狄金森和瓦尔特·惠特曼。献给狄金森的铭文是:"啊,杰出的艾米莉·狄金森!"

| 附录

主要人物简介

(按名字姓氏的字母顺序排列)

埃尔布里奇·鲍登(BOWDOIN, Elbridge Gridley, 1820—1893),1840 年毕业于阿默斯特学院,1847 年获得律师资格,与狄金森的父亲一起共事八年(1847—1855)。随后迁居艾奥瓦州洛克福德,自主从业。他一生未婚。1849—1852 年间,狄金森寄给过他两封短信和诗体情人节贺卡。

塞缪尔·鲍尔斯(BOWLES, Samuel, 1826—1878),《斯普林菲尔德共和报》创始人之子,1851 年接替父亲成为报纸主编。在他有生之年,这份家庭主办的私人报纸以其自由主义的共和思想,成为美国最有影响力的报纸之一。他兴趣广泛,精力旺盛,酷爱旅行,其游记和社会观察的文章多收录成书。狄金森一家对他极为赞赏,两家过从甚密,他尤其受到狄金森的尊敬,在她的一生中,自 1858 年起,她与他和他的妻子玛丽保持着稳定的通信联系,她常常寄给他们自己的诗歌,有五十多封狄金森写给他们的书信保存下来。

小塞缪尔·鲍尔斯(BOWLES, Samuel the younger, 1851—?),接替父亲成为《斯普林菲尔德共和报》主编。自其父亲亡故,狄金森凭借在特殊场合与他的通信保持着家庭联系。

查尔斯·克拉克(CLARK, Charles H.),詹姆斯·克拉克最小的弟弟,为纽约股票交易会第二大股东。在詹姆斯病重期间,狄金森开始与查尔斯通信。

詹姆斯·克拉克（CLARK, James D., 1828—1883），1848年从威廉姆斯学院毕业后，他曾做过律师、中学教师和商人，1875年退休。六十年代由狄金森的父亲介绍给狄金森认识。詹姆斯是查尔斯·沃兹沃思的终生好友，在沃兹沃思死后与狄金森开始通信。狄金森与克拉克兄弟的约二十封通信都集中在对查尔斯·沃兹沃思的回忆上。

萨拉·科尔顿（COLTON, Sara Philips），出生于纽约布鲁克林，狄金森的侄女玛莎·狄金森·比安奇的终生好友，在哈特福德神学院任教。

佩雷斯·考恩（COWAN, Perez Dickinson, 1843—1923），狄金森最喜爱的堂弟。1866年毕业于阿默斯特学院，后在联盟神学院毕业，1896年被任命为牧师。在家乡田纳西教会任职到1877年，随后在纽约和新泽西工作。狄金森在上大学时就与之相熟，对他怀有一份特别温暖的情谊。

爱德华·狄金森（DICKINSON, Edward, 1803—1874），狄金森之父，一生居住在阿默斯特，从事律师工作四十八年。1828年5月6日与艾米莉·诺克罗斯成婚，生有一儿二女，威廉·奥斯汀·狄金森、艾米莉·伊丽莎白·狄金森和拉维妮亚·诺克罗斯·狄金森。1835年起任阿默斯特学院财务主管，1872年卸任。1838年和1839年被选为麻省最高法院代表，1853年至1855年被选为33届国会代表，1874年再次当选为麻省最高法院代表，1874年4月16日在波士顿出席立法会议时因中风去世。

爱德华·内德·狄金森（DICKINSON, Edward "Ned", 1803—1874），狄金森的侄子，奥斯汀与苏珊的长子，因病而未能从阿默斯特学院毕业。去世前为阿默斯特学院图书馆助理馆员。狄金森与他关系颇为亲近。

艾米莉·诺克罗斯·狄金森（DICKINSON, Emily Norcross, 1804—1882），狄金森的母亲，麻省蒙森人，天性温顺，除了去蒙森与波士顿探访亲友，很少出门。1875年4月15日中风瘫痪，之后主要由狄金森姐妹负责照看。

吉尔伯特·狄金森（DICKINSON, Gilbert, 1875—1883），狄金森的侄儿，奥斯汀与苏珊三个孩子中最小的一个，1883年10月5日因伤寒猝然离世，他的死对狄金森和奥斯汀一家构成了终生无法复原的沉重打击。

狄金森·拉维妮亚·诺克罗斯（DICKINSON, Lavinia Norcross, 1833—1899），狄金森的妹妹，昵称"维妮"，曾就读于阿默斯特学院和伊普斯威奇的惠顿女子神学院。尽管她外出探访亲友的次数要比母亲和姐姐频繁，但大部分时间也是居家不出，与狄金森一样终身未嫁。母亲死后她们继续住在祖屋中。有生最后十二年一人独居。通过她持续不断的努力，狄金森的第一本诗集得以出版（1890年）。

玛莎·狄金森（DICKINSON, Martha, 1866—1943），狄金森的侄女，昵称"玛蒂"，奥斯汀与苏珊唯一的女儿。1903年嫁给亚历山大·比安奇。她从1914年开始编辑狄金森的诗歌，以《孤独的猎犬》为名出版。

塞缪尔·富勒·狄金森（DICKINSON, Samuel Fowler, 1775—1838），狄金森的祖父，生于阿默斯特。1795年从达特茅斯大学毕业后，在家乡从事法律工作，是阿默斯特中学（1814年）和阿默斯特学院（1821年）的创始人。从1803年至1827年，他经常担任麻省最高法院代表，1828年被选为州参议院议员。创建学院给他带来了严重的经济负担，被迫卖掉他1813年建造的祖屋，迁居到辛辛那提，然后又到了俄亥俄州的哈德逊，继续从事教育事业，1838年4月22日去世，当时狄金森刚刚八岁。

苏珊·吉尔伯特·狄金森（DICKINSON, Susan Gilbert, 1830—1913），客栈老板托马斯与哈莉特·吉尔伯特最小的女儿。苏珊的父母分别于1841年和1837年去世，她由纽约的一位姑姑抚养，就读于犹提卡女子学院。1850年随出嫁的姐姐搬到阿默斯特，成为狄金森最亲密的朋友。1851年至1852年，苏珊在巴尔的摩一所中学任教。1853年11月与狄金森的哥哥奥斯汀订婚，1856年7月1日成婚，搬入狄金森的父亲为他们建造的与祖屋相邻的新房。狄金森与苏珊的联系持续了一生。

威廉·奥斯汀·狄金森（DICKINSON, William Austin, 1829—1895），狄金森的哥哥，早年兄妹俩极为亲近。1850年从阿默斯特学院毕业后，奥斯汀到哈佛法学院攻读法律，1854年取得律师资格。毕生在阿默斯特从事法律工作，1873年接替父亲成为阿默斯特学院的财务主管。他是镇上的杰出公民，在教会事务与乡镇规划建设方面有特殊的贡献。

威廉·考珀·狄金森（DICKINSON, William Cowper, 1827—1899），1848阿默斯特学院毕业典礼上致告别辞的最优秀毕业生，1851年起在该学院任教。他是狄金森家的远亲。

福瑞斯特·爱默生（EMERSON, Forrest），从1879年至1883年任阿默斯特第一教会牧师。狄金森曾给他和他妻子写过八封短信，他们并不相熟。

肯达尔·爱默生（EMERSON, Kendall），出生于阿默斯特，1897年毕业于阿默斯特学院，骨科医师，从业至1928年。肯达尔是狄金森的侄子吉尔伯特童年时的朋友，吉尔伯特于1883年去世后，狄金森三次给他寄过圣诞贺卡。

亨利·埃蒙斯（EMMONS, Henry Vaughan, 1832—1912），毕业于阿默斯特学院（1854年）和班戈神学院（1859年），1860年被任命为福音传道士，1865年至1902年在新英格兰许多教会任牧师。在阿默斯特就读时与狄金森的堂兄约翰·格雷夫斯过从甚密，经常去狄金森家做客，遂与狄金森也成了朋友，但随着他离开阿默斯特，这份友谊也日渐黯淡。

艾米莉·富勒·福德（FORD, Emily Ellsworth Fowler, 1826—1893），四十年代初与狄金森一起在阿默斯特中学读书，系狄金森的好友。福德的父亲威廉·昌西·福德是阿默斯特学院的演讲学与英语文学教授。1853年12月16日，她离开阿默斯特，与律师戈登·莱斯特·福德成婚，定居于纽约布鲁克林。她本人写作诗歌、短篇小说和论文，她的两个儿子后来也成了著名的作家。

华盛顿·格拉登（GLADDEN, Washington, 1836—1918），1859年毕业于威廉姆斯学院，公理会牧师，以其宣传现代神学观点的演讲和文章而闻名，1871年至1875年曾任《独立报》编辑，其后在斯普林菲尔德任牧师，1882年狄金森写信给他时他正住在那里，其后不久便迁居俄亥俄州哥伦布。

乔治·古德（GOULD, George Henry, 1827—1899），1850年毕业于阿默斯特学院，是狄金森哥哥的同学和知心的朋友。在诸多地方担任过神职人员，后于1872年定居于伍斯特。

约翰·格雷夫斯（GRAVES, John Long, 1831—1915），1855年毕业于阿默斯特学院，1860年被任命为公理会牧师，数年后转而从商，定居波士顿。他是狄金森的堂弟，上大学时，经常出入狄金森家，之后一直保持着家人的亲密关系，尽管1856年以后他们再也没有通过信。

爱德华·埃弗雷特·哈尔（HALE, Edward Everett, 1823—1909），
著名牧师和作家，狄金森1854年写信给他时，他在伍斯特的统一教会任职。

托马斯·希金森（HIGGINSON, Thomas Wentworth, 1823—1911），
1841年和1847年相继毕业于哈佛大学和哈佛神学院，曾任唯一神教牧师，后辞职从军，晋升为上校。他终其一生都是一名自由斗士和活跃的作家与批评家，《大西洋月刊》的撰稿人。1862年4月狄金森向他写信求教，由此开始了美国文学史上最重要的通信活动。希金森总共见过狄金森两次，狄金森去世时，他亲自来阿默斯特出席了葬礼，朗读了诗人喜欢的一首英国女作家艾米莉·勃朗特的诗——《我的心没有恐惧》。

乔赛亚·吉尔伯特·霍兰（HOLLAND, Josiah Gilbert, 1819—1881），
1845年与伊丽莎白·露娜·蔡平（1823—1896）成婚，霍兰夫人是狄金森的密友，狄金森常称其为"姐姐"。1849年开始，霍兰与塞缪尔·鲍尔斯长期合作编辑《斯普林菲尔德共和报》。1870年他创办了《斯克里布纳月刊》，任主编直至去世。他的许多著作在当时受到广泛好评。霍兰早年曾经行医，但不久之后便弃医从文，故而有"医生"之称。霍兰夫妇都是狄金森最亲密的朋友，她与霍兰夫人的通信尤其频繁。

简·汉弗莱（HUMPHREY, Jane T., 1829—1908），1848年从蒙特·霍利约克女子学院毕业后，在阿默斯特中学任教，1858年结婚，辞去教职。她是狄金森青年时代的密友，1850年代初期狄金森写给她的信格外温暖，但由于简的结婚而突然中断。

海伦·亨特·杰克逊（JACKSON, Helen Fiske Hunt, 1830—1885），
其父亲为阿默斯特学院的哲学教授。她于1852年嫁给陆军工程师爱德华·亨特，他们的头生子只存活了十一个月。1863年，

亨特少校在执行任务时意外丧生。另一个儿子沃伦死于1865年，年仅九岁。这时，海伦开始写作，在罗德岛的纽波特生活了一段时间，在那里结识了托马斯·希金森。童年时她曾与狄金森一起上学，但她们彼此结识却是在七十年代，这时她已是领先的诗人和短篇小说作家。1875年，她嫁给威廉·杰克逊，在科罗拉多斯普林斯安家。她曾见过狄金森的几首诗，是唯一相信狄金森是一个真正诗人的同时代人。海伦去世前不久，她们发展出了一份对于狄金森来说特别重要的友谊，以至海伦曾要求成为狄金森的文学遗产执行人。

萨莉·詹金斯（JENKINS, Sarah），阿默斯特第一教堂牧师乔纳森·列维特·詹金斯（1830—1913）之妻，原名萨拉·玛丽亚·伊顿，1877年，随丈夫迁居皮茨菲尔德。詹金斯夫妇受到狄金森一家的特别尊敬和热爱，他们的迁居并未打断这种关系。1886年，詹金斯先生与阿默斯特教堂的现任牧师乔治·迪克曼一同主持了狄金森的葬礼。

本杰明·金布尔（KIMBALL, Benjamin），波士顿律师，狄金森认识他是因为他是奥蒂斯·洛德法官的表弟，洛德去世后，金布尔受托处理法官的房产。

埃本·卢米斯（LOOMIS, Eben Jenks, 1828—1912），天文学家，卢米斯夫妇曾于1884年秋天来阿默斯特探访他们的女儿梅布尔·卢米斯·托德（1856—1932），梅布尔曾参与编辑整理狄金森的诗歌与书信。

奥蒂斯·洛德（LORD, Otis Phillips, 1812—1884），1832年毕业于阿默斯特学院，1835年取得律师资格，塞勒姆市的法官，曾在麻省立法会及州议会任职，1875年被任命为州最高法院法官。洛德法官是狄金森父亲最亲密的朋友之一，洛德夫妇经常在狄金森家做客。1877年洛德的妻子去世后,狄金森和他相爱。

乔尔·沃伦·诺克罗斯(NORCROSS, Joel Warren, 1821—1900),狄金森母亲最小的弟弟。1854年1月17日与芝加哥的拉米拉·琼斯成婚,其后作为进口商定居波士顿。奥斯汀·狄金森在波士顿一所中学教书期间(1851—1852),狄金森一家给他的信都写到这位舅舅那里。

露易丝·诺克罗斯(NORCROSS, Louise, 1842—1919)和**弗朗西斯·诺克罗斯**(NORCROSS, Frances, 1847—1896),狄金森最亲密的两个表妹,露易丝二十一岁时她们双双成了孤儿。儿童时代,卢和范妮是狄金森家受欢迎的常客,狄金森去波士顿治疗眼疾时就住在这两位小表妹家里。

亚比亚·鲁特(Root, Abiah Palmer, 1830—?),狄金森的好友,曾在阿默斯特学院读过一年书(1843—1844),之后转学到斯普林菲尔德。她们早年的情谊非常温暖,但在1854年亚比亚结婚后便中断了联系。

玛莎·吉尔伯特·史密斯(SMITH, Marth Gilbert, 1829—1895),苏珊的姐姐,1857年10月20日嫁给纽约日内瓦的干货商约翰·史密斯。

约瑟夫·斯威斯特(SWEETSER, Catharine Dickinson, 1814—1895),即狄金森最喜欢的姑姑凯蒂。1835年嫁给纽约的约瑟夫·斯威斯特。1874年1月21日,约瑟夫·斯威斯特离开寓所去麦迪逊广场的长老会教堂,随后失踪。

霍华德·斯威斯特(SWEETSER, John Howard, 1835—1904),狄金森姑父的长兄卢克·斯威斯特唯一的孩子,曾在阿默斯特学院就读,未毕业便去纽约随叔叔约瑟夫一起经商。1860年2月2日与柯尼利亚·佩克(亦即"内莉")成婚,狄金森晚年经常给内莉写信。

爱德华·塔克曼（TUCKERMAN, Edward, 1817—1886），植物学教授，从1858年起直至去世，一直在阿默斯特学院任教，研究苔藓的有国际声誉的专家。1854年与萨拉·伊莱扎·西戈尼·库欣成婚，他们没有生育，但抚养了萨拉的妹妹的四个孤儿。狄金森给爱德华·塔克曼夫人写的短信显示出她们之间的情谊。

查尔斯·沃兹沃思（WADSWORTH, Charles, 1814—1882），1837年被任命为牧师，1850年至1862年任费城拱廊街长老会教堂牧师，1862年迁居旧金山，1870年返回费城。狄金森可能是在1855年与之相识于费城。他曾于1860年和1880年两度拜访狄金森。狄金森似乎在他身上寻求精神安慰，但她写给他的信无一存留。

玛丽亚·惠特尼（WHITNEY, Maria, 1830—1910），北安普顿银行家乔赛亚·德怀特·惠特尼之女。通过德怀特一家，狄金森与塞缪尔·鲍尔斯夫人建立了联系，她与鲍尔斯一家共同度过了许多时光，尤其在六七十年代。玛丽亚·惠特尼经常能在鲍尔斯家里见到奥斯汀与苏珊，因此也认识了狄金森。1875年直到1880年，她在史密斯学院教授法语和德语。